W0389537

Nele Neuhaus

Charlottes Traumpferd

Wir sind doch Freunde

PLANET!

Nele Neuhaus, geboren 1967 in Münster/Westfalen, lebt heute im Taunus. Sie reitet seit ihrer Kindheit und schreibt bereits ebenso lange. Nach ihrem Jurastudium arbeitete sie zunächst in einer Werbeagentur, bevor sie begann, Erwachsenenkrimis zu schreiben. Mit diesen schaffte sie es auf die Bestsellerlisten und verbindet nun ihre zwei größten Leidenschaften: Schreiben und Pferde. Ihre eigenen Pferde Fritzi und Won Da Pie standen dabei Pate für die gleichnamigen vierbeinigen Romanfiguren. Von Nele Neuhaus ist auch die Reihe »Elena – Ein Leben für Pferde« bei Planet! erhältlich. **www.neleneuhaus.de**

Charlottes Traumpferd bei Planet!:

Charlottes Traumpferd
Bd. 1

Charlottes Traumpferd
Bd. 2: Gefahr auf dem Reiterhof

Charlottes Traumpferd
Bd. 3: Ein unerwarteter Besucher

Charlottes Traumpferd
Bd. 4: Erste Liebe, erstes Turnier

Charlottes Traumpferd
Bd. 5: Wir sind doch Freunde

Charlottes Traumpferd
Bd. 6: Durch dick und dünn

Mehr über unsere Bücher, Autoren und Illustratoren auf:
www.planet-verlag.de

Aller Anfang ist schwer

»Bein lang, Absatz tief!«, rief ich zum wiederholten Mal und schnickte mit der Longierpeitsche in die Luft, um Sporty daran zu hindern, in Schritt zu verfallen. »Nicht die Knie hochziehen! Kopf hoch und Schultern zurück! Und treiben! Weiter! Mit den Schenkeln treiben!«

Der alte Apaloosawallach war das bravste Schulpferd aus dem Stall, aber wie alle altgedienten Schulpferde war er ziemlich schlau und wusste genau, wann er sich anstrengen musste und wann nicht. Das dünne dunkelhaarige Mädchen auf seinem Rücken, dessen Beine kaum bis unters Sattelblatt reichten, nötigte ihm keinen Respekt ab, und wenn ich nicht schnalzend und peitscheschwingend hinter ihm durch die Reitbahn laufen würde, wäre er wahrscheinlich längst einfach stehen geblieben. Ich war nass geschwitzt und hatte das Gefühl, mindestens dreimal so viel gelaufen zu sein wie das Pferd.

»Ich hab Seitenstechen!«, piepste das Mädchen, dessen Namen ich vergessen hatte.

»Oh Mann«, murmelte ich. »Scheeeritt, Sporty!«

Das Mädchen presste die Hand in die Seite und verzog schmerzerfüllt das Gesicht. Auf der Bank hinter der Bande saß die Mutter und sprang sofort hoch.

»Willst du lieber aufhören?«, erkundigte sie sich besorgt.

»Nee. Ich muss ja noch zehn Minuten«, antwortete das Mädchen nach einem kurzen Blick auf die verstaubte Uhr, die über den Fenstern des Casinos hing. Und ich glaubte zuerst, mich verhört zu haben.

»Willst du etwas trinken, Mäuschen?«, rief die Mutter und wedelte mit einer Plastiktrinkflasche.

»Darf ich?«, fragte mich die Kleine unsicher.

»Wenn du am Verdursten bist und sonst ohnmächtig wirst – bitte sehr«, antwortete ich schulterzuckend.

»Ach nee, ich hab keinen Durst«, sagte das Mädchen zu ihrer Mutter. Deren Handy klingelte, und sie begann lautstark zu telefonieren, obwohl überall Schilder hingen, dass Handys in der Reithalle unerwünscht waren.

»Sag mal, wie hast du das denn eben gemeint: Du *musst* noch zehn Minuten?«, fragte ich die Kleine, noch immer etwas ungläubig. »Macht dir das Reiten denn keinen Spaß?«

»Na ja.« Sie zuckte die Schultern. Wieder saß sie ganz krumm im Sattel und zog die Absätze hoch. »Irgendwie hab ich mir das anders vorgestellt. Nicht so anstrengend.«

»Äh, okay.« Darauf wusste ich nichts zu erwidern. Ich konnte nicht glauben, dass jemand beim Reiten dauernd auf die Uhr guckte, um zu sehen, wann die Stunde endlich vorbei war! Bei mir war das immer anders gewesen, früher, als ich selbst noch auf Schulpferden geritten und die eine Reitstunde das Highlight meiner Woche gewesen war. Selbst wenn ich eins von den Schulpferden zugeteilt bekommen hatte, mit denen ich nicht so gut zurechtkam oder vor denen ich sogar Angst gehabt hatte, wie Flocki,

Hanko, Douglas oder Farina, so hatte ich niemals das Ende der Reitstunde herbeigesehnt.

»Ich hab gedacht, ich könnte einfach so losreiten«, gab das Mädchen zu. »Aber jetzt hab ich schon die dritte Longenstunde und kann immer noch nichts. Im Kino ist das anders. Da sieht Reiten voll einfach aus.«

Na spitze! Noch so ein *Ostwind*-Opfer! Immer wenn irgendein Pferdefilm im Kino lief, kamen ein paar neue Reitschülerinnen in den Stall, die unbedingt sofort reiten können wollten und schon die erste Enttäuschung erlebten, wenn sie – statt auf einem schwarzen Hengst – auf dem treuen alten Sporty an der Longe reiten sollten. Die meisten von ihnen gaben nach den ersten Versuchen wieder auf und verschwanden auf Nimmerwiedersehen.

»Hör mal«, sagte ich. »Reiten lernt man nicht in zwei Wochen. Das ist schon ganz schön mühsam, bis man es so gut kann wie die Schauspielerin von dieser Mika, und die hat …«

»Oh, du hast *Ostwind* auch gesehen!«, unterbrach mich das Mädchen und seine Augen leuchteten auf. »War das nicht cool, wie die Mika ohne Sattel über die Wiesen galoppiert ist?«

»Lass mich mal ausreden«, erwiderte ich. »Es ist totaler Schwachsinn zu glauben, man kann Reiten so schnell lernen wie das in Filmen immer gezeigt wird. Ich hab vor vier Jahren angefangen und … setz dich mal gerade hin! … würde nicht von mir behaupten, dass ich super reiten kann.«

»Wie?« Die Kleine sah entsetzt aus. »Du kannst nach *vier Jahren* immer noch nicht reiten?«

»Doch, schon.« Verflixt, wie konnte ich ihr begreiflich machen, was ich meinte? War es überhaupt die Mühe wert? Wenn man nicht total verrückt danach war, reiten zu lernen, dann würde man nie mit den Rückschlägen und Niederlagen, die man immer wieder einstecken musste, klarkommen. Reiten war mehr als nur ein Hobby, da waren meine Freundinnen und ich uns einig. Wenn andere im Sommer im Freibad oder in der Eisdiele herumgammelten, waren wir im Stall. Wir schwitzten in der Reithalle, schluckten auf dem Reitplatz Staub, schleppten bei 35 Grad Hitze Heu- und Strohballen auf den Heuboden, wo es locker noch zwanzig Grad wärmer war, wir wurden von Fliegen und Kriebelmücken fast aufgefressen, hatten schwarze Fingernägel und unsere Klamotten waren immer schmutzig. Im Winter fror man im Stall, bei Regen stand der Reitplatz unter Wasser und man musste Pferd und Sattelzeug jedes Mal nach dem Reiten mühsam trocken reiben und sauber machen, aber niemand von uns wollte es anders haben. Die Pferde waren unser Leben und dafür nahmen wir alles in Kauf.

Die lustlose Kleine, die in Sportys Sattel hing wie ein Schluck Wasser in der Kurve, machte auf mich nicht unbedingt den Eindruck, als ob sie freiwillig die Bande mit einem Besen abkehren, den Hufschlag in der Reithalle schaufeln oder Pferdeäpfel vom Reitplatz lesen würde und dabei auch noch Spaß hätte. Ganz zu schweigen davon, was ihre aufgetakelte Mutter mit den künstlichen Fingernägeln und ihrem mit Strasssteinchen verzierten Smartphone dazu sagen würde!

»Wie jetzt?«, fragte das Mädchen kritisch. »Kannst du nun reiten oder nicht?«

»Ja, das kann ich«, erwiderte ich. »Ich habe ein eigenes Pferd, das nicht so leicht zu reiten ist, und ich habe schon Springen gewonnen. Aber trotzdem ist jedes Pferd anders, und nur weil ich mit meinem Pferd gut zurechtkomme, bedeutet das nicht automatisch, dass ich jedes andere Pferd genauso gut reiten kann. Um zum Beispiel so gut zu sein wie Herr Weyer, unser Reitlehrer, braucht man wahnsinnig viel Übung und auch Talent. Reiten lernt man nur durch reiten.«

»Aha.« Die Kleine seufzte entmutigt. »Ach, am besten lass ich's wohl gleich. Das schaff ich ja eh nie.«

Beinahe hätte ich ihr zugestimmt, aber dann fiel mir siedend heiß ein, dass Herr Weyer mich wohl kaum weiterhin Anfängerunterricht geben lassen würde, wenn ich neue Reitschüler schon während der ersten Longenstunden vergraulte. Ich überlegte fieberhaft, was ich Aufmunterndes sagen konnte, damit das Mädchen wiederkam. Dann hatte ich eine Idee.

»Pass mal auf, äh … wie heißt du noch mal?«

»Thea.«

»Danke. Also, Thea. Was hast du so für Hobbys?«

»Ballett, Volleyball, Geige, Schwimmen«, zählte die Kleine ohne große Begeisterung auf, während ihre Mutter hemmungslos laut telefonierte.

»Und was machst du am liebsten?«, erkundigte ich mich.

»Hm … Weiß nicht.« Thea warf einen raschen Blick zu ihrer Mutter hinüber. »Es ist alles ganz okay.«

»Hast du schon mal was von Voltigieren gehört?«, fragte ich.

»Das ist so Turnen auf dem Pferd, oder?«, erwiderte sie.

»Stimmt. Vivien, unsere Voltigierlehrerin, war Deutsche Meisterin und Weltmeisterin und hat total viele Pokale gewonnen.«

»Echt?« Thea riss beeindruckt die Augen auf.

»Ja. Vielleicht wäre es gut, wenn du erst mal voltigierst, bevor du reiten lernst. Beim Voltigieren braucht man keinen Sattel, das ist also fast ein bisschen wie in *Ostwind*.«

»Cool!«

»Und da du ja schon Ballett kannst, wird dir das wahrscheinlich leichter fallen als das Reiten selbst«, fuhr ich fort. »Wenn man eine Weile voltigiert hat, geht alles viel einfacher. Man hat ein besseres Balancegefühl und kennt schon den Rhythmus der Gangarten.«

»Hast du auch voltigiert, bevor du angefangen hast zu reiten?«, wollte Thea wissen.

»Ja.« Das Thema musste ich allerdings nicht unbedingt weiter vertiefen. Ich hatte null Talent zum Voltigieren gehabt und mir war es nie gelungen, allein aufs Pferd zu kommen. Total peinlich, eigentlich. »Also, wenn du willst, können wir gleich mal zu Vivien hingehen und sie fragen. Aber bevor du heute absitzt, musst du unbedingt wenigstens einmal galoppieren.«

»Oh, lieber nicht.« Thea bekam einen ängstlichen Gesichtsausdruck. Wieder guckte sie zu ihrer Mutter hinüber, aber die war so vertieft in ihr Telefonat, dass sie nicht mitbekam, über was wir redeten.

»Bist du schon mal galoppiert?«, fragte ich. »Galopp ist nämlich die schönste Gangart von allen!«

»Und was, wenn ich runterfalle?«

»Niemand fällt von Sporty runter«, versicherte ich. »Er galoppiert wie ein Schaukelpferd. Halt dich einfach vorne an dem Lederriemen am Sattel fest, okay?«

»Ooooookay …«

»Bist du bereit?«

»Ich weiß nicht …«

»Na komm! Einmal Galopp, ja? Bein lang, Steigbügel fest austreten, damit die Absätze nach unten zeigen und du nicht mit dem Fuß durch den Bügel rutschst.« Ich gab Sporty einen Wink mit der Longierpeitsche und schnalzte. »Im Arbeitstempo Galopp, Marsch!«

Der alte Wallach setzte sich gehorsam in Bewegung und galoppierte in Zeitlupe um mich herum.

Mein Freund Simon spottete immer etwas boshaft, Sporty habe außer den üblichen drei Gangarten Schritt, Trab und Galopp außerdem die Gänge Schrab, eine Art Zuckeltrab, und Tralopp, eine Mischung aus Trab und Galopp, im Repertoire, womit er nicht ganz unrecht hatte. Wirklichen Schwung aus der Hinterhand entwickelte der alte Apaloosawallach nicht mehr und manche Leute, die ihn »traloppieren« sahen, glaubten, er würde lahmen. Für die Anfänger auf seinem Rücken war sein »Tralopp« auf jeden Fall extrem bequem.

»Und?«, rief ich. »Gefällt's dir?«

»Oh, wow! Ja!«, rief Thea atemlos. »Das ist viel besser, als Trab zu reiten!«

»Jetzt lass mal die linke Hand los und leg sie auf deinen Oberschenkel!«

Sie gehorchte und strahlte plötzlich.

»Brrrr! Scheeeritt!«, sagte ich und Sporty fiel sofort in den Schritt. Er war wirklich ein Goldstück: geduldig, gehorsam und durch nichts zu erschüttern.

»Boah, das war megacool!« Thea klopfte dem Wallach den Hals und strahlte über das ganze Gesicht. »Bei Herrn Weyer hab ich mich nicht getraut zu galoppieren!«

»Man fängt ja auch erst mit Schritt und Trab an. Aber jetzt weißt du, wie sich Galopp anfühlt.« Ich freute mich, dass sie endlich Spaß hatte. Und ich erinnerte mich an etwas, was mir Herr Weyer mal gesagt hatte, als ich mit Won Da Pie fliegende Galoppwechsel geübt hatte: Man soll immer mit einem Erfolgserlebnis aufhören.

»Kann ich wohl noch mal galoppieren?«

Ich warf einen Blick zur Uhr.

»Eigentlich ist deine Stunde rum«, sagte ich bedauernd.

»Waaas? Echt?« Thea schaute ganz entsetzt drein. »Ach, bitte, nur noch ein Mal Galopp! Bitte, bitte, bitte!«

»Na gut.« Ich musste insgeheim grinsen. So schnell wurde aus müssen wollen. »Komm, Sporty! Galopp!«

Wie die Zeit vergeht!

»Na, Frau Reitlehrerin, macht's noch Spaß, talentfreien Kindern zu erklären, wie Leichttraben funktioniert?«

Meine Freundin Katharina von Richter, die nur Katie genannt wurde, war gerade damit beschäftigt, eine Trense zu putzen, als ich mit Sportys Sattelzeug in die Sattelkammer kam. Ich überhörte den Spott in ihrer Stimme.

»Ja, mir macht's Spaß.« Ich wuchtete Sportys Sattel auf den Sattelhalter und hängte seine Trense weg. »Und wir haben ja alle mal angefangen.«

Katie hatte sich in den vergangenen Monaten sehr zu ihrem Vorteil verändert und ich mochte sie, aber hin und wieder blitzte noch ihre alte Überheblichkeit auf. Ihre Eltern waren nicht gerade arm und Katie hatte in ihrem Leben nie auf Schulpferden reiten müssen. Als sie fünf Jahre alt gewesen war, hatte sie ein kleines Pony bekommen, später ein größeres, dann ihr erstes Pferd. Immer hatte sie Einzelunterricht gehabt und ihre Mutter hatte sie und ihren Bruder Sven mit ihren Pferden zu Lehrgängen und berühmten Springtrainern gefahren. Katie wusste nicht, wie schwierig es war, mit einer Reitstunde pro Woche reiten lernen zu wollen.

»Stimmt«, grinste sie nun. »Aber manchen Leuten sollte

man echt gleich sagen, dass sie's nie lernen werden, bevor sie viel Kohle ausgeben und dann frustriert sind.«

Dieser Satz versetzte mir einen Stich. Mehr als einmal hatte Alex, der Sohn unseres ersten Vorsitzenden, der gelegentlich als Reitlehrer einsprang, mir genau das nahegelegt. »*Steinberg, lass es lieber mit dem Reiten, du lernst es nie!*«, hatte er ein paarmal gesagt. »*Erspar es den Pferden und schone den Geldbeutel deiner Eltern.*«

Alex besaß das zweifelhafte Talent, Schwächen auf den ersten Blick zu erkennen, und er genoss es regelrecht, andere Menschen zu schikanieren. Nur um mich zu ärgern, hatte er mir immer genau die Pferde zugeteilt, vor denen ich höllische Angst hatte, und dann hatte er sich vor allen Leuten über mich lustig gemacht. Sein Zynismus traf jeden, nicht nur mich, aber das war kein großer Trost, wenn er einen auf dem Kieker hatte. In der Zeit, in der er den Reitunterricht gegeben hatte, weil sich unser alter Reitlehrer Herr Kessler das Bein gebrochen hatte, waren immer mehr Schulreiter weggeblieben, weil sie keine Lust hatten, sich von Alex bloßstellen zu lassen. Seine Reitstunden waren nämlich nur dann lustig, wenn man sicher auf der Tribüne saß und nicht direkt betroffen war. Ein paarmal war ich nahe davor gewesen, das Reiten tatsächlich aufzugeben. Vor den Springstunden hatte ich immer Magenschmerzen gehabt und nichts mehr essen können, und wäre Dorothee, meine ehemals allerbeste Freundin, nicht gewesen, dann hätte ich's wohl auch getan. Vor ihr hatte ich aber nicht blöd dastehen wollen, nur deshalb hatte ich immer wieder die Zähne zusammengebissen und durchgehalten.

Von Anfang an hatte ich in Doros Schatten gestanden: Sie war selbstbewusst und hatte eine große Klappe, beim Reiten war sie die Mutigere und die Bessere von uns beiden gewesen, das hatte ich neidlos anerkannt.

Aber dann, ja, dann war im letzten Sommer Won Da Pie in mein Leben gekommen und damit hatte sich alles komplett verändert.

»Herr Weyer und der Vorstand würden mich killen, wenn ich der Kleinen das sagen würde«, antwortete ich Katie. »Außerdem lernen es die meisten doch irgendwann. Oder sie geben es von selbst auf.«

Vor ein paar Wochen hatte mich unser Reitlehrer gebeten, eine Longenstunde zu übernehmen, weil seine Freundin Vivien, die das üblicherweise machte, ein Pferd in die Tierklinik fahren musste. Offenbar waren er und die Reitschülerin mit mir zufrieden gewesen, denn seitdem durfte ich regelmäßig Anfängerunterricht geben, was mir riesigen Spaß machte. Ich hatte nicht vergessen, wie oft ich früher mit schlotternden Knien den kurzen Weg zum Reitstall gelaufen war, weil ich befürchtete, Hanko, Farina oder Flocki reiten zu müssen. Ja, ich wusste nur zu gut, was es bedeutete, auf der einen Seite Angst zu haben und jedes Mal seinen inneren Schweinehund überwinden zu müssen, auf der anderen Seite aber nichts lieber zu wollen, als reiten zu lernen. Vielleicht konnte ich mich genau deshalb so gut in die Anfänger hineinversetzen. Niemals würde ich so gemein sein wie Alex oder so gleichgültig, wie es Herr Kessler zum Schluss gewesen war.

»Wie auch immer.« Katie schnallte geschickt die Trense

wieder zusammen. »Deine Geduld hätte ich nie. Ich glaub, ich würd durchdrehen, wenn die Kinder permanent rumjammern, weil sie Seitenstechen haben, die Steigbügel verlieren und auf dem falschen Fuß leichttraben.«

Meine Freundin rollte die Augen und ich schmunzelte. Das war typisch Katie! Mit Pferden hatte sie eine Engelsgeduld, mit Menschen jedoch nicht. Jeder, der nicht so gut reiten konnte wie sie oder gar besser war, war in ihren Augen ein Loser.

»Die Kinder sind nicht so schlimm«, verteidigte ich meine kleinen Reitschülerinnen. »Was mich nervt, sind die Mütter, die dauernd dazwischenrufen.«

Katies Handy klingelte und sie ging dran.

»Ja, klar. Lotte und ich sind fertig«, hörte ich sie sagen. »Holst du uns hier ab? Okay. Jo, bis gleich.«

»Wer war das?«, erkundigte ich mich.

»Meine Mom«, erwiderte Katie. »Sie hat sich mit Jens und Herrn Schäfer auf der Baustelle verabredet, weil sie ein paar Sachen wegen dem Reiterstübchen besprechen will, und fragt, ob wir mit hinfahren wollen.«

»Oh cool!«, rief ich begeistert. »Ja, klar! Ich sag schnell Wondy Tschüss und komme dann.«

»Supi.« Katie nickte. »Treffen wir uns oben vor dem Casino?«

»Jepp!« Ich verließ die Sattelkammer und den Stall und ging um den Misthaufen herum zu den drei Außenboxen. In der vordersten Box, die früher einmal meinem Pflegepferd Gento gehört hatte, stand seit dem letzten Sommer mein Won Da Pie. Er streckte seinen Kopf über die Halbtür, spitzte die Ohren und wieherte laut, als er mich kommen sah.

Wie immer, wenn ich zu meinem Pferd ging, überkam mich ein wehmütiges Gefühl. Nach der turbulenten Stadtverordnetenversammlung Anfang März war plötzlich alles ganz schnell gegangen, und mittlerweile wurde auf der anderen Seite der Stadt eine topmoderne neue Reitanlage gebaut, die im Herbst fertig sein sollte. Spätestens an Weihnachten würden dann alle Pferde umziehen und unser Stall, den wir liebten, auch wenn er unmodern und viel zu klein war, würde nur noch Geschichte sein.

»Na, mein Süßer«, sagte ich zu meinem Pferd und betrat seine Box. »Bald hast du Urlaub und kannst mal richtig schön faulenzen. Das wird dir guttun.«

Der braune Wallach sah mich aus seinen großen dunklen Augen aufmerksam an, dann fuhr er mit seiner weichen Nase über mein Gesicht und blies mir seinen warmen Atem in den Nacken. Ich streichelte seine Stirn und glättete seine widerspenstige Stirnlocke. Die Vorstellung, ihn vier endlos lange Wochen nicht zu sehen war schmerzlich, aber heute hatten die Sommerferien begonnen und ich musste mit meiner Familie wieder nach Frankreich auf die Atlantikinsel Noirmoutier fahren, so wie jedes Jahr, seitdem ich denken konnte. Und natürlich konnten wir kein Pferd mitnehmen. Deshalb sollte Wondy für vier Wochen nach Heftrich gebracht werden, wo er gemeinsam mit Gento den lieben langen Tag auf der Koppel herumlungern und saftiges Gras fressen konnte. Ein glücklicher Zufall hatte nämlich dazu geführt, dass ich meinen geliebten Gento wiedergefunden hatte. Sein damaliger Besitzer, Herr Lauterbach, hatte ihn an Jens Wagner verkauft, und dieser Jens war ausgerechnet der Architekt, der die neue Reitanlage geplant hatte. Und das Schönste daran war, dass er Gento im Herbst von Heftrich in den neuen Stall stellen würde und ich den braunen Wallach dann regelmäßig reiten durfte.

»Weißt du, ich freu mich eigentlich auf Noirmoutier«, verriet ich meinem Pferd. »Ich werde sie alle wiedersehen: Thierry, Sophie, Nicolas, Véronique und Rémy. Und natürlich die Pferde! Aber du wirst mir fehlen, mein Süßer.«

Won Da Pie schnaubte und wandte sich dem Berg Heu zu, der unter seinem Futtertrog lag. Pferde waren auf eine tröstliche Weise völlig unsentimental. Wenn sie nur genug zu fressen hatten, waren sie im Allgemeinen zufrieden. Wondy würde nicht vier Wochen lang am Koppelgatter stehen, sehnsüchtig auf meine Rückkehr warten und vor Kummer abmagern. Ihm würde es gut gehen und ruckzuck war die Zeit der Trennung vorbei. Im Spätsommer und Herbst fanden einige Turniere statt, an denen ich teilnehmen wollte, und ich hatte die Aussicht, vom hessischen Jugendtrainer Jürgen Bergmann in den E-Kader berufen zu werden. Dann stand der Umzug in die neue Reitanlage bevor, die Prüfung zum großen Reitabzeichen und …

»Lotte?« Ein dünnes Stimmchen riss mich aus meinen Gedanken. Ich warf einen Blick über die Halbtür der Box und erkannte meine kleine dunkelhaarige Reitschülerin.

»Hey, Thea«, sagte ich überrascht. »Was gibt's?«

»Ich wollte dir nur Tschüss sagen«, erwiderte das Mädchen schüchtern. »Und danke für die tolle Reitstunde. Es hat mir voll Spaß gemacht zu galoppieren.« Ihre Augen glänzten. »Ich mache auf jeden Fall weiter mit dem Reiten. Aber das Voltigieren probiere ich auch aus, gleich nächste Woche.«

»Ach, das ist ja toll.« Ich verließ Wondys Box. »Freut mich echt!«

»Ist das dein Pferd?«

»Ja, das ist Won Da Pie.« Ich hielt die Boxentür auf. »Du kannst ruhig herkommen, wenn du magst.«

Thea näherte sich respektvoll und spähte in die Box.

»Oh, der ist ja schön!«, sagte sie andächtig. »Ich hab gehört, dass er voll wild ist. «

»Er ist nicht wirklich wild«, antwortete ich. »Aber er ist noch jung und ziemlich temperamentvoll.«

»Die anderen haben erzählt, dass du total gut reiten kannst.« Sie flüsterte fast. »Neulich, bei der Springstunde, bist du über die ganzen hohen Hindernisse gesprungen.«

Die Kleine blickte zu mir auf und ich las so etwas wie Bewunderung, ja, beinahe Ehrfurcht in ihren Augen. Eine Gänsehaut rieselte mir über den Rücken. Genau so hatte ich als kleine Reitschülerin früher Isa, Nicole oder Merle angesehen! *Die anderen!* Wen meinte sie damit? Doch bevor ich fragen konnte, rief Thea: »Ich muss los! Danke für die Reitstunde, Lotte!«

Sie hüpfte davon, und ich schaute ihr nach. Vorne, an der Reithalle, warteten zwei andere Mädchen auf sie. Alle drei steckten nun die Köpfe zusammen, kicherten aufgeregt und blickten sich zu mir um. Thea winkte mir zum Abschied und ich winkte zurück, dann verschwand sie im Stall.

In diesem Moment durchzuckte mich ein seltsames Gefühl. War es Wehmut? Ohne dass ich es richtig bemerkt hatte, hatte sich eine Clique von Jüngeren im Reitstall zusammengefunden: Mädchen, die so waren wie Doro, Inga, Beate, Bille und ich vor drei Jahren. Wie schnell doch die Zeit verging! Im Mai war ich fünfzehn geworden und es war ein Jahr her, seitdem ich Gento verloren hatte und todunglücklich mit meiner Familie nach Noirmoutier gefahren war. Ich hatte niemals mehr in meinem Leben reiten wollen, aber dann hatte ich die Pferde am Strand gesehen und meine Sehnsucht war wieder erwacht.

»Ich muss los. Bis morgen, Süßer!«, sagte ich zum Abschied zu Wondy, drückte ihm einen Kuss auf den rosa Knutschfleck an seiner Nase, schloss seine Box hinter mir und lief zum Stall.

Es sieht fantastisch aus!

Seitdem die Bagger Anfang April die Wiesen hinter dem Neubaugebiet oberhalb der B8 in eine riesige kahle Fläche verwandelt hatten, hatte sich unglaublich viel getan. Als Simon und ich damals beim feierlichen ersten Spatenstich dabei sein durften, hatte ich mir überhaupt nicht vorstellen können, wie alles eines Tages aussehen würde. Das Architekturbüro von Jens Wagner hatte ein maßstabsgetreues Miniaturmodell der neuen Reitanlage gebastelt und Simon hatte es am Tag des ersten Spatenstichs dem Architekten abgeschwätzt. Seitdem stand es auf einem Tisch im Casino, damit es sich jeder anschauen konnte.

Frau von Richter, der Doro heimlich den Spitznamen »Dragon-Mum« verpasst hatte, parkte hinter einer Reihe von anderen Autos und wir stiegen aus. Ich traute meinen Augen kaum, als ich sah, was sich seit meinem letzten Besuch auf der Baustelle verändert hatte.

»Wahnsinn!«, staunte ich. »Ich hätte nie gedacht, dass das so schnell geht!«

»Die Rohbauten sind immer ziemlich zügig fertig«, erwiderte Dragon-Mum, die irgendwie von allem Ahnung hatte. »Der Innenausbau dauert aber viel länger. Na kommt, Mädchen. Gucken wir mal, wo wir Jens finden.«

Vor sechs Wochen hatte man nur Betonfundamente und Rohre sehen können, doch nun standen beide Reithallen und das Hauptgebäude, und auch die vier verschiedenen Stalltrakte, die sternförmig auf eine Putzhalle zuliefen, waren im Rohbau fertig. Natürlich herrschte ringsum das totale Baustellen-Chaos, Bagger und Lkws standen herum, ein großer Kran überragte alles und dort, wo einmal der große Reitplatz mit Galoppierbahn und der Dressurplatz entstehen sollten, türmten sich Gebirge aus Sand, Erde und Schotter.

Katie und ich trabten hinter Frau von Richter her, die zielstrebig quer durch die Baustelle marschierte.

Der Architekt und ein paar andere Männer warteten bereits vor dem Gebäude, in dem später Reiterstübchen, Duschen, Umkleide- und Schulungsräume sowie Büros entstehen sollten. Vor ein paar Wochen hatte Herr Boshof, der langjährige Pächter des Reiterstübchens im Reitstall, einfach aufgehört, ohne vorher zu kündigen oder jemandem Bescheid zu geben. Katies Mutter hatte kurzerhand die Bewirtschaftung übernommen, damit die Reiter weiterhin die Möglichkeit hatten, nach dem Reiten etwas zusammenzusitzen. Diese vorübergehende Notlösung hatte Frau von Richter so viel Spaß gemacht, dass sie sich dazu entschlossen hatte, das Reiterstübchen auf der neuen Reitanlage zu pachten, deshalb musste sie mit den Handwerkern ein paar wichtige Details besprechen.

»Ihr könnt euch ja ein bisschen umsehen und überlegen, in welchem Stall ihr gerne eure Pferde stehen hättet«, sagte Jens Wagner zu Katie und mir.

»Aber verletzt euch nicht und macht nichts kaputt«, fügte Dragon-Mum hinzu.

»Mom, echt! Wir sind keine Kleinkinder mehr!«, erwiderte Katie genervt.

»Eltern haften für ihre Kinder«, entgegnete ihre Mutter und zwinkerte uns gut gelaunt zu. Dann verschwand sie mit den Männern im Innern des Rohbaus.

»Sie ist voll happy«, bemerkte Katie. »Endlich hat sie was, worauf sie sich richtig freut.«

»Ich finde deine Mom so cool«, sagte ich und das stimmte. Zuerst hatte ich sie nicht leiden können, aber mittlerweile bewunderte ich Frau von Richter grenzenlos. Sie fuhr den riesigen Pferdetransporter so routiniert wie ein Lkw-Fahrer, verlud problemlos die schwierigsten Pferde und war die schnellste Mähneneinflechterin, die ich jemals in meinem Leben gesehen hatte. Dazu wusste sie, wie man Lampen repariert, Heizungen entlüftet und konnte schneller Kopfrechnen, als ich die Zahlen in den Taschenrechner meines Smartphones überhaupt eintippen konnte.

»Wenn sie *deine* Mutter wäre, würdest du sicherlich anders denken«, antwortete Katie und stieß einen Seufzer aus. »Egal was ich auch mache, sie kann alles zehnmal besser und schneller.«

»Außer reiten.« Ich zwinkerte meiner Freundin zu. »Das kannst *du* besser.«

»Stimmt.« Katie grinste schief. »Wenigstens eine Sache.«

Nachdem Dragon-Mum die Regie im Reiterstübchen übernommen hatte, hatte sich für Katie alles zum Besseren gewendet und sie behauptete, ihre Mutter habe einfach eine richtige Aufgabe gebraucht. Jeder profitierte von diesem Arrangement, denn Frau von Richter hatte das heruntergekommene Reiterstübchen im Nullkommanichts auf Vordermann gebracht. Sie war sich für keine Arbeit zu fein, und das traute man ihr gar nicht zu, wenn man sie sah, so schick und gepflegt, wie sie immer war. Aber ich hatte sie schon die Toiletten im Damenumkleideraum putzen sehen, und als vor ein paar Monaten unser früherer Stallarbeiter Herr Schmidt vom Heuboden gefallen war und sich schlimm verletzt hatte, hatte sie sich ohne Rücksicht auf ihre sauberen Klamotten auf die Stallgasse gekniet und ihn versorgt. Dragon-Mum war immer voller Energie und hatte einfach vor nichts Angst.

Katie und ich schlenderten über die Baustelle. Noch immer brauchte man jede Menge Fantasie, um sich vorzustellen, wie alles eines Tages aussehen würde, wenn es fertig war, aber schon jetzt war deutlich zu erkennen, wie gewaltig groß der Unterschied zu unserem winzigen altmodischen Reitstall sein würde.

»Ist schon krass, wie viel Platz es hier gibt, oder?«, meinte Katie. Ihre Augen glänzten vor Begeisterung.

»Absolut«, pflichtete ich ihr bei. »Alleine diese beiden Reithallen sind voll der Luxus! Aber ob das wirklich alles bis Weihnachten fertig ist?« Ich blickte mich zweifelnd um.

»Klar!« Katie winkte ab. »Das sind ja noch sechs Monate bis dahin.«

Ich hatte mit Simon und meinen Freunden für diese neue Reitanlage gekämpft, aber plötzlich wurde mein Herz ganz schwer. In unserem alten gemütlichen Reitstall standen einunddreißig Pferde, hier würde es fünfundsechzig Boxen geben und das bedeutete, dass ziemlich viele neue Einsteller kommen würden, Fremde, die nichts über unseren alten Stall wussten. Schon immer hatte ich mich innerlich vor Veränderungen gefürchtet, und so ging es mir auch jetzt. Ich war daran gewöhnt, in weniger als einer Minute im Stall sein zu können, denn wir wohnten quasi direkt nebenan. Aus dem Badezimmerfenster konnte ich den Reitplatz sehen, und oft machte ich nach der Schule, wenn ich vom Bus kam, einen kleinen Umweg und schaute bei Won Da Pie vorbei. Das würde in Zukunft nicht mehr möglich sein. Außerdem würde sich unsere Stallgemeinschaft verändern. Isa war schon weg und auch Gaby, die Voltigierlehrerin. Unser Stallarbeiter Herr Schmidt war nicht mehr da. Der Eichwald würde mir fehlen, in dem man so schön reiten konnte. Und die herrlichen alten Bäume auf dem Reitplatz! Hier gab es keinen einzigen Baum weit und breit. Ja, alles würde ganz anders werden, und plötzlich kämpfte ich mit den Tränen, weil ich nicht wusste, ob mir das gefallen würde.

»Was ist los mit dir, Lotte?« Katie sah mich forschend an.

»Och, nichts«, erwiderte ich und drehte mich schnell um, damit sie nicht merkte, dass ich fast heulte. Aber so einfach ließ meine Freundin mich nicht davonkommen.

»Hey!« Sie legte ihre Hände auf meine Schultern. »Das wird so cool hier, Lotte! Wir können ganz anders trainieren. Und es gibt Paddocks und Koppeln und ein Solarium! Und die Boxen sind viel größer als im alten Stall!«

»Ich weiß ja«, flüsterte ich. »Es ist voll albern, aber ich

hab jetzt schon irgendwie ein bisschen Heimweh nach unserem Reitstall.«

»Ja, das ist echt albern«, sagte Katie und schüttelte den Kopf. »Alles im Leben ist eben irgendwann vorbei. Du hattest im alten Stall eine superschöne Zeit, klar, aber hier wird's auch toll. Wahrscheinlich noch viel besser! Und du kriegst mit Gento noch ein zweites Pferd zum Reiten dazu.«

Katie verstand nicht, warum ich traurig war. Sie war mit ihren Pferden schon in vielen verschiedenen Ställen gewesen und sah in erster Linie nur die Verbesserungen und die Vorteile, womit sie sicherlich recht hatte. Aber ich fürchtete eben um das, was unseren Reitstall so besonders gemacht hatte. So alt und eng und unmodern alles dort auch sein mochte, es besaß eine *Seele*, eine Geschichte, die diese moderne Anlage niemals haben würde. Für einen schmerzlichen Moment wünschte ich, Doro wäre jetzt hier. Sie hätte mich sofort verstanden. Zumindest früher hätte sie das getan. Heute war ich mir nicht mehr so sicher, denn meiner ehemals besten Freundin schien der Stall nichts mehr zu bedeuten. Unsere Freundschaft war vor ein paar Monaten zerbrochen, und sie kam kaum noch zum Reiten.

»Katie! Charlotte!« Dragon-Mums Stimme hallte durch die leeren Hallen. »Wir gehen!«

Ich fuhr mir rasch über die Augen und knipste ein Lächeln an. Niemand sollte mir anmerken, dass ich den Tränen nahe war, wie ein Baby!

Katies Mutter wartete mit Jens Wagner vor dem Rohbau des Verwaltungsgebäudes auf uns. Gemeinsam gingen wir quer über die Baustelle zu den Autos.

»Wir haben gerade besprochen, dass ihr Won Da Pie am Sonntagnachmittag nach Heftrich bringt«, sagte der Besitzer von Gento freundlich. »Dann können sich unsere Pferde kennenlernen und gleich mal für ein Stündchen zusammen auf die Koppel gehen.«

»Echt?«, fragte ich Frau von Richter erstaunt. »Würden Sie Wondy nach Heftrich fahren?«

»Natürlich«, erwiderte sie. »Das habe ich dir doch versprochen.«

»Ach, stimmt ja.« Manchmal hatte ich echt ein Gedächtnis wie ein Sieb. Katie kicherte.

Wir verabschiedeten uns von Jens und kletterten ins Auto. Auf der Rückfahrt zum Stall war ich schweigsam und hörte kaum zu, was Frau von Richter über ihre Pläne im neuen Reiterstübchen erzählte. Vier Wochen ohne Won Da Pie! Vier Wochen ohne Simon und ohne Katie! Und wenn ich aus Frankreich zurückkam, waren es nur noch fünf Monate, bis sich meine ganze Welt komplett verändern würde.

Steinzeiturlaub ohne Phil

Frau von Richter setzte mich vor unserem Haus ab, und ich trottete ein wenig niedergeschlagen zur Haustür.

»Ich bin wieder da!«, rief ich und streifte mir die Schuhe von den Füßen. Alissa kam schwanzwedelnd aus dem Esszimmer und begrüßte mich fröhlich. Meine Familie, bis auf Papa, der wie üblich um diese Uhrzeit noch nicht zu Hause war, saß bereits am Abendbrottisch. Rasch wusch ich mir die Hände, schlüpfte in meine Crocs und setzte mich auf meinen Platz.

Ich hatte Mama per WhatsApp Bescheid gegeben, dass ich mit Katie und Frau von Richter noch zur Baustelle der Reitanlage fahren würde, deshalb fragte sie nun nach den Fortschritten.

»Ist echt voll krass«, maulte mein älterer Bruder Phil sofort. »Kaum kommt Frau Wichtig durch die Tür spaziert, stinkt's hier wie im Tierkäfig und alles dreht sich nur noch um die blöden Zossen.«

»Du kannst es doch bloß nicht ertragen, wenn du mal zehn Sekunden nicht im Mittelpunkt stehst«, konterte ich.

»Das sagt die Richtige.« Phil verdrehte die Augen.

»Stimmt doch gar nicht.« Ich nahm mir eine Scheibe Brot.

»Ich bin saufroh, dass ich dich sechs Wochen lang nicht sehen und vor allen Dingen nicht riechen muss«, zischte mein Bruder.

»Was glaubst du, wie froh *wir alle* sind, dass du nicht mitfährst nach Noirmoutier!«, schoss ich zurück.

»Dann müssen wir nämlich deine miese Laune und dein Gemecker wenigstens im Urlaub nicht mehr ertragen!«, pflichtete Cathrin, meine jüngere Schwester, mir bei.

»Und ich kann in mein Zimmer gehen, wann ich will, weil du nicht bis mittags im Bett rumliegst und rumfurzt«, ergänzte Florian, mein jüngster Bruder.

Phil lief rot an und wollte ihm unter dem Tisch einen Tritt versetzen, aber Flori zog rechtzeitig sein Bein zurück und streckte ihm die Zunge raus.

»Mir tut jetzt schon die bedauernswerte Familie leid, die dich ertragen muss«, fügte ich noch hinzu. Phil würde am Sonntag nämlich nach Amerika fliegen, zu einem sechswöchigen Schüleraustausch nach Midland in Michigan.

»Ihr blöden kleinen Pi…«, begann Phil zornig, aber da fiel Mama ihm ins Wort.

»Hört jetzt sofort mit eurem ewigen Gezanke auf«, sagte sie energisch. »Wir wollen in Ruhe essen.«

»Ich hab eh keinen Bock mehr auf euch«, verkündete Phil mit finsterer Miene. »Nach dem Abi ziehe ich sofort hier aus.«

»Gott sei Dank«, sagte Cathrin. »Ich weine dir keine Träne nach.«

»Kann ich dann Phils Zimmer haben?«, fragte Flori eifrig.

»Erst mal das Abi bestehen«, murmelte ich und Phil kniff

mich dafür in den Oberarm. Das tat weh und es würde einen blauen Fleck geben, aber ich reagierte nicht, denn das ärgerte Phil mehr, als wenn ich schreien würde.

Irgendwann einmal hatte ich meinen großen Bruder gemocht, aber daran konnte ich mich kaum erinnern. Seit Monaten ging er mir nur noch auf die Nerven. Egal was ich auch tat oder sagte, er spottete und lästerte über alles. Unser Verhältnis war noch nie einfach gewesen, doch seitdem ich mit Simon zusammen war, war es ganz aus. Die beiden waren in derselben Stufe, hatten aber keine gemeinsamen Kurse. Simon sah total süß aus mit seinen dunklen Locken und den haselnussbraunen Augen, und im Gegensatz zu meinem Bruder, der unter einer üblen Akne gelitten hatte, war er von Pickeln immer verschont geblieben. Er war der Typ, der nur ein Mal durch die Sonne gehen musste und ohne Sonnenbrand sofort braun wurde, und er hatte dichte und lange Wimpern, um die ihn jedes Mädchen beneidete. Ich wusste, dass ziemlich viele Mädchen für Simon schwärmten und er an der Schule einen richtigen Fanklub hatte, denn er war einfach cool, eben weil er so anders war als die meisten Jungs in seinem Alter. Nachmittags jobbte er in einem Obstladen, er mochte Reiten lieber als Fußball, hing nie bis spät in die Nacht am Computer, um irgendwelche dämlichen Ballerspiele zu zocken, und es juckte ihn nicht im Geringsten, was andere von ihm dachten. Das mochte ich ganz besonders an ihm. Simons Ziel war es, ein gutes Abitur zu machen, um danach Jura zu studieren. Mit ihm konnte ich über alles reden, denn er war wahnsinnig intelligent und interessierte sich für alles. Phil hingegen pennte am liebsten bis mittags, verbrachte die Hälfte seiner wachen Zeit damit, *Call of Duty* oder *Counter-Strike* zu spielen und traf sich abends mit seiner peinlichen Clique im Kurpark oder an der Eisdiele, um dumme Sprüche zu klopfen und sich zu betrinken. Aber der Hauptgrund, warum Phil Simon hasste war, dass Papa und Mama meinen Freund mochten.

»Na ja«, Phil lehnte sich mit einem boshaften Grinsen zurück, »wo *ich* hinfahre, gibt's wenigstens WLAN, aber ihr hockt vier elend lange Wochen ohne Internet auf Noirmoutier – wie in der Steinzeit.«

»Waaaas?« Entsetzt blickte meine Schwester Mama an. »Wir haben im Haus *kein WLAN*?«

»Das weißt du doch.« Mama warf Phil einen verärgerten Blick zu, aber der grinste nur, zufrieden darüber, einen Trumpf ausgespielt und wieder einmal Unfrieden gestiftet zu haben. »Wozu brauchst du denn in den Ferien das Internet?«

»Ich muss doch mit meinen ganzen Freundinnen chatten!« Cathrin riss panisch die Augen auf. »Wie soll ich denn dann streamen? Ich verpasse die neuen Folgen von *Game of Thrones* und *Vampire Diaries!* Das überlebe ich nicht!«

»Ich denke schon, dass du das überleben wirst«, entgegnete Mama spitz. »In den letzten Jahren hat es dir ja auch nicht gefehlt. Tagsüber sind wir am Strand, abends können wir zusammen Spiele spielen und in den Dünen spazieren gehen.«

»Das wird so 'n richtig netter Steinzeiturlaub!«, ätzte Phil und lachte boshaft. »Karten spielen oder *Mensch ärgere dich nicht* oder *Fang den Hut!* Boah, das ist doch was für dich, Fetty! Da gewinnst du vielleicht sogar mal gegen den Zwerg.«

»Ich bin kein Zwerg!«, protestierte Flori und meine Schwester kreischte aufgebracht: »Ich bin nicht *fett!*«

Und das stimmte. Cathrin war nie wirklich dick gewesen, aber sie hatte in den letzten Wochen ziemlich abgenommen, und der Babyspeck, mit dem Phil sie immer aufgezogen hatte, war verschwunden.

»Jetzt ist SCHLUSS!« Meine Mutter erhob drohend die Stimme. »Verschwinde, Philipp, wenn du nur deine Geschwister ärgerst!«

»Ja, das mach ich auch. Ich wollte eh los.« Mein Bruder schob den Stuhl zurück. »Wir haben uns um acht verabredet.«

»Nein, du bleibst zu Hause«, sagte Mama scharf. »Und du weißt genau, warum.«

»Ey, das ist doch alles längst Schnee von gestern«, beschwerte Phil sich. »Außerdem sind Ferien.«

»Keine Diskussion.« Mama schüttelte nachdrücklich den Kopf. »Und ich bin keiner von deinen Kumpels, den du mit ›ey‹ ansprichst, merk dir das!«

»Aber ich kann doch wohl für …«, begann mein Bruder wieder.

»Was hast du an dem Wort ›Nein‹ nicht verstanden?«, fuhr Mama dazwischen. »Wenn du so weitermachst, fällt Amerika für dich aus.«

»Oh, bitte nicht!«, riefen Cathrin und Flori im Chor, und ich konnte mir ein spöttisches Grinsen nicht verkneifen.

Hinter Mamas Rücken machte Phil eine nicht sehr nette Geste, dann stieß er einen Fluch aus und stampfte wütend die Treppe hoch.

»Charlotte, ich muss mit dir reden.« Mama stand auf, als Phils Zimmertür oben krachend zuflog und dröhnende Bässe das ganze Haus erzittern ließen. »Räumt bitte den Tisch ab und die Küche auf.«

Dann verschwand sie ebenfalls nach oben, und die Musik brach ab.

»Ich bin froh, dass wir ohne Phil nach Noirmoutier fahren«, sagte Cathrin aus tiefstem Herzen. »Die arme Mama! So einen ätzenden Sohn zu haben ist hart.«

»Sie hat ja auch noch mich«, entgegnete Flori und stopfte sich noch schnell eine Scheibe Mortadella in den Mund, bevor ich ihm die Wurstplatte wegzog.

»Genau! Du bist unser Sonnenschein!« Ich zerzauste meinem kleinen Bruder die Haare, obwohl ich wusste, dass er das hasste. Flori verzog aber nur das Gesicht und rollte die Augen.

Mir schwant Übles

Zusammen räumten wir den Tisch ab und stellten Teller und Besteck in die Spülmaschine. Cathrin und Flori verschwanden ins Fernsehzimmer, ich verstaute Wurst und Käse im Kühlschrank und machte sauber.

Mama kam wieder die Treppe herunter. Sie sah erschöpft und gestresst aus, und sie tat mir in diesem Moment echt leid.

»Bitte hör mir erst zu und schrei nicht gleich los«, begann sie, scheuchte Alissa aus der Küche und schob die Schiebetür zu.

»Das fängt ja schon gut an«, erwiderte ich argwöhnisch und hängte den Mikrofaserlappen über den Wasserhahn.

Mama druckste einen Moment herum, was völlig untypisch für sie war.

»Frau Friese war gestern Nachmittag hier«, rückte sie schließlich heraus.

»Ach wie schön«, erwiderte ich bissig. »Hat sie dir neue Märchen über mich erzählt?«

Früher einmal hatte ich Dorothees Eltern sehr gemocht, aber ich nahm es ihnen noch immer übel, dass sie mich vor ein paar Monaten bei meinen Eltern angeschwärzt hatten. Nach unserem Krach, der unsere Freundschaft zerstört hatte, war Doro nur noch ungern in den Stall gegangen. Natürlich hatten ihre Eltern sich gefragt, woran das liegen mochte, und da hatte sie ihren Eltern schluchzend ein Riesenlügenmärchen aufgetischt, nur um vor ihnen besser dazustehen. Außerdem hatte sie – und das war absolut unverzeihlich – ihren Eltern verraten, dass Simon und ich zusammen waren, und Frieses hatten daraufhin nichts Eiligeres zu tun gehabt, als prompt zu meinen Eltern zu rennen und ihnen alles brühwarm zu erzählen. Hinterher, als die Wahrheit herausgekommen war, hatten sie sich zwar entschuldigt und die ganze Sache war ihnen megapeinlich gewesen, aber Herr Friese hatte nur bei Papa *angerufen* und es nicht für nötig gehalten, sich bei mir persönlich zu entschuldigen.

»Nein, natürlich nicht. Du weißt doch, dass es ihnen leidtut, was da passiert ist.« Mama war unbehaglich zumute, das konnte ich ihr an der Nasenspitze ansehen. »Herr Friese muss für ein paar Wochen geschäftlich nach Südafrika und seine Frau würde ihn gerne begleiten. Du weißt ja, dass ihre Mutter in Kapstadt lebt. Und ihr geht es sehr schlecht. Sie wird den Sommer wohl nicht überleben, und Frau Friese möchte sie gerne noch einmal besuchen.«

»Was hindert sie daran?« Ich zuckte gleichgültig die Schultern.

»Die beiden großen Geschwister von Doro sind den Sommer über mit Freunden auf Rucksacktour in Schweden, und die zwei Kleinen fahren zu den Großeltern an den Tegernsee«, fuhr Mama fort. »Nur mit Doro gibt es ein Problem.«

Plötzlich schwante mir Übles.

»Lotte, Frieses sorgen sich sehr um sie. Seit eurem Streit hat sie sich wohl völlig verändert, und ihre neuen Freunde sind ihren Eltern nicht ganz geheuer.«

»Das glaub ich!« Ich schnaubte und dachte an die blöde Huhu-Josie mit ihren gefärbten Haaren, die unseren Reitlehrer so dreist angelogen und Simon schöne Augen gemacht hatte.

»Wir haben Doro immer sehr gern gehabt«, sagte Mama. »Ihr beide kennt euch seit der ersten Klasse und wart immer die besten Freundinnen.«

Ich ahnte, worauf Mama hinauswollte und das ging gar nicht!

»Du hast es ganz richtig gesagt: Wir *waren* einmal die besten Freundinnen«, antwortete ich mit einem bitteren Unterton. »Bis Doro geglaubt hat, sie müsste plötzlich neidisch auf mich sein. *Sie* hat unsere Freundschaft kaputt gemacht, nicht ich!«

»Ich weiß, Lotte.« Mama seufzte. »Und mir tut es bis heute leid, dass ich an dir gezweifelt habe.«

Ach! Das waren ja ganz neue Töne!

»Es war nicht nur der Streit, obwohl es total mies war, was sie da abgezogen hat«, versuchte ich meiner Mutter zu erklären. »Eigentlich hat es schon letzten Sommer angefangen, als Doro zusammen mit Inga Corsario gekauft hat. Seitdem war irgendwie ein Knacks drin. Und jetzt ist sie eifersüchtig auf Simon und darauf, dass ich mit Wondy so gut zurechtkomme.«

Und auf Katie. Und darauf, dass ich Longenstunden geben

durfte. Dass ich mich weiterhin im Reitstall wohlfühlte, und sie sich selbst ins Abseits manövriert hatte mit ihren doofen Lügengeschichten.

Aber das sprach ich nicht laut aus.

»Das habe ich Frau Friese auch gesagt«, erwiderte Mama und lehnte sich an die Arbeitsplatte. »Vor einem Jahr noch hätte ich ihr vorgeschlagen, Doro mit nach Noirmoutier zu nehmen. Aber jetzt ...« Sie sah mich an und zuckte die Schultern. »Es ist deine Entscheidung, Lotte. Vielleicht schläfst du mal eine Nacht darüber. Dadurch, dass Phil nicht mitfährt, hätten wir Platz im Haus, und wenn du einverstanden bist, nehmen wir Doro mit. Wenn du das nicht möchtest, haben Papa und ich vollstes Verständnis.«

Ich starrte sie sprachlos an und wusste nicht, was mich mehr erschütterte: Die Tatsache, dass Mama mit mir redete wie mit einer Erwachsenen oder dass Doros Schicksal quasi in meinen Händen lag.

»Ich glaube nicht, dass Doro Bock hätte, mit uns nach Frankreich zu fahren«, sagte ich, als ich mich vom ersten Schock erholt hatte. »Sie kommt kaum noch in den Stall, weil sie mich nicht sehen will. Ja, sie will sogar ihr Pferd verkaufen!«

Mama sah mich nachdenklich an, überlegte wohl, was sie mir erzählen durfte und was nicht.

»Doro bereut, was sie getan hat«, meinte sie dann. »Sie ist sehr unglücklich und weint jede Nacht. Das hat Frau Friese mir natürlich im Vertrauen gestanden.«

»Aber das versteh ich nicht!«, entgegnete ich heftig. »Ich hab versucht, mich mit ihr zu vertragen! Ich hab ihr damals geschrieben, aber sie hat mir nicht mal geantwortet. Dann hat sie Oliver und Karsten totalen Müll über mich erzählt und ist lieber mit irgendwelchen blöden Tussen ins Kino gegangen, statt mit Katie und mir was zu unternehmen!«

»Den meisten Menschen fällt es sehr schwer, sich selbst Fehler einzugestehen und auf andere zuzugehen«, erwiderte Mama. »Nur die allerwenigsten Leute haben die Größe, sich für etwas, was sie falsch gemacht haben, zu entschuldigen. Und auch wenn sie sich dazu durchgerungen haben, können sie sich oft nicht selbst verzeihen. Aber du kannst so etwas, Lotte. Und darauf sind Papa und ich sehr stolz, denn das ist selten.«

Mir klappte vor Erstaunen beinahe die Kinnlade herunter. Solche Worte hatte ich von Mama noch nie gehört. Eigentlich kritisierte sie nur immer an mir herum.

Doch da fiel mir etwas ein, was Simon einmal zu mir gesagt hatte. Katie, Doro, Simon und ich hatten über die Leute vom Georgshof gesprochen, die mit einer hinterhältigen Intrige versucht hatten, sich in den Vorstand unseres Reitvereins wählen zu lassen, um dann auf der neuen Reitanlage einen exklusiven Dressurstall zu etablieren. Das wäre das Aus für unsere Stallgemeinschaft gewesen. Nur durch Zufall waren wir rechtzeitig hinter diese finsteren Pläne gekommen und hatten sie in letzter Sekunde verhindern können. »Jeder Mensch versucht eben, das Beste für sich selbst aus allem herauszuholen«, hatte Simon gesagt, aber ich hatte ihm widersprochen, denn ich war nicht so. »Das stimmt«, hatte Simon gesagt. »Deshalb bist du auch etwas ganz Besonderes.«

Und hatten nicht auch Herr Schäfer und Herr Stark vom Vorstand mich darum gebeten, mich bei den anderen Jugendlichen für Katie einzusetzen, als sie neu in den Stall gekommen war und sich sofort megaunbeliebt gemacht hatte? Plötzlich fühlte ich mich unwohl.

»Was macht Doro, wenn sie nicht mit uns nach Frankreich fahren würde?«, wollte ich wissen. »Warum fliegt sie nicht einfach mit nach Südafrika? Oder macht was mit Lars und Anne?«

»Das geht nicht.« Mama schüttelte den Kopf. »Sie müsste dann mit zu ihren Großeltern fahren.«

Und darauf hatte sie überhaupt keine Lust, das wusste ich. Doro fand ihre spießigen Großeltern in Bayern total nervtötend. Vier lange Wochen in dem Kaff am Tegernsee zusammen mit ihren jüngeren Geschwistern würde für sie die absolute Höchststrafe bedeuten.

Die Schiebetür wurde aufgerissen und Phil kam herein.

»Was 'n hier los?«, fragte er und blickte misstrauisch zwischen Mama und mir hin und her. »Habt ihr über mich hergezogen?«

»Stell dir vor: Es geht nicht immer nur um dich«, erwiderte ich spitz. Ich musste unbedingt sofort mit Simon sprechen. Und mit Katie. Sie war jetzt meine beste Freundin. Würde es sie verletzen, wenn Doro mit uns in den Urlaub fuhr? Oh Mann! Dachte ich gerade etwa wirklich ernsthaft darüber nach? Nach allem, was geschehen war?

»Ich überleg's mir«, sagte ich zu Mama. »Okay?«

»Okay.« Sie lächelte, zum ersten Mal an diesem Abend. »Vielleicht ist es ja eine Chance. Für euch beide.«

Und was mache ich jetzt?

Ich warf mich auf mein Bett und rief Simon an, aber er ging nicht dran, deshalb schrieb ich ihm eine WhatsApp und Katie gleich auch. Letztes Jahr wäre ich wohl vor Freude ausgerastet, hätte Doro mit uns nach Noirmoutier fahren dürfen! Jeden Tag und erst recht bei jedem Ausritt durch die Salzsümpfe und ans Meer hatte ich voller Sehnsucht daran gedacht, wie schön es wäre, das alles zusammen mit Doro zu erleben. Zumindest anfänglich. Später war ich dann viel zu beschäftigt gewesen, um an meine Freundin zu denken. Ich stieß einen tiefen Seufzer aus. Damals hatte ich nicht geahnt, dass meine beste Freundin meine Abwesenheit ausnützen und hinter meinem Rücken zusammen mit Inga ein Pferd kaufen würde, obwohl das eigentlich immer *unser* gemeinsamer Traum gewesen war! Ich bemühte mich, mich an die vielen schönen Erlebnisse zu erinnern, aber sie wurden alle von dem Unerfreulichen, was geschehen war, überschattet.

»Leck mich doch!«, hatte Doro mir auf der Stallgasse ins Gesicht geschrien, so hasserfüllt und neidisch. Konnte ich das vergessen? Gab es tatsächlich eine Chance, dass es zwischen uns jemals wieder so werden würde, wie es einmal gewesen war? Wollte ich das überhaupt? War der Graben, der sich zwischen uns aufgetan hatte, nicht mittlerweile zu breit geworden, um ihn jemals überwinden zu können? Doro hatte meinen Versöhnungsversuch unbeantwortet gelassen und sich aus Sturheit und blödem Stolz von allem ausgeschlossen; sie hatte Katie und mich sogar bei Facebook entfreundet und mich bei WhatsApp gesperrt.

Mit Katie war alles so unkompliziert. Zwischen uns standen keine alten Probleme, und bei ihr musste ich nicht erst überlegen, bevor ich etwas sagte. Bei Doro hatte die bloße Erwähnung von Simons Namen dazu geführt, dass sie die Augen verdrehte oder eine spitze Bemerkung machte, und das war anstrengend. Katie und ich hatten einfach Spaß zusammen, ritten gemeinsam auf Turnieren, quatschten stundenlang über alles Mögliche und lachten viel. Sie war nicht eifersüchtig auf Simon, und ich war nicht eifersüchtig darauf, dass sie besser reiten konnte als ich und ihre Eltern bedeutend mehr Geld hatten als meine. So etwas spielte zwischen uns einfach keine Rolle.

Ping!, machte mein Smartphone.

Was ist los?, wollte Katie wissen.

Ich schrieb es ihr so knapp wie möglich und keine zehn Sekunden, nachdem ich die Nachricht verschickt hatte, klingelte mein Telefon.

»Ist ja der Hammer«, sagte meine Freundin zur Begrüßung.

»Ja, oder?« Ich blickte an die Zimmerdecke. »Ich war auch erst mal sprachlos.«

»Und?« Das klang neugierig.

Diese Frage war nicht so leicht zu beantworten, denn in

diesem kleinen Wörtchen lagen all meine widerstreitenden Gefühle und Gedanken, die mir seit einer halben Stunde durch den Kopf gingen.

»Ich weiß nicht. Was würdest du machen?«

Unten begann Alissa freudig zu bellen. Mein Vater war nach Hause gekommen.

»Keine Ahnung. Doro war deine beste Freundin seit dem ersten Schultag. Das zählt. Aber sie hat sich ziemlich mies verhalten und das zählt auch«, erwiderte Katie. »Was mich interessieren würde, ist, was sie selbst denkt. Sie hat das immerhin alles angefangen und hatte nicht den Mumm, sich bei dir zu entschuldigen. Also, wenn ich sie wäre, wollte ich nicht vier Wochen mit dir abhängen und dabei ein schlechtes Gewissen haben müssen.«

»Stimmt.« Ich nickte, obwohl Katie das nicht sehen konnte.

»An deiner Stelle würde ich warten, ob sie sich bei dir meldet und sich entschuldigt«, riet Katie mir. »Und sie muss es ernst meinen. Vorher würde ich nicht mal drüber nachdenken.«

»Und wenn sie's tut?«

»Tja. Das musst du selbst wissen, Lotte«, sagte Katie. »Ich kann mir vorstellen, dass es ganz cool ist, Urlaub mit 'ner Freundin zu machen. Ihr trefft dort doch auch die Leute, von denen du Wondy gekauft hast, oder? Und Doro kennt Thierry.«

Daran hatte ich überhaupt nicht gedacht! Natürlich kannte Doro Thierry! Er war ja im Frühjahr für vier Wochen bei uns gewesen und mit Phil in die Schule gegangen.

Und als Doro sich den Arm gebrochen hatte, hatte er ihr Pferd geritten.

»Wärst du sauer auf mich, wenn Doro mit uns in den Urlaub fahren würde?«, fragte ich zögernd.

»Quatsch!«, rief Katie spontan. »Hey! Was denkst du denn von mir?« Sie lachte leise, und ich lachte auch.

Mir fiel ein ganzer Steinbruch vom Herzen, denn ich hatte insgeheim befürchtet, es könnte sie verletzen. Tatsächlich war das meine eigentliche Hauptsorge gewesen. Katie war mir wichtig. Wichtiger als Doro.

»Ich hätte es gleich abgesagt, wenn es dir was ausmachen würde«, gestand ich ihr.

»Ach, du bist so süß, Lotte. Und du bist echt die tollste Freundin, die ich jemals hatte. Schon deshalb, weil es dir wichtig ist, was ich denken könnte«, entgegnete Katie und ihre Stimme klang wieder ernst. »Aber du weißt ja: Ich bin nicht so wie andere Mädels. Ich freu mich für dich, wenn es dir gut geht, weil ich weiß, dass du dich auch für mich freust. Und das ist einfach cool. Zwischen uns gibt's keinen beknackten Zickenalarm.«

Vor Erleichterung und Glück schossen mir die Tränen in die Augen. Sie hatte es auf den Punkt gebracht. Katie und ich waren einfach Freundinnen, weil wir uns mochten, aber wir waren nicht eifersüchtig aufeinander. Früher, als Doro, Inga und ich befreundet waren, hatte ich oft ein komisches Gefühl gehabt, wenn ich wusste, dass die beiden alleine etwas unternahmen. Das Gefühl war leider berechtigt gewesen, denn Inga hatte hinter meinem Rücken alles versucht, um mich aus dieser Freundschaft rauszudrängen und Doro ganz für sich zu haben. Das hatte sie zwar nicht geschafft, aber ihr war es gelungen, einen Keil zwischen Doro und mich zu treiben.

»Ich bin gespannt, ob sie sich bei dir meldet«, sagte Katie. »Wann fahrt ihr los?«

»Montag früh.«

»Bei uns geht's Montagmittag los. Erst mal nach Boston und dann ins Nirwana. Wenigstens haben wir in der Bude WLAN, dann kann ich dir immer schreiben.«

»In unserem Haus gibt's wohl keins«, erwiderte ich. »Aber ich schreib dir trotzdem. Irgendwo werde ich wohl ein Café finden mit Internetzugang. Sonst schicken wir uns einfach 'ne Flaschenpost. Immerhin liegt nur der Atlantik zwischen uns.«

Wir kicherten beide. Katie würde die erste Hälfte der Sommerferien mit ihrer Familie auf Cape Cod verbringen, und Noirmoutier lag quasi genau gegenüber, nur eben auf der anderen Seite des Atlantiks. Wir quatschten noch eine ganze Weile, bis ein anderes Gespräch anklopfte. Simon!

Wie immer wenn ich seine Stimme hörte, machte mein Herz einen glücklichen Hüpfer. Am allerliebsten wäre es mir gewesen, er würde mit nach Noirmoutier fahren, aber Simon wollte in den Ferien unbedingt arbeiten, denn er sparte für den Führerschein und für ein Auto. Außerdem würde er sich um Schtari kümmern, und auch um Katies Asset, solange die von Richters verreist waren.

Simon war ähnlicher Meinung wie Katie. Er konnte ohnehin nicht ganz nachvollziehen, warum Doro und ich uns derart verkracht hatten, aber er war ja auch ein Junge und ich hatte ihm nie erzählt, wie eifersüchtig sie auf ihn gewesen war.

Als ich wieder nach unten ging, um meinen Eltern eine Gute Nacht zu wünschen, sagte ich ihnen, ich hätte nichts dagegen, wenn Doro mit in den Urlaub führe, vorausgesetzt, sie würde sich vorher bei mir entschuldigen. Das fanden meine Eltern fair.

Später lag ich noch lange wach, wälzte mich ruhelos im Bett hin und her und grübelte darüber nach, ob ich meinen Eltern wirklich das Richtige gesagt hatte. Die Vorstellung, dass Doro sich bei mir entschuldigen sollte, erfüllte mich mit Unbehagen. Würde sie klein beigeben, nur um nicht zu ihren Großeltern fahren zu müssen, und mich dafür unterschwellig hassen? Ich hatte mich mittlerweile damit abgefunden, dass sie nicht mehr meine Freundin war, und fühlte mich eigentlich wohl, so, wie es jetzt war. Doro fehlte mir nicht, aber mit der Urlaubsaktion würde sie in mein Leben zurückkehren und damit auch ihre Eifersucht und ihre Empfindlichkeit.

Verdammt, dachte ich. Ich hatte einen Fehler gemacht. Aber jetzt war es zu spät, ihn zu korrigieren.

»Entschuldigung« ist ein schwieriges Wort

Im Sommer war der Eichwald so undurchdringlich und grün wie ein Urwald. Ich liebte es, unter dem Baldachin aus Laub unter den dichten Baumkronen zu reiten, und ich liebte den würzigen, erdigen Geruch, den der Wald besonders in den frühen Morgenstunden verströmte. Die Vögel zwitscherten, hier und da fielen Sonnenstrahlen durch das Blätterdach und erzeugten ein wildes Muster aus Licht und Schatten. Ich war heute Morgen noch früher aufgewacht als während der Schulzeit und hatte beschlossen, gleich reiten zu gehen. Meinen Eltern hatte ich einen Zettel neben der Kaffeemaschine in der Küche hinterlassen, damit sie wusste, wo ich war, dann war ich lautlos wie ein Schatten aus dem Haus geschlichen. Der Stall öffnete um sechs Uhr, und als ich um halb sieben mit Sattel und Trense zu Wondys Box gekommen war, hatte er sogar schon fertig gefressen.

Won Da Pie riss den Kopf hoch und tänzelte ein bisschen, als nur ein paar Meter vor uns ein Reh auftauchte, uns aus großen Augen erschrocken anblickte und mit einem graziösen Satz wieder im Unterholz auf der anderen Seite des Weges verschwand. So früh am Morgen, wenn noch keine Jogger und Hundespaziergänger unterwegs waren, konnte man häufig Rehe im Eichwald sehen. Vor Pferden hatten sie wenig Scheu und blieben oft hinter einem Baum stehen, sodass man sie vom Sattel aus beim Vorbeireiten betrachten konnte.

»Meinst du, ich hab einen Fehler gemacht?«, fragte ich mein Pferd und Wondys Ohren zuckten aufmerksam nach hinten. »Ich bin echt so eine blöde, gutmütige Nuss. Wieso hab ich nicht gleich Nein gesagt?«

Wondy war keine große Hilfe, wenn man ein Problem zu besprechen hatte, aber der Ritt durch den stillen Wald besänftigte den Aufruhr in meinem Innern.

»Ach, was soll's«, sagte ich ein paar Meter weiter zu mir selbst. »Vielleicht mache ich mir einfach viel zu viele Gedanken.«

Mein Pferd schnaubte zustimmend und ich musste grinsen. Wir bogen in den Mittelweg ein, der den Wald in seiner ganzen Breite durchschnitt. Normalerweise war es mir streng verboten, im Wald zu traben oder zu galoppieren, weil hier immer viel los war. Aber so früh am Morgen war kein Mensch unterwegs, deshalb ignorierte ich das Verbot, ließ mein Pferd angaloppieren und ging in den leichten Sitz. Galopp war Wondys liebste Gangart, dennoch ließ er sich nie dazu hinreißen, einfach blindlings loszustürmen. Er war mittlerweile richtig gut erzogen und trainiert, deshalb war es ein wahres Vergnügen geworden, ihn zu reiten. Dumpf trommelten seine Hufe auf dem Schotterboden des Waldwegs, und ich genoss den Wind im Gesicht und das herrliche Gefühl von Wondys geballter Kraft. Fünfzig Meter bevor der Weg endete, parierte ich durch und ließ den braunen Wallach noch etwas am langen Zügel traben.

Richtig ernsthaft arbeiten würde ich heute nicht mehr mit ihm, schließlich hatte er ab morgen auch Ferien. Ich bog nach rechts ab und ritt im Schritt zurück zum Reitstall. Ein erster Jogger kam mir entgegen, dann eine Frau mit zwei Australian Sheperds, wobei sich die Hunde nicht für mein Pferd interessierten. An der Schutzhütte unterhalb der Einfahrt zum Stall machte ein weiterer Jogger Dehnübungen. Ich erkannte ihn sofort.

»Guten Morgen, Herr Dr. Bergner!«, rief ich freundlich und hob die Hand zum Gruß.

Der Mann starrte mich feindselig an, ließ sich aber zu einem knappen Nicken herab. Dr. Peter Bergner war Stadtverordneter und Vorsitzender des Bauausschusses. Er hasste Reiter, und Pferde im Allgemeinen, und mich und Won Da Pie im Besonderen, seitdem ich ihm bei einer denkwürdigen Stadtverordnetenversammlung im März, bei der es um einen Bauplatz für die neue Reitanlage gegangen war, eine empfindliche Niederlage beschert hatte. Kein Wunder, dass er mich nicht sonderlich fröhlich grüßte. Aber bald würden er und seine Joggerkollegen den Wald ja für sich alleine haben, dachte ich mit Wehmut, als ich Wondy durch das Tor lenkte, das auf den Hof des Reitstalls führte. In einem halben Jahr würde es hier keinen Stall und keine Pferde mehr geben, und wenn wir demnächst im Wald ausreiten wollten, dann würden wir zuerst Felder und Wiesen durchqueren müssen. Ich führte mein Pferd an den Außenboxen vorbei Richtung Reitplatz. Wojtek, der Nachfolger unseres langjährigen Pferdepflegers Herrn Schmidt, mistete gerade Wondys Box aus und grinste mir freundlich zu. Gerade als ich die Zügel aufnehmen und antraben wollte, meldete sich mein Handy. Ich kramte es aus der Tasche meiner Weste, tippte auf den Home-Button und mein Magen verknotete sich unwillkürlich. Doro hatte mir eine WhatsApp geschrieben!

Müssen wohl mal reden, hatte sie geschrieben. Ohne Anrede, ohne Gruß, ohne ein grinsendes Emoticon.

Bei jedem anderen, der mir in einer solchen Situation so etwas geschrieben hätte, wäre ich sauer geworden, aber ich kannte Doro lang genug, um zu wissen, dass sie schon für diese vier Worte einen Riesensprung über ihren Schatten hatte machen müssen.

Bin im Stall, tippte ich mit dem Daumen meiner rechten Hand und drückte auf Senden. Dann steckte ich das Handy weg, bevor Herr Weyer mich erwischte. Der Reitlehrer mochte es nämlich gar nicht, wenn wir mit dem Handy in der Hand auf dem Pferd saßen. Ich gurtete noch einmal nach und ließ Wondy angaloppieren. Im leichten Sitz galoppierte ich um den ganzen Platz. Ich sah Papa mit Alissa an der Leine die Straße hochkommen und winkte ihm zu. Er winkte zurück und beobachtete mich einen Moment lang, bevor er mit dem Hund im Wald verschwand. Das Frühaufsteher-Gen hatte ich eindeutig von meinem Vater geerbt.

Meine Gedanken drehten sich, seit ich die Nachricht gelesen hatte, nur um das bevorstehende Gespräch mit Doro und mir war schlecht vor Aufregung.

Um kurz vor acht brachte ich Wondy in seine Box. Ich hatte ihm die Hufe und die Beine abgespritzt und sein kastanienbraunes Fell sorgfältig ausgebürstet. Nun machte er sich über den großen Berg Heu her, den Wojtek unter die Futterkrippe geworfen hatte, und schnaubte zufrieden. Ich war innerlich total zittrig, als ich das Sattelzeug in die Sattelkammer trug. Katie und ich wollten uns um zehn treffen und zusammen ins Einkaufszentrum fahren, um noch ein paar Klamotten für den Urlaub zu kaufen. Was sollte ich tun, wenn sich Doro vorher nicht mehr meldete? Ich hielt inne. Warum machte ich mich eigentlich so verrückt?

Phils Flug nach Chicago ging morgen um dreizehn Uhr, wir würden dann am Montag früh um sieben Uhr nach Noirmoutier aufbrechen, ob mit oder ohne Doro. Es war schließlich ihr Problem und nicht meins, wenn sie sich bis dahin nicht dazu durchgerungen hatte, sich bei mir zu entschuldigen!

Herr Weyer und Vivien kamen die Stallgasse entlang.

»Guten Morgen!«, rief mir der Reitlehrer zu. »Ich habe gesehen, dass du schon fleißig warst!«

»Du Frühaufsteherin«, fügte Vivien hinzu und lächelte.

»Ich liebe es, morgens im Wald zu reiten«, entgegnete ich.

Die beiden blieben bei mir stehen.

»Danke, dass du gestern die Longenstunden übernommen hast, Lotte«, sagte Vivien. »Du machst das so gut, dass ich bald arbeitslos bin, nicht wahr, Micha?«

»Ja, die Mädchen waren schwer begeistert«, bestätigte der Reitlehrer und zwinkerte mir zu. »Sie wollen nur noch bei dir reiten lernen. Offenbar bist du als Reitlehrerin ein Naturtalent.«

»Echt?« Ich wurde vor Freude knallrot. »Mir macht das auch voll Spaß.«

»Ich habe mir überlegt, dass du einen Trainerassistenschein machen könntest«, sagte Herr Weyer nun. »Du müsstest dafür ein Vorbereitungsseminar absolvieren, das Voraussetzung für die Zulassung zum Trainer-C-Lehrgang ist. Und sobald du sechzehn bist, kannst du Trainerassistent oder sogar Trainer-C werden.«

Meine Augen wurden immer größer.

»Lass uns darüber reden, wenn du aus Frankreich zurück bist«, schlug Herr Weyer vor. »Wenn du in Zukunft regelmäßig Unterricht geben möchtest, dann musst du diese Qualifikationen haben, denn sonst könnte es große Probleme geben, falls mal etwas passiert. In einem Reitverein muss das korrekt laufen, allein schon aus versicherungstechnischen Gründen, aber auch wegen einer Bezahlung. Du sollst hier ja nicht schwarz arbeiten müssen.«

»Das klingt echt super!«, strahlte ich. »Nächstes Jahr werde ich ja schon sechzehn.«

»Und wenn du bis dahin die erforderlichen Trainerscheine hast, kannst du Unterricht geben. Ich bin mir sicher, dass der Verein die Kosten für die Lehrgänge übernehmen würde.« Herr Weyers Blick ging an mir vorbei. »Guten Morgen, Doro.«

»Guten Morgen.«

Ich fuhr herum. Vor mir stand meine ehemals beste Freundin. Oh Gott! Hatte sie etwa gehört, über was wir gesprochen hatten?

»Hi, Lotte«, sagte sie. »Hast du einen Moment Zeit?«

Herr Weyer und Vivien warfen uns verwunderte Blicke zu, dann verschwanden sie in der Sattelkammer, die auch als Stallbüro diente. Natürlich wussten sie von unserem Streit und dass wir seit Monaten nicht mehr miteinander redeten.

»Klar.« Mein Herz klopfte mir bis in den Hals. Hier, an dieser Stelle auf der Stallgasse, hatten wir vor vier Monaten die letzten Worte gewechselt. Böse Worte. Sehr böse.

»Lass uns rausgehen«, schlug Doro vor. Vielleicht erfüllte sie die Stelle mit demselben Unbehagen wie mich. Wir liefen über den Hof zum Reitplatz.

»Fällt mir jetzt nicht leicht«, sagte Doro, ohne mich anzusehen. »Aber muss wohl sein. Ist ja deine Bedingung.«

Das klang wie ein Vorwurf. So, als sei alles meine Schuld und würde sie nun demütigen.

Ich atmete tief durch und zählte innerlich bis drei.

»Gar nichts *muss* sein«, erwiderte ich kühl. »Ich zwinge dich zu nichts. Wenn du lieber weiterhin nicht mit mir reden willst, ist das auch okay für mich.«

Doro stützte sich auf das Geländer und starrte in die Ferne. Wie konnte es bloß sein, dass wir uns so weit voneinander entfernt hatten? Woran lag es? Wirklich nur an Katie und Simon?

»Ist 'ne Scheißidee von unseren Müttern«, sagte sie.

»Finde ich auch«, antwortete ich.

»Das ist voll die Erpressung.«

»Musst dich ja nicht erpressen lassen.«

»Hab aber keine andere Wahl.«

»Natürlich«, sagte ich. »Du kannst zu deinen Großeltern

fahren. Vier Wochen überlebst du schon irgendwie. Dann musst du dich auch nicht vor mir erniedrigen. So scheinst du's nämlich zu sehen.«

»Das tu ich nicht.« Endlich wandte sie sich zu mir um. Ihre braunen Locken tanzten um ihr Gesicht, ihre Augen funkelten. »Ich hasse es nur, dass sich meine Eltern einmischen!«

»Daran bist du doch selber schuld«, entgegnete ich. »Du hast ihnen bescheuerten Kram über mich erzählt. So was haben wir früher niemals gemacht! Eher hätten wir uns die Zunge abgebissen, als unseren Eltern was zu sagen!«

Doro senkte den Blick. »Warum haben wir uns eigentlich gestritten?«, fragte sie, ohne mich anzusehen.

»Keine Ahnung. Ich hab nicht angefangen.« Ich lehnte mich an die Umzäunung des Reitplatzes. »Auf meine WhatsApp hast du mir ja nie geantwortet und hast mich sogar gesperrt. Und dann hast du Beate als Reitbeteiligung für Nado genommen. Na ja, da dachte ich halt, du hängst jetzt eben lieber mit Josie und den Leuten aus deiner Schule rum. Ist ja auch in Ordnung, wenn's dir besser gefällt.«

Ich wusste, dass Doro nur darauf wartete, dass ich ihr die Hand zur Versöhnung hinstreckte, aber dazu war ich nicht bereit. Diesmal nicht!

Herr Weyer kam mit Abros am Zügel aus dem Stall, saß auf und ritt an uns vorbei auf den Reitplatz.

»Es gefällt mir nicht besser«, gab Doro zu. Sie kämpfte mit sich.

Ich schwieg. Und wartete. War »Entschuldigung« denn wirklich ein so schwieriges Wort?

Vivien führte Twister in die Halle. Zwei ältere Damen folgten ihr mit Oki und Sparky. Um neun Uhr begann die Westernreitstunde. Gleich würde Katie auftauchen. Mein Magen knurrte und erinnerte mich daran, dass ich noch nichts gefrühstückt hatte.

»Hast du überhaupt Lust, mit nach Noirmoutier zu fahren?«, fragte ich schließlich.

»Ja!«, brach es aus Doro heraus. »Klar hab ich das!«

Ich machte einen Schritt auf sie zu und legte meine Hände auf ihre Schultern. Ihre großen braunen Augen füllten sich mit Tränen. Sie biss sich auf die Lippen. Ich spürte, dass sie zitterte.

»Mensch, Doro! Dann sag's doch endlich!« Ich schüttelte sie leicht. »Ist das denn so schwer? Du tust ja grad so, als wäre ich voll die ...«

»Es tut mir leid, Lotte!« Doro schluchzte auf. Sie warf mir die Arme um den Hals und presste ihr Gesicht an meine Schulter. »Es war saublöd, was ich gemacht hab, das weiß ich! Aber ... ich ... ich konnte irgendwie nicht mehr zurück. Dabei hab ich mir damit nur selbst geschadet. Entschuldige bitte, Lotte! Du fehlst mir total!«

Da musste ich auch heulen. Ich hatte sowieso nah am Wasser gebaut und sogar bei *Harry Potter* geheult, als Sirius Black und Albus Dumbledore sterben mussten.

Wir hielten uns fest umarmt und die Tränen kullerten, und dann guckten wir uns in unsere verheulten Gesichter und mussten grinsen.

»Kein Wort mehr drüber?«, fragte ich.

»Kein Wort mehr drüber«, nickte Doro und schniefte.

»Vergeben und vergessen?«

»Ja«, bestätigte sie. »Unbedingt.«

»Dann lass uns unseren Eltern gleich die frohe Botschaft überbringen.« Ich ergriff ihre Hand und zog sie mit. Und wir liefen die Auffahrt hinunter nach Hause, so, wie wir es schon tausend Mal zuvor getan hatten.

Jetzt wissen es alle … und das ist cool!

Was shoppen gehen anging, war ich ein ziemlich untypisches Mädchen, denn ich hasste es wie die Pest. Wenn es denn sein musste, entschied ich mich in Windeseile für die nötigsten Klamotten und war jedes Mal froh, dem Einkaufszentrum so schnell wie möglich wieder entronnen zu sein. Ausnahmen waren Buchhandlungen und Geschäfte für Reitsportzubehör, dort konnte ich mich stundenlang aufhalten.

Katie hatte auf meine knappe WhatsApp mit dem Wortlaut *Wir haben uns vertragen* ☺ genauso knapp und pragmatisch mit *Cool! Kommt D mit ins MTZ?* geantwortet.

Das war typisch Katie und dafür schätzte ich sie ganz besonders. Sie verlor nie viele Worte, lamentierte nicht lang herum und wenn ein Problem gelöst war, dann war es für sie erledigt. Doro hatte zuerst etwas zögerlich zugestimmt, uns zu begleiten, aber schon als wir an der Bushaltestelle am Reitstall in den Bus stiegen, war alles fast so, als wäre nie etwas geschehen. Drei Stunden später waren wir zurück, schwer beladen mit Unmengen von Tüten. Wir hatten zum Mittagsessen Burger und fettige Pommes gefuttert und uns als Nachtisch einen Milchshake bei *Starbucks* gegönnt. In den nächsten Wochen auf Noirmoutier würde es hauptsächlich Fisch und Gemüse zu essen geben, deshalb hatte ich gleich drei Cheeseburger auf einmal verschlungen. Ich hatte mir nur einen neuen Badeanzug, eine Shorts, einen Kapuzensweater, froschgrüne Flipflops und ein paar T-Shirts gekauft, den Rest meines Geldes hatte ich in einen Stapel Bücher und eine Sonnenbrille investiert. Außerdem hatte ich eine Kleinigkeit für Simon erstanden, aber davon hatte ich meinen Freundinnen nichts erzählt.

Doro und ich schleppten unsere Beute nach Hause, später würden wir uns wieder im Stall treffen, denn um halb vier sollte der Hufschmied kommen, um Wondy die hinteren Eisen abzunehmen. Außerdem wollten wir uns die Westernreitstunde ansehen. Simons Bruder Karsten und sein Freund Oliver, die mehr und mehr den Spaß am Reiten verloren hatten, waren nun endgültig in den Westernsattel umgestiegen und begeistert bei der Sache. Sie fanden es viel cooler, in Jeans und Cowboystiefeln auf dem Pferd zu sitzen, statt in Reithosen und Reitstiefeln. Oliver kam mit dem Schimmel Indy am Zügel gerade aus dem Stall, als Doro und ich gemeinsam über den Hof schlenderten.

»Was sehen meine müden Augen denn da?«, fragte er erstaunt.

»Ja, was sehen sie denn?«, erwiderte ich und grinste.

»Na ja, wurde ja auch mal Zeit, dass ihr wieder normal werdet, ihr Hühner«, brummte er. »Seht ihr Vivien irgendwo?«

»Nee.«

Er ergriff das Sattelhorn und schwang sich, ohne den Steigbügel zu benutzen, in den Sattel.

»Nicht schlecht.« Ich war ehrlich beeindruckt.

»War doch bloß Zufall, dass das geklappt hat«, meinte Doro spöttisch.

Natürlich war Oliver in seinem männlichen Stolz gekränkt. Er ließ sich aus dem Sattel gleiten und wiederholte das Manöver.

»Noch Fragen, Ladies?«, grinste er lässig.

»Wow, du bist echt der Größte!« Doro feixte. »Fast wie John Wayne.«

Oliver streckte ihr die Zunge heraus. »Eigentlich war es ganz nett, als du mit niemandem von uns hier geredet hast«, sagte er.

Karsten kam mit der Fuchsstute Oki aus dem Stall, gefolgt von Gunther, unserem Jugendwart, der die braune Stute Twister hinter sich herzog. Zum Schluss erschien – und ich traute meinen Augen kaum – Alex!

»Seit wann reitest du denn western?«, fragte ich den Sohn des ersten Vorsitzenden überrascht.

»Seit heute«, antwortete Alex kurz angebunden.

»Und warum?«

»Weil ich allem Neuen gegenüber aufgeschlossen bin und jede Art des Reitsports beherrschen will«, behauptete er, großspurig wie üblich. »Wenn jemand Einwände hat, soll er jetzt reden oder für immer schweigen.«

Doro und ich wechselten einen Blick. Typisch Alex!

»Ich glaube eher, das Zeitungsfoto aus dem Erinnerungsbuch für Isas Hochzeit belastet dich noch immer«, zog Gunther ihn auf und erntete dafür einen finsteren Blick von Alex.

»Was war das für ein Foto?«, erkundigte sich Doro bei mir. Sie war ja nicht auf Isas Hochzeits-Abschieds-Party und kannte deshalb das Fotobuch nicht, das Jutta, Merle und Gaby für Isa zusammengestellt hatten.

»Ach, da war so ein Zeitungsartikel mit einem Foto von Alex überm Sprung«, erklärte ich. »Es war etwas … äh … ungünstig fotografiert.«

»In *stilistisch hervorragender Manier*, wohlgemerkt«, gluckste Gunther schadenfroh. »Hinter der Bewegung, die Beine nach vorne weggestreckt!«

»Halt besser die Klappe«, riet Alex ihm mit grimmiger Miene. »Ich hab schon lange niemanden mehr verklagt und mir ist gerade danach.«

Gunther lachte gutmütig und winkte ab. Alex studierte Jura und hatte ständig solche Sprüche parat.

Er fummelte am Sattelgurt des Westernsattels herum. »Was ist denn das für ein komplizierter Kram hier?«, fuhr er auf. Geduld war nicht seine Stärke. »Vivien! *Viiiivien!*«

Die Reitlehrerin kam aus dem Stall.

»Warte, ich zeig dir, wie das geht«, sagte sie und schob ihn ein Stück zur Seite. »Hier, schau genau hin. Du musst diesen langen Riemen durch diese Schnalle ziehen, und dann hier drunter durch, nach links und fertig.«

Es war ein schöner, sonniger Samstagnachmittag, an dem einiges los war im Stall. Alle warteten gespannt auf die Westernreitstunde, deshalb hatten sich jede Menge Zuschauer eingefunden. Susanne, Annika und Dani, Merle und Jutta, Dörte, Cordula, Bille, Beate, Ralf und ein paar andere standen neugierig auf dem Hof herum. Wir alle hatten schon unter Alex' zynischen Bemerkungen und seinem Spott leiden müssen und amüsierten uns jetzt darüber, ihn als ratlosen Anfänger zu erleben.

»Stopp, warte!«, hielt Vivien ihn zurück, als er den Fuß in den Steigbügel stellte. »Beim Westernreiten sitzt man anders auf als beim Englischreiten.«

Alex blickte sich um und sah in lauter erwartungsvoll grinsende Gesichter. Er furchte bedrohlich die Stirn. »Was gibt's da zu glotzen, Leute?«, fragte er mit lauter Stimme, dann wandte er sich an Vivien. »Kannst du bitte diese … diese sensationslüsterne Meute zerstreuen? Als Reitlehrerin bist du auch für das mentale Wohl deiner Schüler verantwortlich.«

»Das liegt dir ja ganz besonders am Herzen, nicht wahr?«, fragte Gunther, der mittlerweile im Sattel saß.

»Ja, aber *absolut!*«, entgegnete Alex im Brustton der Überzeugung. Bei ihm konnte man sich nie ganz sicher sein, ob er etwas ernst meinte oder einen auf den Arm nehmen wollte. »Meine Methoden zielen auf Abhärtung durch die Erbringung von Höchstleistungen unter feindlichem Beschuss ab.«

Die Umstehenden bogen sich vor Lachen, auch Vivien grinste belustigt.

»Nie um eine Antwort verlegen, der Herr Schäfer junior«, erwiderte Gunther kopfschüttelnd und ritt auf den Reitplatz. Wenig später saß auch Alex auf dem Pferd und die Reitstunde konnte beginnen.

»Eine reine Männer-Runde«, stellte Katie fest. »Ziemlich ungewöhnlich.«

»Ja, tatsächlich interessieren sich erstaunlich viele Herren für das Westernreiten«, bestätigte Herr Weyer, der, angelockt durch das Gelächter, aus der Reithalle gekommen war. »Nach dem Umzug auf die neue Reitanlage werden wir diese Sparte noch etwas ausbauen. Damit sind wir in sportlicher Hinsicht dann wohl einer der vielseitigsten Reitvereine in ganz Deutschland.«

»Das fehlt ja noch, dass die Westernreiter mit ihren Stops und Spins dann den Hallenboden ruinieren«, nörgelte Cordula.

»Siehst du hier jemanden stoppen und spinnen?«, fragte Merle scharf. »Wie kann man bloß so negativ sein!«

»Na, dann warte mal ab, was passiert, wenn dein Pferd in ein Loch tritt und sich die Sehne zerrt«, erwiderte Cordula.

»Ich hab gar kein Pferd«, sagte Merle. »Und du auch nicht, soweit ich weiß.«

»Du weißt genau, was ich meine«, schnaubte Cordula verärgert.

Sie gehörte zu den Älteren und war mit uns im Jugendvorstand. Ich hatte sie nie sonderlich gut leiden können, aber seitdem ich wusste, dass sie mit Inga befreundet war und den Leuten vom Georgshof heimlich Informationen über die Vereinsmitglieder zugespielt hatte, war sie bei mir komplett unten durch. An ihrer Stelle wäre ich nie mehr im Reitstall aufgetaucht, nachdem ihre Kollaboration mit dem Feind ans Licht gekommen war, aber manche Menschen waren erstaunlich robust.

Während Oliver, Karsten und Gunther schon im Trab um die ganze Bahn ritten, erklärte Vivien Alex die Hilfengebung beim Westernreiten, die vollkommen anders war als beim Englischreiten.

Jemand lehnte sich dicht neben mir ans Geländer.

»Hey«, hörte ich eine vertraute Stimme und blickte hoch.

Simon!

»Hey!«, hauchte ich benommen. Beim Blick in seine gold-braun gesprenkelten Augen wurden meine Knie weich und mein Puls beschleunigte sich innerhalb einer Sekunde von sechzig auf mindestens dreihundert Schläge in der Minute. Gleichzeitig versuchte ich, mir meine Freude nicht anmerken zu lassen. Simon war der weitaus bessere Schauspieler von uns beiden, er schien so gelassen wie immer. Bisher wussten hier im Stall nur Doro und Katie, dass Simon und ich zusammen waren, und das wollten wir eigentlich auch vorerst so lassen. Allerdings fiel mir die Heimlichtuerei von Tag zu Tag schwerer.

»Naaa, Herr Orthmann. Lässt du dich auch mal wieder blicken?« Susanne wollte sich zwischen uns drängen, aber Simon wich nicht von der Stelle, deshalb musste sie einen Schritt zurückmachen. Simon und ich standen so dicht nebeneinander, dass ich die Wärme seiner Haut spüren konnte.

»Reitest du heute noch?«, fragte Susanne und strich sich eine Strähne ihres langen goldblonden Haars aus dem Gesicht.

»Hatte ich vor, ja«, erwiderte Simon. »Wieso?«

Ich bemerkte die neugierigen Blicke von Annika und Dani.

»Wir dachten, wir könnten heute Abend mal wieder zu

viert was unternehmen«, fuhr Susanne fort. »'ne Pizza essen gehen oder so. Wie früher halt.«

»Oder sind wir dir nicht mehr gut genug, jetzt wo du *Privatpferde* reiten darfst?« Das war Dani, die schon ewig in Simon verliebt war, wie er mir einmal erzählt hatte.

»Ich hab heute Abend schon was anderes vor«, sagte er. »Tut mir leid.«

Früher waren die vier dicke Freunde gewesen. Doro und ich hatten sie »das Kleeblatt« getauft, weil sie fast immer nur zu viert auftraten. Aber schon seit einer ganzen Weile hatte Simon sich von den drei Mädchen distanziert, weil ihm ihre Lästereien über alles und jeden auf die Nerven gegangen waren.

»Du kommst ja nur noch zum Reiten in den Stall«, bemerkte Annika spitz.

»Man könnte fast glauben, du bist uns untreu geworden«, ergänzte Dani. »Hast du etwa eine heimliche Freundin, von der wir nichts wissen?«

Die drei kicherten, und alle anderen ringsum sperrten auch die Ohren auf. In wohl allen Reitställen der Welt gab es überproportional viele Mädchen, die Jungs waren grundsätzlich in der Minderheit – das war auch bei uns der Fall. Simon sah megagut aus und konnte noch dazu ziemlich gut reiten, kein Wunder, dass viele Mädchen für ihn schwärmten.

»Ja, stimmt sogar«, erwiderte Simon. »Ich habe tatsächlich eine Freundin.«

»Ach ja? Und warum versteckst du sie vor uns?«, wollte Annika wissen.

»Vielleicht ist sie ja allergisch gegen Pferde«, vermutete Susanne.

»Oder so hässlich, dass wir sie nicht sehen dürfen.« Dani lachte etwas zu schrill.

»Nein, sie ist kein bisschen hässlich«, sagte Simon und lächelte mich an.

Mein Herzschlag setzte kurz aus, als ich kapierte, was hier abging.

»Ich hab dich das nie gefragt: Bist du eigentlich allergisch gegen Pferde, Lotte?«

»Nein, ich glaube nicht«, erwiderte ich und konnte meinen Blick nicht mehr von ihm abwenden. Wir lächelten uns an. Wurden ernst.

Ist das okay für dich?, fragten mich seine Augen.

Aber so was von okay, erwiderte ich stumm.

Da legte er seinen Arm um mich und alles um mich herum versank in einem rosaroten Glücksnebel mit blitzenden Sternchen, als er nun meine Wange berührte und mich vor allen Leuten küsste.

Wie aus weiter Ferne hörte ich Katie kichern. Karsten rief vom Pferd aus: »Was ist *das* denn bitte?«

Als ich die Augen wieder öffnete, musste ich mich an Simon lehnen, sonst wäre ich wohl umgekippt. Er sah mich so zärtlich an, dass mir schwindelig wurde. Ich bemerkte überraschte und entgeisterte Gesichter ringsum, manche lachten, freuten sich und beglückwünschten uns, Alex sagte im Vorbeireiten: »Orthmann, du alter Schwerenöter! Hab's mir doch die ganze Zeit schon gedacht!«

Ich grinste wie ein Honigkuchenpferd. Doch dann begegnete mir der Blick von Dani. Der hasserfüllte Ausdruck in ihren Augen trübte den Moment des perfekten Glücks, und mit einem Schaudern wurde mir bewusst, dass ich in ihr ab heute eine Feindin hatte.

OB DAS GUT GEHT?

Die Neuigkeit, dass Simon und ich zusammen waren, machte blitzschnell im ganzen Stall die Runde und die Beilegung des Streits zwischen Doro und mir geriet damit zur Nebensächlichkeit, was uns beiden nur recht war. Ich kriegte von der Westernreitstunde nicht mehr viel mit.

Nachdem der Hufschmied, der Wondy die hinteren Eisen abnahm und die Hufe ausschnitt, gegangen war, sah ich Katie und Simon beim Reiten zu.

Nach einer halben Stunde tauschten sie die Pferde, denn Simon sollte ja auch Asset reiten, während Katie verreist war.

Dragon-Mum schaute auch zu und war ausgesprochen zufrieden, weil Simon supergut mit Asset zurechtkam. Seitdem er Schtari ritt, war der dunkelbraune Wallach, der sich früher ständig erschreckt und über jede Kleinigkeit aufgeregt hatte, total ausgeglichen, sogar im Gelände. Simon ging regelmäßig mit ihm in den Wald und ließ ihn oft am Halfter auf dem Wiesenstück neben dem Reitplatz grasen, was Katies Bruder sich nie getraut hatte. Draco, der eigentlich Sven hieß, hatte Angst vor dem Pferd gehabt, das trotz seiner Größe ein kleines Sensibelchen war und keine harte Hand und Schlaufzügel, sondern einen einfühlsamen Reiter und Vertrauen brauchte. Draco war heilfroh gewesen, als seine Mutter nicht mehr darauf bestanden hatte, dass er mit in den Stall kam. Mittlerweile spielte er mit seinem Vater Golf und vermisste sein Pferd und die Reiterei überhaupt nicht. Von uns hatte ihn nie mehr jemand gesehen.

»Wir fahren morgen um vierzehn Uhr hier los«, sagte Frau von Richter zu mir. »Nach Heftrich brauchen wir ungefähr eine Dreiviertelstunde.«

»Okay.« Ich nickte. »Es ist echt nett, dass Sie das machen. Haben Sie denn wirklich Zeit dafür?«

Ich hatte ein schlechtes Gewissen, dass Frau von Richter extra für mich den Aufwand betrieb, der sie ein paar Stunden Zeit kosten würde, denn immerhin flogen die von Richters am nächsten Tag in den Urlaub, und da war sicherlich noch eine Menge zu tun.

»Mach dir keine Gedanken.« Katies Mutter winkte ab. »Ich bin schon so oft irgendwohin geflogen, das ist für mich nichts Besonderes mehr. Und die Koffer sind schnell gepackt.«

Ich war in meinem ganzen Leben überhaupt noch nie geflogen. Seit ich denken konnte, fuhren wir im Sommer für vier Wochen nach Frankreich ans Meer. Im Gegensatz zu mir hatten Katie und auch Doro schon die halbe Welt gesehen, denn ihre Väter waren beruflich viel unterwegs und sammelten beim Fliegen irgendwelche Bonuspunkte, mit denen dann wiederum ihre Familien billig oder sogar umsonst fliegen konnten.

»Es war wirklich ein guter Tipp von dir, uns Simon als Reitbeteiligung für Schtari vorzuschlagen«, sagte Frau von

Richter und blickte mich von der Seite an. »Ich habe vorhin gehört, er ist dein Freund. Stimmt das?«

»Äh … ja …«, stammelte ich und wurde blutrot. »Ja, das stimmt.«

»Hoffentlich findet Katie eines Tages auch so einen netten Freund, der Verständnis für ihre Pferdeleidenschaft zeigt und sie dabei unterstützt.« Dragon-Mum seufzte.

Darauf wusste ich nichts zu erwidern. Es gab wohl kaum etwas Unangenehmeres, als mit der Mutter meiner Freundin über Jungs zu sprechen.

»Nun ja«, fuhr Frau von Richter fort. »Ich freue mich auf jeden Fall, dass Katie und du so gute Freundinnen seid. Und mit Doro hast du dich auch wieder vertragen, hm?«

»Jaaaa. Sie kommt mit uns nach Frankreich, weil ihre Eltern nach Südafrika fliegen und Doro sonst zu ihren Großeltern nach Bayern fahren müsste.«

»Ach, das ist ja nett von euch«, sagte Katies Mutter.

Zu meiner Erleichterung versiegte unser Gespräch, und sie ging nach einem kurzen Abschiedsgruß zurück ins Casino.

Ich hatte meinen Eltern versprochen, um sechs zu Hause zu sein, weil sie einen Abschiedsabend für Phil veranstalten wollten. Als Mama mich vor ein paar Tagen gefragt hatte, ob ich Simon dazu einladen wollte, hatte mein Bruder heftig protestiert. Es sei schließlich *sein* Abend und da wolle er den peinlichen Idiot Orthmann nicht dabeihaben, seine Freunde würden eh schon über ihn lästern, weil ich mit diesem Trottel zusammen wäre. Simon war bereits ein paarmal bei uns zum Mittagessen gewesen, meine Eltern mochten ihn und ärgerten sich, wenn Phil schlecht über ihn sprach, aber ich hatte rasch behauptet, Simon könne sowieso nicht kommen. In Wirklichkeit, das wusste ich, legte er ebensowenig Wert auf Phils Gesellschaft wie der auf seine.

Als Doro und ich zwei Stunden später nach Hause gingen, fühlte ich mich irgendwie unwirklich. Etwas hatte sich unwiderruflich verändert, und ich hatte das eigenartige Gefühl, an diesem Nachmittag mit einem Schlag erwachsen geworden zu sein.

»Wie die alle geguckt haben!«, amüsierte Doro sich noch immer und gluckste vor sich hin. »Dem Kleeblatt sind fast die Augen aus dem Kopf gefallen!«

»Allerdings«, erwiderte ich. »Dani hasst mich jetzt. Sie ist schon ewig in Simon verknallt.«

»Aber er nicht in sie, sondern in dich. Man kann eben nicht bei allen beliebt sein.« Doro zuckte die Schultern. »Und Dani ist eh eifersüchtig auf dich, weil du Won Da Pie hast.«

»Ach, manchmal wünschte ich, ich wäre ein bisschen wie Alex.« Ich seufzte. »Dem ist es total egal, was andere von ihm denken.«

»Das glaub ich nicht«, widersprach Doro. »Ihm ist es sogar total wichtig. Er hat ständig Angst, dass andere über ihn lästern. Und er kann nicht über sich selbst lachen.«

»Du hast recht!« Erstaunt bemerkte ich, dass ich Alex ganz falsch eingeschätzt hatte. Mir fiel ein, wie oft er argwöhnisch reagiert hatte, wenn jemand über irgendetwas lachte, und er vermutete, es ginge um ihn. Und über das verunglückte Foto in dem Erinnerungsalbum für Isa hatte er nicht lachen können, er hatte nur gute Miene zum bösen Spiel gemacht.

»Der einzige Mensch, den ich kenne, dem *wirklich* egal ist, was andere von ihm denken, ist Simon«, sagte Doro. »Er zieht sein Ding durch und es juckt ihn kein bisschen, wenn irgendjemand über ihn lästert.«

»Stimmt.« Mir wurde ganz warm ums Herz, weil mir bewusst wurde, dass ich Simon genau deshalb liebte. »Fährst du morgen mit nach Heftrich?«

»Da muss ich erst meine Eltern fragen.«

Wir bogen in unsere Straße ein.

»Warte mal, Lotte. Ich muss dir noch was sagen.« Doro blieb stehen.

Vom Reitstall bis zu Frieses Haus waren es gerade mal fünfzig Meter, bis zu unserem zwanzig Meter mehr, deshalb mussten wir hier stehen bleiben, wenn wir noch etwas Wichtiges zu besprechen hatten.

»Ich hab in den letzten Wochen echt viel nachgedacht«, sagte Doro. »Ich war eigentlich nur zu Hause, auch wenn ich im Stall immer erzählt habe, ich wäre dauernd unterwegs.«

Das hatte ich vermutet, aber ich sagte nichts.

»Ich war echt total sauer auf dich, weil ich gedacht habe, ich wäre dir nicht mehr wichtig. Irgendwie ...« Sie schürzte die Lippen und suchte nach den richtigen Worten. »Na ja, irgendwie dachte ich, du würdest jetzt nur noch mit Simon rumhängen und ich wäre das fünfte Rad am Wagen.

Alle, die ich kenne, verändern sich total, wenn sie einen Freund haben. Aber … aber dann hab ich gemerkt, dass du so warst wie immer. Und ich kam mir voll blöd vor.« Plötzlich füllten sich ihre Augen mit Tränen. »Ich hab mich so scheiße benommen, Lotte! Und jetzt … jetzt ist alles so, als wäre gar nichts gewesen und … und ich ärgere mich über mich selbst, weil ich so bescheuert war! Bist du denn gar nicht wütend auf mich?«

Meiner Freundin liefen die Tränen übers Gesicht und ich war etwas ratlos. Aber dann kapierte ich, dass das die Gelegenheit war, die ganze Sache ein für alle Mal aus der Welt zu schaffen und einen richtigen Neuanfang zu machen. Das mussten wir tun, denn sonst schleppten wir die alte Geschichte unausgesprochen mit uns herum.

»Klar war ich sauer auf dich!«, erwiderte ich deshalb. »Sogar megasauer! Du hast den Weyer angelogen und mich beschimpft, dann hast du deinen Eltern lauter Lügenmärchen erzählt, hast ihnen sogar das mit mir und Simon verraten! Ich wäre am liebsten zu euch rübergegangen und hätte dir eine geflammt.«

»Und wieso hast du's nicht getan?« Doro grinste etwas zittrig.

»Weil du mir eigentlich einen Gefallen getan hast.« Ich grinste auch. »Meine Eltern waren nämlich null geschockt, als sie erfahren haben, dass ich einen Freund habe. Ganz im Gegenteil: Sie mögen Simon voll gerne.«

»Ich geb's zu, ich war echt eifersüchtig auf dich. Und ich wollte, dass du Ärger kriegst.« Doro ließ den Kopf hängen. »Aber der Schuss ging nach hinten los. Stattdessen hab *ich* den Megazoff des Jahrtausends gekriegt. Meine Eltern waren stinkwütend und mein Vater hat mich total niedergemacht.«

»Geschieht dir ganz recht.«

»Ja, das tut's.« Doro seufzte.

»Du hast Isas Abschiedsfeier verpasst, du dumme Nuss«, sagte ich. »Und die Turniere! Aber vor allen Dingen diese Sache mit der Georgshof-Mafia. Das war das absolute Spektakel, sage ich dir.«

»Ich war so blöd.«

»Ich hab echt nicht kapiert, warum du das alles gemacht hast. Und ich konnte nicht fassen, dass du lieber mit dieser beknackten Huhu-Josie rumhängst, statt mit uns!«

»Wie nennst du die?« Da musste Doro richtig grinsen.

»›*Huhu*, Lotte, film mich mal!‹«, äffte ich das Mädchen nach, das Doro mit den Reitstall gebracht hatte. »›*Huhu*, ich will mal traben! *Huhu*, Gaul, trab doch mal! *Huhu*, schmeiß mich doch mal in den Dreck, du lahmer Gaul, du!‹«

Doro starrte mich ein paar Sekunden an, dann fing sie derart an zu lachen, dass ich schon befürchtete, sie würde in den Straßengraben fallen. Wir lachten und lachten, bis wir Seitenstechen hatten und keuchend nach Luft schnappten. Und dann fiel sie mir um den Hals und ich umarmte sie auch.

»Ach, Lotte, ich bin froh, dass wir uns wieder vertragen haben!«, gestand sie mir. »Du hast mir so sehr gefehlt!«

»Du mir auch«, erwiderte ich.

»Kannst du mir das echt verzeihen?«, wollte sie wissen.

»Klar!« Ich überhörte die leise, skeptische Stimme in meinem Kopf, die mich fragte, ob das wohl tatsächlich gut gehen konnte. Ich wollte keine Zweifel zulassen. »Wir sind doch schon so lange Freundinnen.«

»Ja, das stimmt.« Doro nickte und umarmte mich noch ein bisschen fester.

»Was sind denn das für Sitten? Am helllichten Tag herumküssen!«, sagte jemand hinter uns und wir ließen uns erschrocken los. Wir hatten gar nicht bemerkt, dass jemand den Bürgersteig hochgekommen war, und erkannten nun Frau Oehmsen, die alte Tratschtante, die mit ihrem asthmatischen Beagle ein Stück weiter unten in der Straße wohnte. Sie hatte Simon und mich mal überrascht und mir eine Moralpredigt gehalten.

»Hallo – wir sind doch zwei Mädchen!«, sagte Doro zu der Alten.

»Na, umso schlimmer!«, entrüstete sich die Frau, dann erkannte sie mich. Sie musterte mich durch die dicken Brillengläser, die ihre wässrigen Augen riesig wirken ließen. »Ach, schon wieder du! Deine armen Eltern, die ein solches Früchtchen zur Tochter haben! Erst mit Rockern unter Straßenlaternen herumpoussieren und jetzt das! Die Jugend von heute ist ja völlig verkommen!«

Doro und ich prusteten los. Wir ließen die Alte vor sich hin schimpfen und gingen weiter.

»Ich schick dir später noch 'ne WhatsApp, ob ich morgen mitfahren darf«, sagte Doro zum Abschied.

»Hast du noch meine Nummer?«, fragte ich und zwinkerte ihr zu.

»Die weiß ich sogar auswendig«, erwiderte Doro. Wir umarmten uns ein letztes Mal, dann lief ich weiter, damit ich nicht zu spät zur großen Farewell-Party meines Bruders kam. Das Leben war wieder rundum schön und ich war so glücklich, dass mich nicht mal Phil und seine blöden Kumpels ärgern konnten.

Meine zwei Traumpferde

Won Da Pie fand es überhaupt nicht lustig, dass er alleine Lkw fahren sollte. Er wieherte schrill, scharrte mit den Hufen und regte sich schrecklich auf, als wir die Verladerampe hochklappten. Aus dem Stall antwortete sein Kumpel Asset.

Angelockt von Wondys Theater hatten sich ein paar Schaulustige eingefunden, und in der Reithalle war Cordula von der jungen Stute Festina, an der sie eine Reitbeteiligung hatte, abgesessen und führte sie herum.

»Könnt ihr nicht endlich losfahren?«, rief sie uns über die Bandentür hinweg zu. »Bei dem Zirkus kann man ja nicht gescheit reiten!«

»Sie hat nur Schiss, dass Festina einen Satz machen und sie runterfliegen könnte«, raunte Doro mir zu.

»Lass uns doch einfach Asset mitnehmen«, schlug Katie ihrer Mutter vor. »Als Gesellschaft, damit Wondy sich nicht so aufregt.«

»Ach was«, erwiderte Frau von Richter bestimmt. »Er beruhigt sich schon, wenn wir erst ein Stück gefahren sind. Auf den Turnieren hat er sich auch daran gewöhnt, alleine bleiben zu müssen.«

»Hoffentlich verletzt er sich nicht«, sagte ich besorgt. Jedes Wiehern meines Pferdes schnitt mir ins Herz.

»Ihr Mädchen macht euch immer viel zu viele Sorgen.« Dragon-Mum klatschte in die Hände. »So, und jetzt alle einsteigen, wir müssen los.«

Wondy donnerte mit den Hinterhufen gegen die mit dicken Gummiplatten verkleidete Wand, und obwohl er keine Eisen drauf hatte, klang es dramatisch. Doro, Simon und ich kletterten die zwei Treppenstufen zum Wohnabteil hoch, das zur Fahrerkabine hin offen war, Katie setzte sich auf den Beifahrersitz und ihre Mutter hinters Steuer.

Doro und ich hatten uns von Herrn Weyer und Vivien verabschiedet, denn wenn wir von Heftrich zurückkamen, war der Stall zu und morgen würden wir in aller Herrgottsfrühe in den Urlaub aufbrechen. Beate kümmerte sich in den nächsten Wochen um Doros Pferd Cornado, und zweimal pro Woche würden Herr Weyer oder Vivien den Grauschimmelwallach reiten.

»Hast du den Pferdepass, Charlotte?«, erkundigte sich Frau von Richter, als sie den großen Lkw die Auffahrt hinuntermanövrierte. Tief hängende Äste streiften das Dach und Wondy warf sich hinter uns wiehernd hin und her.

»Ja, natürlich.« Ich schaute besorgt zu Simon, aber er drückte nur stumm meine Hand. Und natürlich behielt Katies Mutter wieder einmal recht. Schon auf der Kronberger Straße hörte mein Pferd auf zu wiehern und zu trampeln, und als wir Richtung Königstein fuhren, gab es keinen Mucks mehr von sich.

Auf dem kleinen Monitor am Armaturenbrett konnten wir sehen, dass er sich vollkommen beruhigt hatte und Heu aus dem Heunetz zupfte, als wäre nichts gewesen.

»Sobald wir zurück sind, geht's los mit dem Training für die Kreismeisterschaften.« Katie stemmte die Füße gegen das Handschuhfach, nahm sie aber gleich wieder herunter, weil ihre Mutter ihr einen strengen Blick zuwarf. »Du hast echt gute Chancen, in den E-Kader zu kommen, Lotte. Fast alle besseren Leute aus dem Junioren-Kader sind nächstes Jahr zu alt und der Bergmann sucht dringend Nachwuchs.«

Jürgen Bergmann war der hessische Landestrainer für Junioren und Junge Reiter, und er hatte mich auf den letzten Turnieren bereits darauf angesprochen, dass er mich gerne zu Sichtungslehrgängen einladen wollte. Für eine Aufnahme in den Kader fehlte mir allerdings die Voraussetzung, nämlich drei Platzierungen in Springprüfungen der Klasse M, und ich war mir nicht sicher, ob ich überhaupt schon M reiten wollte und konnte. An Ostern war ich das allererste Turnier in meinem Leben geritten, und ich hatte nicht den Ehrgeiz, in den Kader zu kommen.

»Als er gehört hat, dass du ab nächstes Jahr Gento zum Reiten hast, haben seine Augen geglänzt«, sagte Katie und kicherte. »Mit dem kannst du locker M reiten, so erfahren, wie der ist.«

Sie schmiedete schon eifrig Zukunftspläne, dabei hatte ich erst vor ein paar Wochen überhaupt zum ersten Mal auf Gento gesessen. Damit war für mich ein Traum in Erfüllung gegangen, denn der braune Wallach war zwar mein erstes Pflegepferd gewesen, aber ich hatte ihn, als er noch Herrn Lauterbach gehört hatte, nie reiten dürfen. Ich war auf Anhieb so gut mit Gento zurechtgekommen, dass Jens Wagner mich gefragt hatte, ob ich mir vorstellen könnte, eine Reitbeteiligung an Gento zu übernehmen, wenn er ihn im Winter in den neuen Stall stellte. Nicht einmal Geld wollte er dafür haben, er suchte einfach eine zuverlässige Reiterin, die sich um Gento kümmerte und ihn eventuell auch auf Turnieren vorstellen konnte. Ich war sprachlos vor Glück gewesen, denn Gento war einfach traumhaft schön zu reiten. Meine Eltern hatten im Prinzip nichts dagegen, wenn ich noch ein zweites Pferd zu betreuen hatte, vorausgesetzt, ich kriegte die Schule auf die Rolle. Es machte mir Spaß, auf Turniere zu fahren, aber noch besser gefiel es mir, zu Hause und ins Gelände zu reiten. Und ich hatte meine Freude am Unterrichten entdeckt. Würde ich jemals so ehrgeizig sein wie Katie, der es eigentlich in erster Linie nur um die Turniererfolge ging?

»Mal sehen, wie es sich ergibt«, sagte ich deshalb ausweichend. »Herr Weyer meinte, ich könnte in diesem Herbst vielleicht meinen Trainerassistentenschein machen.«

»Oh Gott, Lotte! Du willst doch nicht ernsthaft deine Zeit damit vergeuden, Kids Longenstunden zu geben!« Katie riss entsetzt die Augen auf.

»Mir macht's Spaß!«, antwortete ich ein bisschen trotzig.

»Das eine schließt ja das andere nicht aus«, sagte Frau von Richter. »Wenn Reitlehrer Turniererfolge haben, ist das nicht von Nachteil.«

Wir fuhren an Simons Schule vorbei, durch den Kreisel weiter Richtung Limburg. Oberhalb des Städtchens Königstein thronte malerisch die alte Burgruine.

»Was ist mit dir, Doro?« Katies Augen funkelten unternehmungslustig. »Reitest du im Herbst auch Turniere?«

»Ich weiß noch nicht«, erwiderte Doro zurückhaltend. »Ich bin seit Ewigkeiten nicht mehr mit Nado gesprungen.«

»Das solltest du unbedingt tun«, sagte Katie. »Er springt so geil!«

Frau von Richter räusperte sich nachdrücklich.

»Äh … *toll*, wollte ich natürlich sagen.« Katie verdrehte die Augen und kicherte. »Hach, ich freu mich so auf die neue Anlage! Da können wir dann selbst auch mal Turniere veranstalten! Ich seh uns schon in zehn Jahren: Mom und Lotte leiten die Anlage, Doro und ich organisieren die Turniere und Simon ist Erster Vorsitzender vom Verein.«

»Oh ja, das könnte ich mir auch vorstellen«, antwortete Simon. Er hatte seinen Arm unauffällig um mich gelegt, ich lehnte mich an ihn und genoss seine Nähe. Vier endlos lange Wochen würde ich ihn nun nicht sehen! Letztes Jahr war ich mit einem gebrochenen Herzen nach Noirmoutier gefahren: Kurz zuvor war Gento verkauft worden, und ich hatte geglaubt, ich müsse vor Kummer sterben. Dazu war meine Befürchtung gekommen, Doro und Inga würden jede Menge Spaß im Reitstall haben, während ich mich vier ätzend lange Wochen am Strand zu Tode langweilte. Aber dann war ich Won Da Pie begegnet und einfach alles hatte sich zum Besseren verändert. Jetzt erschien es mir schon beinahe selbstverständlich, dass wir mit einem riesigen Luxus-Pferdetransporter auf dem Weg in den Taunus waren, um mein Pferd in die Sommerfrische zu bringen. Neben mir saß mein Freund und ich hatte in Katie von Richter eine neue, wunderbare Freundin gefunden. Inga war aus dem Stall verschwunden, Doro und ich hatten uns vertragen und morgen würde ein lang gehegter Traum von uns wahr werden, denn wir würden zusammen in den Sommerurlaub fahren! Ich hatte also überhaupt keinen Grund, den Kopf hängen zu lassen.

Eine Dreiviertelstunde später hatten wir den Stall in Heftrich erreicht. Auf dem geschotterten Hof vor der Reithalle stand das Auto von Jens Wagner neben ein paar anderen Wagen. Won Da Pie hatte sich während der ganzen Fahrt nicht mehr gerührt, aber als Frau von Richter nun den Motor abstellte, wieherte er laut.

Wir kletterten aus dem Lkw und blickten uns um. Die Heftricher Reitanlage lag auf einer Anhöhe umgeben von Bäumen, und so weit das Auge reichte, dehnten sich Wiesen und Wälder unter einem herrlichen wolkenlosen Himmel. Auf endlos weiten, weiß eingezäunten Koppeln standen kleine Gruppen von Pferden im kniehohen sattgrünen Gras. Das war wahrhaftig ein Pferdeparadies!

»Wahrscheinlich ist Wondy neugierig, wo er jetzt ist«, vermutete ich. »Ob er wohl gemerkt hat, dass es nicht aufs Turnier geht?«

»Hundertpro weiß er das«, versicherte Katie mir. »Du hast ihn nicht eingeflochten, Asset ist nicht dabei. Er merkt ganz genau, dass irgendetwas anders ist.«

Gemeinsam ließen wir die Verladerampe herunter und Wondy streckte neugierig seinen Kopf heraus.

Gentos Besitzer trat aus der Stalltür und lächelte. »Pünktlich wie die Maurer«, begrüßte er uns.

»Du kennst doch meine Mutter«, erwiderte Katie.

Ganz plötzlich erinnerte ich mich daran, wie ich ihm damals, als er Gento abgeholt hatte, voller Verzweiflung mein Sparbuch hingehalten hatte. Dreitausend Euro hatte ich gespart und ich hatte so sehr gehofft, er würde mir Gento verkaufen. Was für eine peinliche Situation, als Jens Wagner mir gesagt hatte, er habe fünfundvierzigtausend Euro für Gento bezahlt! Ich wäre am liebsten im Erdboden versunken vor Scham. Aber das war nur noch eine Anekdote, über die ich lachen konnte. Vergangenheit.

»Charlotte! Träum nicht!«, rief Dragon-Mum. »Bitte lade dein Pferd ab!«

»*Huhu*, Lotte, aufwachen!« Doro wedelte mir mit der Hand vor dem Gesicht herum und kicherte albern.

Ich lief die Rampe hoch, löste den Knoten von Wondys Halfterstrick und klinkte die Bruststange aus. Mein Pferd ging gehorsam neben mir die Verladerampe hinunter, aber er hob den Kopf und wieherte, als er die Pferde sah.

Aus dem Stall kam eine ziemlich dicke dunkelhaarige Frau, gefolgt von einem ganzen Rudel Hunde. Vom Jack-Russel-Terrier bis zum Rhodesian Ridgeback war alles dabei.

»Das ist Heike, unsere Stallmanagerin«, stellte Jens die Frau vor. »Sie kümmert sich hier um alles und sorgt dafür, dass es den Pferden an nichts fehlt.«

Ich rechnete schon mit einem spöttischen Kommentar von Katie über Heikes Figur, aber zu meiner Überraschung fiel die Begrüßung zwischen ihr und der dicken Frau ziemlich herzlich aus.

»Hallo, Charlotte!« Heike betrachtete erst ausgiebig mein Pferd, dann musterte sie mich. »Das ist also Won Da Pie. Ist er brav?«

»Meistens«, antwortete ich ehrlich. »Er kann manchmal ein bisschen stürmisch sein. Aber er beißt und tritt nicht und gegen Hunde hat er auch nichts.«

Reiten würde sie ihn ja wohl kaum, deshalb musste sie nicht wissen, dass er hin und wieder ganz schön bocken konnte.

»Ah, du hast ihm hinten die Eisen abmachen lassen, das ist schon mal gut«, stellte sie fest. »Komm mit, ich zeige dir seine Box. Und dann können Gento und er noch für ein paar Stunden raus auf die Koppel.«

Ich folgte ihr und den Hunden in den Stall. Die meisten Boxen waren leer. Bei dem herrlichen Wetter waren die Pferde wohl alle draußen auf den Koppeln oder wurden gerade geritten.

»Er kriegt die Box neben Gento«, erklärte Heike mir und wies auf eine geöffnete Boxentür. »Dann kann ich die zwei morgens immer gleich schnappen und rausbringen.«

Gento wieherte freudig, als er meine Stimme hörte. Doro und Simon begrüßten den braunen Wallach, den sie ja gut kannten. Wondy ging in seiner Box herum, roch am Trog, trank einen Schluck Wasser aus der automatischen Tränke und pinkelte in das frische Stroh. Dann erst beschnupperten sich die beiden Pferde durch die Gitterstäbe.

»Sie sehen sich echt total ähnlich«, staunte Simon. »Gento ist ein bisschen größer und kräftiger als Wondy. Aber sonst könnten sie Zwillinge sein.«

»Wondy hat diesen kleinen rosa Fleck zwischen den Nüstern«, antwortete ich. »Daran kann man sie gut unterscheiden.«

Ich übergab Heike den Pferdepass, in den alle Impfungen eingetragen waren und in dem ein Zettel mit meiner Telefonnummer klebte. Für alle Fälle. Außerdem hatte ich ein Ersatzhalfter eingepackt, eine Fliegendecke, Fliegenspray und eine nagelneue Fliegenhaube für die Koppel.

»War er schon mal mit anderen Pferden draußen?«, erkundigte Heike sich nun.

»Im letzten Jahr nicht«, sagte ich. »Wir haben bei uns im Stall ja keine Koppeln. Aber früher, in Frankreich, schon.«

»Okay.« Sie nickte. »Dann lass es uns jetzt gleich mal testen, während du da bist.«

»Soll ich ihn nehmen?«, fragte ich.

»Nein, nein, ich mach das schon.« Sie öffnete Wondys Box, klickte den Panikhaken des Führstricks in sein Halfter und ließ ihn an sich schnuppern. Dann gab sie ihm einen Leckerli-Würfel und streichelte ihn. Die ruhige Art, wie sie mit ihm umging, gefiel mir. Ich hatte gar nicht darüber nachgedacht, wer die Pferde morgens auf die Koppel bringen und abends wieder reinholen würde, aber natürlich fehlte Jens dazu die Zeit.

Heike schlang den Strick durch Wondys Halfter, dann ging sie zu Gento und führte ihn auf die Stallgasse. Geschickt öffnete sie Wondys Box, ergriff seinen Führstrick und führte beide Pferde nach draußen.

»Bei Heike ist dein Wondy in guten Händen«, sagte Jens zu mir.

»Wir kennen sie auch schon ewig«, fügte Katie hinzu. »Früher hat sie auf einer Reitanlage gearbeitet, auf der wir unsere Pferde stehen hatten.«

Simon zog sein Handy hervor und begann zu filmen. Wondy machte es nichts aus, dass ein Rudel Hunde neben und hinter ihm herlief. Er spitzte die Ohren, blähte die Nüstern und begann aufgeregt zu tänzeln, als er begriff, dass es in Richtung Koppel ging. Wir überquerten die schmale Straße, die nur von den Leuten benutzt wurde, die in den Stall wollten. Heike nahm beide Führstricke in eine Hand und öffnete das Weidezauntor. Gento blieb ruhig stehen und Heike führte zuerst Wondy auf die Wiese. Sie löste den Panikhaken und trat einen Schritt zurück. Mein Pferd warf sich herum und donnerte in gestrecktem Galopp los.

»Hoffentlich stoppt er rechtzeitig vor dem Zaun!«, stieß ich erschrocken hervor.

»Der ist doch nicht blöd«, sagte Katie.

»Aber wenn er drüberspringt!«

»Das tut er schon nicht«, versicherte mir Jens. »Erfahrene Springpferde springen nur ausgesprochen ungern ohne Reiter. Das sind sie nicht mehr gewöhnt.«

Heike hatte nun auch Gento auf die Wiese geführt und der große braune Wallach trabte hinter Wondy her, der natürlich an der anderen Seite der Koppel vor dem Zaun haltgemacht hatte und jetzt bockend vor Freude zurückkam. Er lief zu Gento hin, die beiden Pferde beschnupperten sich erneut, dann galoppierten sie nebeneinander durch das Gras. Schon nach zwei Runden verlor Gento den Spaß am Toben. Er blieb stehen und fing an zu grasen. Die Pferde auf den benachbarten Koppeln hoben die Köpfe und sahen dem Spektakel zu, das mein Pferd veranstaltete. Wondy stieg und schlug gleich danach nach hinten aus, dann donnerte er quiekend los, rannte in großen Runden über die Wiese. Schließlich stoppte er, warf den Kopf hoch und prustete so laut wie ein Nilpferd, das aus dem Wasser auftaucht.

»Schaut doch, wie glücklich er ist!« Ich strahlte. »Meine beiden Traumpferde zusammen auf der Koppel. Ach, ist das schön!«

Jens grinste und Simon, der noch immer filmte, zwinkerte mir zu. Wir beobachteten, wie Wondy sich ins Gras warf und ausgiebig wälzte. Noch im Liegen rupfte er ein Maulvoll Gras ab, sprang auf, machte einen Bocksprung und galoppierte wieder los, aber die erste Aufregung hatte sich gelegt. Vielleicht war es auch einfach nur langweilig, so ganz alleine herumzurennen. Wondy gesellte sich zu Gento und bereits zehn Minuten, nachdem er auf die Koppel gekommen war, gingen die beiden Wallache mit gesenkten Köpfen friedlich grasend nebeneinanderher.

»Na also«, sagte Dragon-Mum. »Kein Problem.«

Wir gingen zurück zum Stall, und ich besprach mit Heike, was Wondy in den nächsten Wochen tun sollte. Damit er nicht komplett die Kondition verlor, würde sie ihn jeden Tag eine Stunde in die Freilaufführmaschine stellen und zwei Mal pro Woche longieren.

»Wenn du willst, kann ich ihn hin und wieder reiten«, bot Jens an.

»Ach, das wäre natürlich super«, sagte ich, denn Jens Wagner war ein sehr guter Reiter, mein Pferd konnte also im Prinzip nur von ihm lernen. »Aber ich hab gar kein Sattelzeug mitgebracht.«

»Dann nehm ich das von Gento. Der Sattel sollte ihm passen, weil sie einen ähnlichen Widerrist haben.«

Ich hatte ein gutes Gefühl, Wondy hierzulassen. Insgeheim hatte ich immer bedauert, dass er nie auf eine Koppel gehen konnte, weil es bei uns am Reitstall keine gab. Hier würde er nun vier lange Wochen die frische Taunusluft genießen und nach Herzenslust faulenzen können. Wir verabschiedeten uns von Jens und Heike und kletterten wieder in den Lkw. Beim Wegfahren blickte ich noch einmal zur Koppel hinüber, wo meine beiden Traumpferde ihre Freiheit genossen und sich die Bäuche mit würzigem Gras vollschlugen.

»Bis in vier Wochen, Wondy«, murmelte ich und wischte mir verstohlen eine Träne von der Wange.

Au Revoir, Simon!

Um Viertel vor fünf riss mich ein Fiepen aus einem wirren Traum, und ich brauchte ein paar Sekunden, um zu begreifen, dass mein Handy dieses Geräusch von sich gegeben hatte. Verschlafen tastete ich nach dem Telefon. Simon hatte mir zwei WhatsApps geschickt! Gestern Abend war unser Abschied etwas hektisch verlaufen, weil Simon nach Hause musste und die anderen alle dabei gewesen waren. Ich hatte ihm mein Abschiedsgeschenk, ein Buch und einen Schlüsselanhänger in Herzform, nicht mehr geben können, denn es lag dummerweise in meinem Spind im Stall und der war schon zu gewesen, als wir aus Heftrich zurückgekommen waren. Simon kannte aber die Zahlenkombination meines Vorhängeschlosses und hatte mir versprochen, sich das Geschenk gleich heute Morgen zu holen.

»Mein Geschenk kriegst du heute Nacht«, hatte er mir ins Ohr geflüstert und sehr geheimnisvoll getan. Eine knappe Umarmung, ein flüchtiger Kuss – das war zu meiner Enttäuschung alles gewesen, dann hatte Simon sich auf seinen Roller geschwungen und war verschwunden.

Neugierig tippte ich auf die erste Nachricht.

Meine allerliebste Charlotte, hatte er um 4:22 Uhr geschrieben, und allein diese Anrede ließ mein Herz Saltos schlagen. *Komme gleich noch mal kurz bei euch vorbei. Muss dich einfach noch mal sehen, bevor du vier Wochen weg bist. Ich liebe dich und ich vermisse dich schon jetzt!!!!! Dein S.*

»Wow«, flüsterte ich und mir wurde ganz warm ums Herz vor lauter Glück. Früher hatte Simon mich »Lotte« genannt, wie das fast alle taten, abgesehen von den Lehrern in der Schule und meinen Eltern, wenn sie sauer auf mich waren. Aber seitdem wir zusammen waren, nannte er mich nur noch »Charlotte«, weil er den Namen so schön und die Abkürzung albern fand. Ich öffnete die nächste Nachricht. Es war ein Video, und es dauerte eine Weile, bis es hochgeladen war.

Ich kroch aus dem Bett und lief ins Badezimmer. Meine Reisetasche hatte ich gestern Abend bereits gepackt, sodass ich nur noch duschen und in die Klamotten für die Fahrt, die ich bereits rausgelegt hatte, schlüpfen musste. Durchs Badezimmerfenster konnte ich Frieses Haus sehen. In der Küche und in Doros Zimmer brannte schon Licht. Papa und Mama waren bereits auf den Beinen, ich hörte ihre gedämpften Stimmen von unten und roch Kaffeeduft.

Als ich zurück in mein Zimmer kam, war das Video geladen und ich tippte auf PLAY. Auf dem Touchscreen erschien ein Filmtitel: »Charlottes Traumpferd(e) – Ein Film von Simon Orthmann ☺« Das konnte ich gerade noch lesen, aber schon in der nächsten Sekunde verschwamm alles vor meinen Augen, weil ich vor Rührung anfing zu heulen. Simon hatte den Film, den er gestern in Heftrich gemacht hatte, bearbeitet und mit Musik unterlegt. Won Da Pie und Gento, wie sie aus dem Stall zur Koppel geführt wurden,

Wondy, wie er losgaloppierte und vor Freude bockte, mal in normaler Geschwindigkeit und mal in Zeitlupe, dazu die Titelmelodie der alten Fernsehserie *Black Beauty* – etwas Schöneres hatte ich noch nie gesehen! Ich schaute mir den Film, der fast zehn Minuten lang war, ein zweites Mal an und weinte wie ein Schlosshund.

»Lotte!« Mama erschien in der Tür und sah mich besorgt an. »Ist etwas passiert?«

»Nein.« Ich schluchzte und lachte gleichzeitig. »Guck mal, was Simon mir eben geschickt hat! Ist das nicht süß?« Ich reichte ihr mein Smartphone und Mama war genauso gerührt wie ich.

Die Besorgnis wich aus ihrer Miene, sie lächelte. »Ja, das ist wirklich schön«, sagte sie. »Eine wunderbare Erinnerung.«

»Ich wette, er hat die ganze Nacht daran gearbeitet.« Ich wischte mir die Tränen ab. »Und er will gleich noch mal kommen und mir Tschüss sagen. Das ist doch okay, oder?«

»Ja, natürlich.« Mama gab mir das Handy zurück. »Bist du schon fertig im Bad?«

»Ja.« Ich nickte.

»Dann könntest du hier mal durchlüften, dein Bett machen und deine Tasche runterbringen. Wenn Simon kommt, könnt ihr ja eine kleine Runde mit Alissa drehen, dann muss Papa das nicht machen.« Sie zwinkerte mir zu und verschwand, um meine Geschwister aus ihren Betten zu schrecken. Seitdem Phil weg war, war sie deutlich entspannter.

Ich schrieb Simon eine Antwort, zog mich fertig an und

machte mein Bett. Mein Zimmer hatte ich gestern schon so ordentlich aufgeräumt, dass es ganz fremd wirkte. Ich stopfte noch das Ladekabel für mein Smartphone in die Tasche und schleppte sie dann nach unten. Cathrin taumelte über den Flur in Richtung Badezimmer. Sie brauchte morgens immer mindestens eine Viertelstunde, bis sie richtig wach war.

Papa hatte die Autos schon fast fertig beladen. Wir fuhren immer mit zwei Autos: Mama den Passat, in dem eins von uns Kindern – diesmal hatte Cathrin das große Los gezogen – und der Hund mitfuhren. Die Rückbank war voller Gepäck. Papa fuhr den Mercedes, in dem Flori, Doro und ich mitfahren würden. Ich machte mir ein Toastbrot, aber ich brachte es vor Aufregung nur zur Hälfte hinunter. Um zwanzig vor sechs hörte ich das Motorengeräusch von Simons Roller.

»In einer halben Stunde fahren wir los!«, rief Mama.

»Alles klar!« Ich schnappte die Hundeleine und hakte sie in Alissas Halsband, dann rannte ich mit dem Hund die Auffahrt hinunter. Simon hatte kaum seinen Helm abgesetzt, da fiel ich ihm schon um den Hals. Dieser Film war das wahnsinnstollste Geschenk, das ich jemals bekommen hatte. Und tatsächlich hatte Simon die ganze Nacht daran gebastelt. Hand in Hand spazierten wir zum Wald.

»Wie? Du hast überhaupt nicht geschlafen?«, fragte ich ihn und bekam fast ein schlechtes Gewissen.

»Nee. Es war dann doch etwas komplizierter, als ich dachte«, gab er zu und grinste sein süßes Simon-Lächeln. »Aber es sollte perfekt werden.«

»Und das ist es echt geworden.« Ich strahlte ihn an. »Ich werde mir den Film sicherlich tausend Mal angucken.«

»So hab ich mir das vorgestellt.« Er unterdrückte ein Gähnen und wirkte äußerst zufrieden. Alissa machte Pipi und ihr großes Geschäft.

»Mein Geschenk ist dagegen ziemlich mickrig«, sagte ich. Wir gingen den Weg in Richtung Reitstall. Als wir außer Sichtweite der Häuser waren, blieb Simon stehen und nahm mich in die Arme.

»Ich zähle die Tage, bis du zurück bist«, sagte er ernst. »Ich hoffe, du verstehst dich gut mit Doro.«

»Das hoffe ich auch.« Ich schmiegte mich an ihn und wieder stiegen mir die blöden Tränen in die Augen. »Ich werde dich so sehr vermissen! Ach, ich wünschte, du könntest mitkommen.«

»Ja, das wünschte ich auch«, sagte Simon, ohne den Blick von meinen Augen zu wenden. »Aber der temporäre Verzicht erhöht die Vorfreude auf ein Wiedersehen.«

»Was du immer für Sachen sagst!« Ich musste lachen. Und wieder weinen. Wir küssten uns. Alissa bellte und sprang ungeduldig an mir hoch, total unromantisch, wie Hunde eben sind. So langsam wie möglich liefen Simon und ich zurück.

»Ich hab noch was für euch dabei«, sagte er, als wir unser Haus erreicht hatten. Papa und Mama hatten unsere Autos bereits auf die Straße gefahren, Doro und ihre Eltern standen mit meinen Eltern zusammen. Sie begrüßten Simon und der holte eine Tüte, die auf dem Gepäckträger seines Rollers klemmte.

»Ein bisschen Reiseproviant«, sagte er. »Hab ich heute Nacht für euch gebacken.«

»Oh, was zu essen?«, rief Flori gierig. »Was denn?«

»Schokoladenmuffins«, antwortete Simon und grinste.

»Super! Ich bin echt froh, dass du Lottes Freund bist!« Mein kleiner Bruder, der mit Süßigkeiten immer leicht zu bestechen war, klatschte Simon ab und alle lachten.

Dann ging es ans Abschiednehmen. Doros Eltern umarmten erst Doro, dann mich.

»In der Tüte ist noch was für dich drin«, flüsterte Simon mir zu. »Damit du immer an mich denkst.«

Eine letzte Umarmung, ein letzter Kuss, ein letzter Blick in Simons goldgesprenkelte Schokoladenaugen, dann mussten wir einsteigen. Papa kontrollierte noch einmal die Haustür und um kurz vor halb sieben fuhren wir schließlich los.

»Was ist denn in der Tüte drin?«, fragte Doro, die hinten neben Flori saß, neugierig. Ich griff hinein und fühlte etwas Weiches.

»Seine dunkelblaue Kapuzenjacke«, schluchzte ich und presste den weichen Stoff, der nach Simon duftete, an meine Wange. »Oh, das ist ja so süß.«

»Mann, Lotte, warum heulst du bloß dauernd?«, fragte mein Bruder kopfschüttelnd. »Gib mal lieber die Muffins her.«

»Nichts da! Im Auto wird nicht gegessen. Schon gar nichts Schokoladiges«, sagte Papa und Flori zog ein langes Gesicht.

Meine Eltern hatten beschlossen, die tausend Kilometer diesmal in einem Stück durchzufahren, statt wie früher bei Freunden in der Nähe von Orléans über Nacht einen Zwischenstopp einzulegen. Natürlich wussten Nicolas und Véronique längst Bescheid, dass wir kommen würden, und ich hatte Thierry gestern noch über Facebook geschrieben, dass Doro mit uns nach Noirmoutier fuhr. Er hatte mir dann auch gleich mitgeteilt, welche Pferde in diesem Jahr auf Noirmoutier sein würden. Viele von ihnen kannte ich noch aus dem letzten Jahr, aber es waren auch ein paar neue Pferde dabei. Thierrys Vater Bernard Juneau unterhielt einen Rennstall am Bois de Boulogne in Paris, und sein Bruder Nicolas, Thierrys Onkel, betrieb gemeinsam mit seiner Frau Véronique eine Reitschule ganz in der Nähe. Im Sommer mieteten sie jedoch immer einen Stall irgendwo am Meer, um ihren Pferden etwas Abwechslung zu gönnen, und im vergangenen Jahr waren sie aus Zufall auf Noirmoutier gelandet, weil sie in der Normandie keinen passenden Stall gefunden hatten.

Die Ausritte mit den Touristen brachten genug Geld ein, um die Unterhaltskosten zu decken, und für die Pferde war es herrlich, zwei Monate die gesunde Seeluft atmen und an den endlosen Sandstränden galoppieren zu können. Seit Thierry im Frühjahr bei uns gewesen war, waren unsere Familien befreundet und die Juneaus freuten sich auf uns, wie man sich auf Freunde freut. Wir würden nicht mehr nur einfache Touristen sein, die hin und wieder einen Ausritt machten.

Nicolas Juneau hatte mit Papa verabredet, den Hausschlüssel bei dem Makler, über den wir seit Jahren immer dasselbe Haus in der Rue du Grand Mûrier in L'Herbaudière mieteten, abzuholen und bei uns vorbeizubringen.

Bevor wir bei Saarbrücken die deutsch-französische Grenze passierten, schrieb ich noch ein paarmal mit Simon und Katie hin und her. In Frankreich hätte ich nur SMS schreiben können, und das war extrem teuer, vor allen Dingen dann, wenn ich eine SMS nach Amerika schickte. Alle zwei Stunden machten wir Pause und kurz hinter Paris legten wir eine längere Rast ein, bei der wir Simons Schokomuffins vertilgten. Gegen Abend näherten wir uns endlich unserem Ziel. Kurz hinter Nantes verließen wir die Autobahn und fuhren die letzten Kilometer auf Landstraßen nach Beauvoir-sur-Mer. Es gab zwei Möglichkeiten, um auf die Insel Noirmoutier zu gelangen: Die große Brücke war die langweilige Variante. Viel aufregender war es, den Gois, eine alte Straße, die über einen Damm führte, zu nehmen. Allerdings war dieser viereinhalb Kilometer lange Gois nur bei Ebbe befahrbar; bei Flut verschwand die Straße unter Wasser, und wenn man Pech hatte oder leichtsinnig war, wurde man von der Flut überrascht und musste sich auf einem der Rettungstürme in Sicherheit bringen, während das Auto vom Salzwasser schwer beschädigt wurde. Auf großen Hinweistafeln wurden die Zeiten, in denen eine gefahrlose Überquerung möglich war, angezeigt, und wir hatten Glück: Der tiefste Stand der Ebbe war vor einer Stunde erreicht gewesen, also konnte man fahren. Wir ließen alle Fenster herunter und atmeten die frische, salzige Luft ein. Links und rechts der Straße liefen Leute durch den Schlick und sammelten Muscheln und Krebse, die die Flut zurückgelassen hatte. Eine vierspurige Straße führte nach Noirmoutier-en-l'Île, dem größten Ort der Insel, von dort aus ging es an L'Épine vorbei nach L'Herbaudière, dem westlichsten Ort der kleinen Insel.

Ich war aufgeregt, als wir an all den Plätzen vorbeifuhren, von denen ich Doro schon so viel erzählt hatte: am Wasserturm, wo jeden Sommer die Zigeuner ihr Lager aufschlugen und an dem ich letztes Jahr mit Won Da Pie im strömenden Regen auf den Krankenwagen gewartet hatte. Hier überquerten wir mit den Pferden immer die Straße, um dann an der *chèvrerie*, in der Ziegenkäse hergestellt wurde, vorbei in die Salzsümpfe zu reiten. Ich konnte es kaum abwarten, meiner Freundin alles zu zeigen, was die karge, sonnenverbrannte Insel im Atlantik für mich so besonders machte.

Bonjour, Noirmoutier!

Endlich waren wir da! Das weiß gekalkte Haus mit dem Dach aus orangefarbenen Ziegeln und den hellblauen Fensterläden war so unverändert wie alles auf Noirmoutier. Wir stiegen aus, reckten und streckten uns nach der fast zwölfstündigen Fahrt und Alissa pinkelte in den Kartoffelacker nebenan. Papa hatte Nicolas eine SMS geschrieben, und es dauerte keine zehn Minuten, bis der klapprige Jeep von Nicolas in die grasbewachsene Auffahrt einbog. Er hatte kaum angehalten, als die Türen aufflogen und Thierry und seine Schwester Sophie aus dem Auto sprangen. Es gab ein großes Hallo, wir umarmten uns und küssten uns nach französischer Sitte auf die Wangen.

»Wenn ihr keine Lust mehr habt einkaufen zu gehen, dann würden wir euch heute Abend gerne zum Essen bei uns einladen«, sagte Nicolas zu Papa und Mama. »Véronique hat eine Paëlla gemacht.«

Das klang so verlockend, dass meine Eltern das freundliche Angebot gerne annahmen. Nach der langen Fahrt hatten sie beide keine große Lust mehr, in den Supermarkt zu fahren und einzukaufen.

»Also, um acht bei uns.« Nicolas lächelte. »Wir freuen uns!«

»Und wir uns erst!«, sagte ich zu Doro. Gleich am ersten Abend Pferdeluft zu schnuppern war ganz nach unserem Geschmack.

Papa schloss die Haustür auf und gemeinsam luden wir das Gepäck aus den beiden Autos. Im Innern des Hauses hatte sich auch nichts verändert: Das verstaubte Pferdekummet mit einem Spiegel neben dem Kamin, ein Fischernetz, in dem kitschig-bunte Kugellampen hingen, spannte sich über die Wände des Wohnzimmers, oberhalb des offenen Kamins prangte ein schmiedeeisernes Wappen der Vendée.

Plötzlich kreischte Cathrin laut auf, als hätte sie ein Monster erblickt, und wir zuckten alle erschrocken zusammen.

»Schaut doch mal, es gibt hier jetzt sogar ein *Telefon* und einen *Fernseher!*«, schrie sie so begeistert, als ob beides seltene Weltneuheiten seien. »Und neben dem Telefon liegt ein Zettel! Der ist zwar auf Französisch und ich kapier nichts, aber da steht, glaube ich, was von … oh mein Gott, kann das sein? *WiFi!* Das ist doch dasselbe wie WLAN, oder?«

»Tatsächlich gibt es hier im Haus neuerdings WLAN«, bestätigte Papa und schüttelte belustigt den Kopf, als Cathrin in Freudengeheul ausbrach.

»Es werden trotzdem keine Filme geguckt und länger als zwei Stunden pro Tag wird nicht mit dem Handy herumgespielt!«, rief Mama aus dem Elternschlafzimmer, aber die Ankündigung konnte Cathrins Glückseligkeit nicht trüben.

»Wie ist das Passwort?«, bestürmte sie Papa. »Dann kann ich über WhatsApp meine Freundinnen anrufen und …«

»Erst wird alles eingeräumt und die Betten bezogen«, sagte er. »Danach fahren wir zu Juneaus und essen zu Abend.«

»Und dann kriege ich das Passwort?« Cathrin rang flehend die Hände.

»Nur wenn du ganz brav bist«, grinste Papa, um sie ein bisschen zu ärgern.

»Herrje, was für ein Zirkus mit diesem Handykram«, brummte Mama und gab uns die Handtücher und das Bettzeug für unsere Betten.

Wir trugen alles nach oben. Das Haus besaß nämlich einen turmartigen Anbau mit einer Außentreppe, die zu den beiden Schlafzimmern führte, in denen wir Kinder schlafen würden. Großzügig überließ ich Cathrin und Flori das hintere Zimmer mit Blick auf die Salzsümpfe, Doro und ich bugsierten unsere Reisetaschen in den vorderen Raum. Eigentlich war es völlig egal, wer in welchem Zimmer schlief, denn wir verbrachten ohnehin so gut wie keine Zeit hier oben, aber das hintere Zimmer galt als das bessere, obwohl es genauso eingerichtet war wie das andere. Ich hievte meine Tasche auf das breite Bett, dessen durchgelegene Seegrasmatratzen ihre besten Jahre lange hinter sich hatten.

»Besonders luxuriös ist es nicht«, sagte ich beinahe entschuldigend zu Doro. Ich sah das kleine Zimmerchen mit den Augen einer Fremden und zum ersten Mal fiel mir auf, wie spartanisch hier alles war: Die Nachtschränkchen rochen so muffig, dass man sie besser nicht benutzte, die Schränke waren so alt, dass sie fast auseinanderbrachen, wenn man die Türen etwas zu forsch öffnete oder schloss. Komplettiert wurde die Einrichtung durch eine Kommode mit einer zerkratzten Marmorplatte und einem Stuhl. Auf dem blanken, gelb gestrichenen Steinfußboden lag ein bunter Flickenteppich und an der Wand hing ein wolkiger Spiegel, der schon seit Jahren einen Sprung hatte.

»Ist doch super hier!« Doro schien das alles nicht zu stören. »Auf welcher Seite willst du schlafen?«

»Rechts.«

Oben im Turm gab es ein winziges Badezimmer mit einem Waschbecken, eine Toilette befand sich unterhalb der Treppe. Wollte man nachts aufs Klo, so musste man die Außentreppe hinuntergehen und das versuchten wir immer zu vermeiden, denn das Klo war schon tagsüber unheimlich, außerdem war es voller Spinnen.

Wir rissen die Fenster auf, öffneten die Schlagläden und ließen die frische, würzige Luft herein.

»Keine Steinzeit, oh nein, oh nein!«, trällerte Cathrin im Nachbarzimmer fröhlich vor sich hin. Die Aussicht, nicht – wie befürchtet – von der Welt abgeschnitten zu sein, hatte ihre Laune erheblich verbessert. »Wir werden per WLAN verbunden sein! Der Phil, der ist ja so gemein …«

»Ja, der ist ein blödes Schwein!«, sang Flori und Cathrin bekam einen Lachanfall.

Doro und ich sahen uns nur kopfschüttelnd an und grinsten.

Während wir die Betten bezogen, uns eingerichtet und umgezogen hatten, hatte Mama unten im Haus die schlimmsten Hässlichkeiten für die nächsten vier Wochen in eine Holztruhe im Flur verbannt. Alissa hatte zuerst keine Lust, wieder ins Auto zu steigen, aber als Cathrin in den Kofferraum kletterte, sprang sie hinterher. Doro, Flori und ich quetschten uns auf die Rückbank. Mit dem Auto brauchte man zum *Club Hippique* am Ortsrand von Noirmoutier-en-l'Île nur knapp zehn Minuten, trotzdem platzte ich fast vor Ungeduld.

Ein Werwolf und ein Sofa auf vier Beinen

Genau in dem Augenblick, als wir vor dem flachen weißen Gebäude parkten, in dem sich das Stallbüro des *Club Hippique de Noirmoutier* befand, kam eine Gruppe Reiter vom abendlichen Ausritt zurück.

»Der kleine Fuchs mit der hellen Mähne ist Kébia!«, erklärte ich Doro aufgeregt, als sie an uns vorbei in den großen Paddock ritten, der auch als Reitbahn diente. »Und der große Braune, das ist Gosse d'Irlande! Der Schecke heißt Lucky Luke und der ganz helle Fuchs Caramel.«

Ein Mann, den ich nicht kannte, hatte den Ausritt geleitet. Er ritt einen Kohlfuchs mit einer Blesse und vier weißen Fesseln, der im letzten Jahr noch nicht da gewesen war.

Véronique kam lächelnd aus dem Häuschen hinter dem Büro, aber ich begrüßte sie nur flüchtig, denn ich konnte es kaum noch erwarten, meiner Freundin die Ställe und die Pferde zu zeigen, von denen ich ihr schon so viel erzählt hatte. Thierry und Sophie begleiteten uns. Hinter dem mit Holz eingezäunten Paddock befanden sich die Stallungen.

»Nicolas hat in diesem Jahr sämtliche Schulpferde mit hierher genommen«, erklärte Sophie. »Letztes Jahr mussten wir immer wieder Leuten absagen, weil wir nicht genügend brave Pferde für unerfahrene Reiter dahatten.«

»Was ist mit Hirondelle?«, erkundigte ich mich. Im vergangenen Sommer hatte ich die zierliche Fuchsstute mit dem weißen Ring um die Augen bei einem meiner ersten Ausritte reiten dürfen und wäre vor Angst fast gestorben, als ein Lkw viel zu dicht an uns herangefahren war und sogar noch gehupt hatte!

»Die ist verkauft«, antwortete Sophie. »Und Iseult und Hélice sind zu Hause geblieben. Sie stehen den Sommer über auf der Koppel.«

Iseult war die Rappstute, mit der Véronique bei meinem letzten Ausritt in einen Tümpel inmitten der Salzsümpfe gestürzt war. Sie hatte sich nicht selbst befreien können, deshalb war ich mit Won Da Pie losgeritten, um Hilfe zu holen, obwohl ein heftiges Gewitter getobt hatte.

Die Reiter des Abendausrittes waren unterdessen abgesessen und warteten darauf, dass ihnen jemand die Pferde abnahm. Thierry und Sophie ergriffen die Zügel von Gosse d'Irlande und Caramel.

»Hallo, Rémy!«, rief ich und winkte dem Mann, der nun aus dem hinteren Stallgebäude kam. Rémy war die gute Seele von Nicolas' Reitstall. Er war etwa fünfzig Jahre alt, klein und kräftig. Früher war er Jockey gewesen und hatte viele Rennen gewonnen, aber nach einem schweren Sturz hatte er das Reiten aufgeben müssen. Seitdem arbeitete er als Stallmeister bei Nicolas und kümmerte sich um alles.

»La petite Charlotte, enfin!«, rief er und grinste breit. »Endlich habe ich wieder eine ordentliche Hilfe im Stall!«

»He!«, beschwerte sich Thierry. »Und was sind wir?«

»So gründlich wie Charlotte seid ihr auf jeden Fall nicht«,

neckte Rémy ihn. »Außerdem gammelt ihr viel zu gerne am Strand herum, statt hier mit anzupacken.«

»Wir haben schließlich Ferien und müssen uns etwas erholen«, erklärte Thierry.

»Genau! In der Schule haben wir nur Stress«, pflichtete Sophie ihrem Bruder bei. »Da muss man zur Abwechslung eben auch mal ein bisschen chillen dürfen.«

»Pah! Stress! Von was wollt ihr jungen Leute euch denn erholen?«, schnaubte Rémy und nahm die Zügel von Kébia und Lucky Luke.

»Das ist Doro«, stellte ich ihm meine Freundin vor. »Sie ist mit uns hier im Urlaub. Und wir helfen beide gerne.«

»Freut mich.« Rémy musterte meine Freundin lächelnd. »Dann könnt ihr ja schon mal die zwei hier absatteln und in ihre Boxen bringen.«

Bevor wirs uns versahen, waren wir schon voll eingespannt. Rings um den grasbewachsenen Innenhof befanden sich u-förmig die Pferdeboxen und eine offene Scheune, hinter der es noch einen weiteren Stall gab. Die Namen der Pferde waren mit Kreide an die Boxentüren geschrieben. Ich führte Lucky Luke in seine Box, nahm ihm Sattel und Trense ab und streifte ihm das Halfter über, das in der Futterkrippe lag. Nach dem Reiten wurden die Pferde jedes Mal abgespritzt, aber da vor uns noch der neue Reitlehrer mit dem Kohlfuchs an der Reihe war und danach Kébia und Gosse, brachte ich zuerst das Sattelzeug in die kleine Sattelkammer.

»Wie heißt der neue Reitlehrer?«, erkundigte ich mich bei Sophie.

»Alain Izacard«, antwortete Thierrys Schwester. »Aber er ist kein Reitlehrer. Ab und zu leitet er mal einen Ausritt.«

»Ist er nett?«

»Kann ich dir gar nicht sagen.« Sophie verzog das Gesicht. »Er redet so gut wie überhaupt nicht. Nicolas wollte, dass Henri mitkommt, er ist der Nachfolger von Cécile. Du erinnerst dich an sie, oder?«

»Ja, klar.« Ich nickte.

»Aber Henri musste ganz plötzlich zu seinen Eltern, weil sein Vater einen Unfall hatte. Und solange er im Krankenhaus ist, muss er auf dem Hof seiner Mutter helfen.«

»Und wo kommt Alain her?«, wollte ich wissen. »Auch aus Paris?«

»Nein, er stammt wohl hier aus der Gegend und war plötzlich da«, antwortete Sophie. »Er kann super reiten und mit den Pferden umgehen, aber er ist … irgendwie ein bisschen gruselig.«

»Gruselig? Wie meinst du das?« Ich betrachtete den jungen Mann, der gerade mit einem Sattel über dem Arm und einer Trense in der Hand aus dem hinteren Stall kam und in die Sattelkammer ging, unauffällig. Er war nicht besonders groß, höchstens einen Kopf größer als ich, hatte schulterlanges dunkles Haar und sah auf den ersten Blick ganz normal aus.

»Ich weiß nicht, wie ich's sagen soll«, druckste Sophie herum. »Er hat so komische Augen und dann diese … Narben in seinem Gesicht und an den Armen! Manchmal starrt er einen ganz seltsam an, das ist voll unheimlich.«

Alain verließ die Sattelkammer und erst jetzt bemerkte

ich, dass seine linke Gesichtshälfte anders aussah als die rechte. Eine Narbe führte von der Schläfe quer über seine Wange und den Mundwinkel bis zum Kinn. Ich schauderte.

»Wir wissen nichts von ihm, weil er rein gar nichts von sich erzählt. Nicht mal, wo er genau herkommt«, fuhr Sophie mit gesenkter Stimme fort. »Ich hab versucht, übers Internet etwas über ihn herauszufinden, aber wenn man seinen Namen eingibt, kommt absolut *nichts!*«

»Wie kann denn das sein?«, wunderte ich mich. Selbst meinen Namen konnte man im Internet finden, obwohl ich gerade mal fünfzehn Jahre alt war.

»Vielleicht hat er euch einen falschen Namen gesagt«, vermutete Doro.

»Das könnte sein.« Sophie nickte. »Ich hab auf jeden Fall das Gefühl, dass mit dem Typ irgendetwas nicht stimmt.«

Rémy sagte etwas zu Alain, was wir nicht verstehen konnten. Daraufhin nickte der dunkelhaarige Mann nur.

»Ich finde, er sieht aus wie ein Werwolf«, flüsterte Sophie mit bebender Stimme. »Und bald ist Vollmond …«

Als ob er das gehört hätte, drehte sich Alain in diesem Moment zu uns um. Er lächelte nicht. Der Blick, mit dem er uns fixierte, jagte mir eine Gänsehaut über den Rücken.

Dann wandte er sich ab und ging durch den Paddock zu seinem Auto, einem alten Renault Kombi, stieg ein und fuhr davon.

»Ich hab ihn noch nie etwas essen sehen«, wisperte Sophie. »Und er kann sich komplett lautlos bewegen. Man denkt nichts Böses und – zack! – plötzlich steht er irgendwo und starrt einen an.«

Wir blickten uns beklommen an. Ich hatte mich auf die vier Wochen im *Club Hippique* gefreut, aber nun erhielt meine Vorfreude einen herben Dämpfer.

»Seid ihr fertig?« Thierrys muntere Stimme schreckte uns auf.

»Ja, alles erledigt«, erwiderte ich und zwang mich zu einem Lächeln. »Ich würde Doro aber gerne vor dem Essen noch die Pferde zeigen.«

»Na, dann los.« Thierry nickte. »Kommt mit.«

Wir gingen von Box zu Box und ich stellte Doro die Pferde vor, die ich noch vom letzten Sommer kannte. Dann liefen wir um die Scheune herum zu dem hinteren Stall, in dem sich sechs Boxen befanden, von denen nur vier belegt waren. In der ersten stand ein schwarz-weiß gescheckter Tinkerwallach mit gutmütigen Augen und einer unglaublich langen Mähne.

»Das ist Apache, die totale Schlaftablette«, charakterisierte Thierry das Pferd. »Man könnte auch ein Kuhfell über einen Rasentraktor hängen und sich draufsetzen. Null Komma null Temperament.«

»Was redest du denn da?«, mischte sich Sophie ein. »Apache ist ein tolles Anfängerpferd, absolut nervenstark und in jeder Situation unerschütterlich.«

Thierry rollte nur die Augen und ging zur nächsten Box, in der ein ausgesprochen hübsches, mittelgroßes Schimmelpony stand.

»Blanche Neige. Mehr tot als lebendig, das Vieh«, kommentierte er im Vorbeigehen. »Trabt wie 'ne Nähmaschine.«

»Die Kinder lieben sie«, ergänzte seine Schwester.

»Das hier«, fuhr Thierry ungerührt fort und deutete auf eine isabellfarbene Stute namens Fleur in der dritten Box, »ist die Steigerung von langweilig. Würde sie nicht fressen wie ein Scheunendrescher und kacken wie ein Elefant, würde ich glauben, sie wäre ausgestopft.«

»Jetzt hör doch mal auf!«, rief Sophie empört und versetzte ihrem Bruder einen Schubs. »Das sind die liebsten Pferde, die man sich denken kann. Die Anfänger und die Kinder sind verrückt nach ihnen! Die meisten Leute wollen entspannt auf braven Pferden reiten und nicht wie Irre in der Gegend herumgaloppieren und Wettrennen veranstalten!«

Ich musste ein Lachen unterdrücken. Thierrys Beschreibungen waren wirklich gemein, aber irgendwie auch lustig. Er hatte schon auf einem Pferd gesessen, bevor er richtig laufen konnte, und er ritt wie der Teufel, vielleicht hatte er deshalb kein Verständnis für Anfänger und ängstliche Reiter.

Ich erinnerte mich noch ziemlich gut daran, wie herablassend er mich im letzten Sommer anfangs behandelt hatte. Nachdem ich ihn bei einem Wettrennen am Strand besiegt hatte, hatte er mich auch noch zutiefst gekränkt, weil er mich als »Mehlsack« bezeichnet hatte. Aber ich hatte mich revanchiert und am Ende der Ferien waren wir Freunde geworden.

»So, und jetzt kommt das Highlight aus der Kollektion Juneau«, verkündete er und grinste. »Milan, das Sofa auf vier Beinen! Der ist für die dicken Touristen mit dabei.« Er langte über die Halbtür der Box und klopfte dem kräftigen

Apfelschimmel auf die Kruppe. »Von dem fällt keiner so schnell runter.«

Der Schimmel hob den Kopf und blickte uns aus sanften Augen neugierig an.

»Ich find den voll süß«, sagte Doro. »Ist das ein Kaltblüter?«

»Ja, ein Percheron«, erwiderte Sophie. »Er stammt aus dem berühmten Gestüt Haras du Pin in der Normandie. Und hört nur nicht auf meinen Bruder: Milan ist traumhaft weich zu sitzen und ganz leicht zu reiten.«

»Also, ich mache definitiv keine Ausritte, bei denen dieses Ungetüm dabei ist«, schnaubte Thierry verächtlich. »Ich will am Strand galoppieren!« Seine Augen leuchteten und er grinste mich an. »Du schuldest mir übrigens noch eine Revanche, Charlotte!«

»Jederzeit«, antwortete ich und grinste.

Natürlich waren auch ein paar Vollblüter mit nach Noirmoutier gereist: Le Zaza, der Fuchswallach, auf dessen Rücken ich den wohl schnellsten Galopp meines Lebens geritten war, die schreckhafte Linotte, die immer schlecht gelaunte und wahnsinnig schnelle Stute Brunette du Bois und zwei Pferde, die ich noch nicht kannte. Idée war eine braune Stute und Right Way, der Kohlfuchs mit der Blesse und den vier weißen Fesseln, den Alain vorhin auf dem Ausritt geritten hatte.

Thierrys Handy klingelte, als wir gerade fertig waren mit der ersten Besichtigungstour.

»Wir sollen zum Essen kommen«, informierte er uns. »Wird ja auch mal Zeit. Ich sterbe vor Hunger!«

Lachend und schwatzend schlenderten wir durch den Paddock und ich hatte den unheimlichen Alain beinahe vergessen. Doch dann fiel mein Blick auf den zunehmenden Mond am samtblauen Abendhimmel und plötzlich hatte ich ein flaues Gefühl im Magen.

DER ERSTE BESUCH AM STRAND

Obwohl es am Abend zuvor spät geworden war und wir erst lange nach Mitternacht im Bett gelegen hatten, hörte ich um kurz vor sieben, wie unten im Haus die Läden vor der Haustür geöffnet wurden. Doro war auch schon wach. Um meine Geschwister nicht zu wecken, standen wir so leise wie möglich auf, zogen uns an, schnappten unsere Crocs und schlichen barfuß aus dem Zimmer. Der Schlüssel der Tür, die zur Außentreppe führte, knirschte im Schloss und das Scharnier quietschte beim Öffnen. Einen Moment blieben wir oben auf der Treppe stehen und atmeten tief die frische Luft ein. Ich liebte die frühen Morgenstunden, wenn der Himmel im Westen noch dunkel war und die letzten Sterne und die Sichel des Mondes allmählich verblassten, während im Osten die Sonne aufging und die Landschaft in ein rosafarbenes Licht tauchte. Am Horizont zeigte sich keine einzige Wolke, es versprach ein herrlicher Sommertag zu werden. Ich freute mich auf unseren ersten Ausritt, aber noch mehr freute ich mich darauf, an den Strand zu gehen und all die vertrauten Stellen wiederzuentdecken.

»Ich hab geschlafen wie ein Murmeltier«, sagte Doro leise und gähnte herzhaft. »Es ist echt toll hier.«

»Heute wirst du alles kennenlernen.« Ich zog den Reißverschluss von Simons Kapuzenjacke hoch und schnupperte an dem Stoff, der so herrlich nach ihm duftete. »Den Schneckenweg, den Strand und die Klippen!«

Wir gingen die Treppe hinunter und ums Haus herum. Der Kies knirschte unter unseren Füßen und Alissa kam uns schwanzwedelnd entgegen. Mama schlief noch, aber Papa war bereits wach. Er wollte nach Noirmoutier zum Supermarkt fahren und einkaufen, denn im Urlaub übernahm mein Vater immer sehr gerne diese Pflicht.

»Wir können doch mit Alissa zum Bäcker laufen«, schlug ich vor.

»Gute Idee. Bringt am besten gleich drei Baguettes mit.« Papa gab mir einen Zehn-Euro-Schein. »Weißt du noch, wo der Bäcker ist?«

»Ja, klar! So vergesslich bin ich auch nicht«, erwiderte ich.

Wenig später liefen Doro und ich mit dem Hund los. Da mein Vater sicherlich nicht vor einer Stunde zurück sein würde, konnten wir einen kleinen Umweg über den Strand machen. Wir gingen die Rue du Grand Mûrier entlang, vorbei an den Häusern, die von ihren Besitzern so fantasievolle Namen wie »Luçiole«, »Stella Maris«, »Toi et Moi« oder »Moulin Rouge« erhalten hatten. Nach ein paar Hundert Metern bogen wir in den ersten sandigen Weg ein, der durch die Dünen zu unserem Strand führte. In einem Jahr hatte es hier besonders viele Schnecken gegeben, deshalb hatten wir diesen Weg »Schneckenweg« getauft. Außerdem gab es noch den »Distelweg« und den »Stacheldrahtweg« weiter hinten. Wir zogen unsere Crocs aus und liefen barfuß durch den noch kühlen feinen Sand. Es war jedes Jahr immer wieder ein ganz besonderer Moment, wenn man über die Dünen durch den Strandhafer kam und plötzlich auf das unendlich weite Meer blickte, dessen Farbe sich ständig änderte. Mal war es tiefblau und freundlich, dann wiederum aufgewühlt und grünlich mit weißen Wellenkämmen und hin und wieder bleigrau und fast reglos. Nie wusste man genau, was einen erwartete. Ganz oben auf der Düne blieben wir stehen. Vor uns lagen die Bucht mit den Klippen und der herrliche, unberührte Strand von Luzéronde, der sich in einem sanften Bogen bis zur Landspitze von L'Épine erstreckte. Hier gab es keine Hotels und Strandbars, sondern nur Sand und Meer. Zu Fuß brauchte man eine gute halbe Stunde, aber mit dem Pferd schaffte man die Strecke innerhalb von wenigen Minuten. Hinter der Landspitze lag ein weiterer Strand und besonders bei Ebbe, wenn das Wasser einen breiten Streifen nassen Sandes zurückließ, hatte man die perfekte Rennbahn ohne Löcher oder Steine.

»Wow!«, rief Doro beeindruckt. »Das ist ja traumhaft!«

Ein Stück vor der Küste lag die kleine Insel Île du Pilier mit dem Leuchtturm. Dahinter erstreckte sich der endlose Ozean bis zum Horizont.

»Katie ist jetzt genau auf der anderen Seite vom Atlantik«, sagte ich. »Wenn wir mit dem Boot hier losfahren würden, würden wir irgendwann in Amerika ankommen.«

Wir stürmten hinunter an den Strand, vorbei an Booten, die mit dem Kiel nach oben im Sand lagen. Alissa bellte aufgeregt, und bevor wir sie daran hindern konnten, sprang sie in das kalte Wasser und schwamm ein bisschen hin und her. Wir gingen nur bis zu den Knien rein und liefen auf die Klippen zu. Dahinter lagen die Kirche und der kleine Ort L'Herbaudière. In der Bucht waren ein paar Boote vertäut und schaukelten in der sanften Dünung.

»Wenn die Ebbe richtig tief ist, sitzen die Boote auf dem Trockenen«, sagte ich.

»Schau mal!«, rief Doro plötzlich und deutete auf eine Stelle hinter mir. »Pferde!«

Ich drehte mich um und mein Herz klopfte, als ich die vier Reiter erblickte, die neben den Resten des alten Bunkers auftauchten und ihre Pferde hinunter an den Strand lenkten.

»Man darf nur bis um neun Uhr am Strand reiten, und abends wieder ab sieben«, erklärte ich meiner Freundin. »Das sind Gosse d'Irlande und der dicke Kaltblutschimmel!«

»Milan, das Sofa«, grinste Doro. »Und einer von den beiden Schecken.«

»Ich glaube, es ist Lucky Luke!« Ich wollte schon winken, aber dann erkannte ich den letzten Reiter, der nun über die Dünen kam. »Oh Gott, der Werwolf!«

Alain saß auf dem Kohlfuchs, den er auch gestern Abend geritten hatte. Als Einziger trug er keine Reitkappe. Die drei Schulpferde trotteten bis hinunter in die sanft heranrollende Brandung, ohne auch nur mit einem Ohr zu zucken, aber der Fuchs regte sich schrecklich auf. Er scheute vor dem Meer, drehte sich blitzschnell um seine eigene Achse und wollte zurück in die Dünen stürmen, doch Alain hinderte ihn daran. Fasziniert sahen Doro und ich, wie mühelos der Werwolf mit diesem schwierigen Pferd zurechtkam. Er saß wie festgewachsen im Sattel, weder zerrte er am Zügel, noch bolzte er mit den Schenkeln. Nach ein paar Sekunden hatte er den temperamentvollen Fuchs unter Kontrolle und tätschelte ihm beruhigend den Hals. Und schließlich gelang es ihm sogar, das aufgeregte Pferd mit den Hufen ins Wasser zu lenken.

»Egal wie seltsam er auch sein mag«, sagte Doro anerkennend. »Er reitet einfach göttlich!«

Der Werwolf rief den anderen drei Reitern etwas zu, was wir nicht verstehen konnten. Sie trabten an, dann galoppierten sie durch die hoch aufspritzende Brandung und mein Herz war voller Sehnsucht danach, auch endlich am Strand reiten zu dürfen. Wenig später waren Pferde und Reiter nur noch winzige Punkte und verschwanden schließlich hinter der Landzunge. Ein paar Möwen kreischten über uns, die Brandung rauschte und die höher steigende Sonne glitzerte auf dem Wasser.

»Das machen wir auch«, sagte ich versonnen. »Vielleicht schon heute Abend.«

»Spitze!« Doro grinste mich an, dann wurde sie ernst und fiel mir um den Hals. »Ich bin so froh, dass ich mit euch hier sein darf, Lotte. Und dass du nicht mehr sauer auf mich bist.«

»Darüber bin ich auch froh. Zu zweit ist alles viel cooler.«

Alissa kam aus dem Wasser und schüttelte ihr schwarzes zottiges Fell direkt neben uns, sodass ein Tropfenregen über uns niederging.

»Igitt!«, quiekte ich und lachte. »Komm, wir müssen uns beeilen! Bis zum Bäcker ist es noch ein ganz schönes Stück zu laufen!«

Als wir zurückkamen, war Papa gerade dabei, die prall gefüllten Einkaufstaschen aus dem Kofferraum zu hieven. Alissas Fell war auf dem weiten Spaziergang bis ins Dorf und wieder zurück getrocknet. Mama hatte bereits den Frühstückstisch gedeckt und Cathrin und Florian stritten sich wie üblich.

»Stimmt gar nicht!«, sagte mein kleiner Bruder gerade empört. »Ich bin überhaupt nicht eingeschlafen!«

»Klar stimmt's«, erwiderte Cathrin. »Du bist auf der Couch voll eingepennt, mit offenem Mund. Guck, so!« Sie verdrehte die Augen, riss den Mund auf und schnarchte laut.

»Du bist blöd!«, schrie Florian und boxte ihr auf den Arm. »So hab ich gar nicht dagelegen!«

»Aua!«, kreischte Cathrin. »Jetzt krieg ich wieder einen blauen Fleck!«

»Ruhe!«, mahnte Mama. »Helft eurem Vater lieber, die Einkäufe reinzutragen, sonst dauert es noch länger, bis es Frühstück gibt.«

Florian stürzte nach draußen, Cathrin folgte ihm langsamer.

»Oh, ihr seid schon am Strand gewesen!«, rief sie, als sie mit einem Adlerblick den Sand an Doros und meinen Füßen registrierte. »Du hast mir gestern versprochen, dass wir gleich alle zusammen hingehen!«

Das hatte ich tatsächlich versprochen, aber irgendwie hatte ich nicht mehr daran gedacht.

»Wir waren Brot holen«, erwiderte ich. »Und da haben wir halt die Abkürzung über die Klippen genommen.«

»Das ist so *gemein!*« Cathrins Augen füllten sich mit Tränen. »*Ich* wollte Doro meinen Schneckenweg zeigen!«

Meine Schwester mochte es gar nicht, wenn irgendetwas anders als sonst gemacht wurde. Sie liebte ihre Rituale und konnte ziemlich theatralisch sein.

»Was heißt hier ›deinen‹ Schneckenweg?« Ich ging an ihr vorbei in die Küche und zeigte ihr einen Vogel.

»Ich hab den Schneckenweg entdeckt!« Cathrin stampfte mit dem Fuß auf.

»Quatsch«, sagte ich kopfschüttelnd. »Der Weg war schon immer da.«

»Mama, Lotte hat mir einen Vogel gezeigt!«, schrie Cathrin.

»Du tickst ja auch nicht mehr ganz richtig«, erwiderte ich.

»Hört doch mal auf zu streiten«, sagte Mama genervt. »Cathrin, benimm dich nicht wie ein Baby. Charlotte, schneid bitte das Baguette und leg es in den Brotkorb.«

»Alle sind so fies zu mir!«, heulte meine Schwester auf. »Nicht mal das WLAN-Passwort kriegt man hier gesagt!«

»Wenn du mithilfst das Auto auszuladen, gebe ich es dir nach dem Frühstück«, sagte Papa, der ihren letzten Satz gehört hatte.

»Das nennt man Erpressung!«, warf Cathrin ihm tränenüberströmt vor.

»Nein, das nennt man einen Deal«, antwortete Papa unbeeindruckt. »Du tust etwas, ich tue etwas. Ganz einfach.«

»Und Schlotte tut nichts, außer blöd rumstehen«, sagte Florian im Vorbeigehen.

»Nenn mich nicht ›Schlotte‹!«, fuhr ich ihn an, aber er streckte mir nur die Zunge raus. »Außerdem hab ich Brot geholt, *Zwerg!*«

»Haha! Zwerg mit offenem Mund!« Cathrin konnte wieder lachen. »Schnarch, schnarch! Sabber, sabber!«

»Du schnarchst auch«, erwiderte Florian finster. »Und du furzt beim Schlafen noch mehr als Phil.«

»Stimmt gar nicht!«

»Stimmt wohl!«

»Nein! Du lügst!«

»Und du bist 'ne Hemaride!«

Cathrin brach wieder in Tränen aus und stürmte aus der Küche. Doro und ich wechselten einen Blick und lachten los. Meine Freundin hatte selbst vier Geschwister und bei Frieses zu Hause ging es oft so ähnlich zu wie bei uns.

Wir packten die Einkaufstaschen aus und räumten den Kühlschrank voll. Papa hatte Langustinen und Miesmuscheln fürs Abendessen gekauft, dazu Artischocken und die leckeren roten Kartoffeln, die es nur auf Noirmoutier gab.

Als wir nach dem Frühstück die Küche aufgeräumt hatten, teilte Papa uns endlich das WLAN-Passwort mit und Cathrin wollte sofort losstürzen, um ihr Handy zu holen.

»Moment!«, hielt Papa sie zurück. »Auch im Urlaub gibt es ein paar Regeln. Ihr deckt den Tisch und räumt ohne zu maulen die Küche auf. Wenn wir vom Strand kommen, wird *vor* der Tür der Sand von den Füßen entfernt und nicht im Haus. Die Handys oder iPods werden nicht mit an den Strand genommen. Und abends um spätestens acht Uhr geben Cathrin und Florian Handy und iPod freiwillig und ohne zu murren bei Mama ab.«

»Und Schlotte?«, wollte Florian wissen, woraufhin ich ihm einen Tritt versetzte.

»Charlotte ist fünfzehn Jahre alt«, erwiderte Papa. »Wir trauen ihr zu, dass sie schon weiß, wie man vernünftig mit einem Handy umgeht.«

»Das ist so was von unfair«, murmelte Cathrin. »Immer kriegt die 'ne Extrawurst!«

»Wenn deine Schwester so exzessiv an ihrem Smartphone hängen würde wie du, dann würden für sie dieselben Regeln gelten«, sagte Mama zu Cathrin.

»Trotzdem unfair«, murrte meine Schwester.

»Wir fahren dann jetzt in den *Club*«, verkündete ich. Im Sommerurlaub gab es bei uns nie Mittagessen, weil meine Eltern gerne nach einem ausgiebigen Frühstück an den Strand gingen und dort bis zum frühen Nachmittag herumlagen, schwimmen gingen oder Zeitung lasen. Früher hatte ich immer mitkommen müssen, aber als ich noch jünger gewesen war, hatte es mir auch Spaß gemacht, Sandburgen zu bauen und mit anderen Kindern zu spielen. Heute fand ich nichts ätzender, als stundenlang in der Sonne herumzuliegen und nichts zu tun.

»Ich will auch irgendwas unternehmen«, sagte Cathrin missmutig. »Lotte darf immer reiten und wir müssen blöd rumhängen.«

»Du hast doch gar keine Hobbys«, bemerkte ich. »Wenn man mal vom Filmegucken absieht.«

»In Barbâtre wird ab Anfang nächster Woche ein zweiwöchiger Segelkurs für Jugendliche ab 12 Jahren angeboten«, sagte Papa. »Ich habe vorhin im *Office de Tourisme* ein Plakat gesehen. Wäre das nicht was für dich?«

»Echt? Segeln?« Cathrin hob den Kopf und ihre Augen leuchteten auf. »Au ja, das wäre megacool!«

»Und was mache ich?«, fragte Florian nölig.

»Mit Förmchen spielen«, sagte Cathrin von oben herab. »Du bist gerade mal *neun!*«

»Für dich finden wir auch etwas«, versprach Papa meinem enttäuschten Bruder. »Vielleicht kannst du ja mal eine Reitstunde auf einem der Ponys kriegen.«

»Klar«, sagte ich. »Ich könnte mir vorstellen, dass dir das Spaß machen würde.«

Cathrin sprang auf und verschwand nach oben, um ihr Handy zu holen. Doro und ich räumten den Tisch ab und die Küche auf, dann schauten wir in der Garage nach den Fahrrädern. Es gab drei Stück, alle ziemlich alt und klapprig und keines von ihnen hatte eine Gangschaltung, aber da Noirmoutier so flach wie eine Tischplatte war, war das nicht weiter schlimm. Innerhalb von zehn Minuten waren wir in Reithosen geschlupft, packten Chaps und Reitkappen in unsere Rucksäcke und fuhren los.

»Weißt du was?«, rief ich Doro zu, als wir wenig später Richtung Noirmoutier en l'Île radelten. »Ich hab total vergessen auf mein Handy zu gucken, ob Simon mir geschrieben hat!«

»Oh Mist! Ich hab auch nicht draufgeguckt«, entgegnete Doro. »Eigentlich wollte ich mich ja bei meinen Eltern melden. Ach, jetzt haben wir Urlaub. Das können wir heute Abend auch noch machen!«

DER INNERE SCHWEINEHUND

Als ich im vergangenen Sommer nach Noirmoutier gekommen war, hatten mir meine Eltern zum ersten Mal erlaubt, reiten zu gehen. Seit ich mich erinnern konnte, hatte ich davon geträumt, einmal am Strand entlangzugaloppieren. Vielleicht war das sogar der wichtigste Grund gewesen, weshalb ich mit dem Reiten angefangen hatte. Ich hatte nie davon geträumt, auf Turniere zu gehen, und als ich dann im Reitstall die ersten Springstunden geritten war, war ich vor Angst fast gestorben. Ja, ich war ein Riesenangsthase gewesen, hatte oft nächtelang nicht schlafen können aus Sorge darüber, welches Schulpferd ich in der wöchentlichen Reitstunde zugeteilt bekommen würde. Denn von Hanko, Flocki und Farina war ich oft heruntergefallen, wenn sie mal einen Satz zur Seite oder einen fiesen Bocksprung gemacht hatten.

Aber dann hatte sich alles verändert, und das verdankte ich Nicolas Juneau! Er hatte mir als Dank dafür, dass ich so viel im Stall geholfen hatte, Reitstunden gegeben und er hatte mich sofort durchschaut, was mir megapeinlich gewesen war. Tatsächlich hatte ich mich beim Reiten nie sonderlich angestrengt. Ich hatte zwar ganz schön auf dem Pferd gesessen, aber ich hatte keine Einwirkung gehabt und schnell aufgegeben, wenn es mal schwierig geworden war. Denn ich war immer zu bequem gewesen, mich zu quälen. Nicolas hatte das Reiten in der berühmten französischen Elite-Reitschule Cadre Noir in Saumur gelernt und hatte dort sogar viele Jahre als Ausbilder gearbeitet. Er erkannte auf den ersten Blick die Schwächen eines Reiters und seine Kritik war gnadenlos ehrlich. Drei Wochen lang hatte ich mich jeden Tag unter seinen strengen Augen in der Reitbahn des *Club Hippique* geschunden, ich war mit und ohne Sattel und auf den unterschiedlichsten Pferden geritten und nachts hatte ich vor Muskelkater oft kaum schlafen können, doch am Ende der Ferien war Nicolas' Kritik immer seltener und weniger vernichtend gewesen und ich hatte bei ihm erheblich mehr gelernt als in den drei Jahren zuvor im Reitstall bei Herrn Kessler. Das Wichtigste aber war für mich gewesen, dass ich meine Angst überwunden hatte. Jetzt, nach einem Jahr mit Won Da Pie, konnte mich kein Pferd mehr erschrecken und ich fiel längst nicht mehr so leicht aus dem Sattel. Das Springen machte mir mittlerweile riesig Spaß, und Situationen, in denen mir früher der Angstschweiß ausgebrochen war, meisterte ich heute ohne auch nur darüber nachzudenken.

Nicolas saß in dem kleinen Büro hinter dem klapprigen Blechschreibtisch, auf dem ein Laptop, ein Kartenlesegerät und ein Telefon standen. In einer Ecke gab es einen Automat, an dem man sich gekühlte Getränke holen konnte, und an der Wand hing eine Landkarte von Noirmoutier, auf der die Strecken der verschiedenen Ausritte eingezeichnet waren. Die Zwei-Stunden-Ritte führten durch die *Ma-*

rais salants, die Salzsümpfe, zum Strand von Luzéronde, die Ein-Stunden-Ritte nur in die Gegend rings um den *Club*.

»Wir würden gerne jeder eine Zehnerkarte für Ausritte kaufen«, sagte ich zu Nicolas. »Für die Zwei-Stunden-Ausritte, natürlich.«

»Kommt gar nicht infrage«, erwiderte er ernst und schüttelte den Kopf. »Ich verkaufe euch keine Zehnerkarten.«

»Äh … aber … wie… wieso denn nicht?«, stotterte ich erschrocken. Im Geiste hatte ich uns schon am Strand entlanggaloppieren sehen und plötzlich drohten unsere Pläne für den Urlaub im Sattel zu zerplatzen! Fieberhaft dachte ich darüber nach, warum Nicolas uns nicht reiten lassen wollte und was ich sagen oder tun konnte, um ihn umzustimmen. Hatte ich etwas falsch gemacht? War er aus irgendeinem Grund sauer auf mich?

»Weil ich Freunden kein Geld abnehme«, sagte er nun. Ein breites Lächeln glitt über sein sonnenverbranntes Gesicht. »Ich habe mich schon die ganze Zeit darauf gefreut, euch Unterricht geben zu können.«

Als ich begriff, was er da sagte, wurden meine Knie vor Erleichterung ganz weich.

»Thierry hat sechs Wochen bei euch gewohnt«, fuhr Nicolas fort, blickte erst mich und dann Doro an. »Du hast ihn dein Pferd reiten lassen. Uns würde nicht im Traum einfallen, euch nun Geld fürs Reiten abzunehmen. Ich würde vorschlagen, ihr sattelt jetzt Kébia und Linotte und wir treffen uns in einer halben Stunde in der Reitbahn. Okay?«

»Oh ja!«, riefen wir wie aus einem Munde und strahlten vor Freude. »Das ist toll!«

»Freut euch nicht zu früh!«, grinste Nicolas und rieb sich die Hände. »Das wird kein Urlaub für euch.«

Wir flitzten aus dem Büro und hüpften durch den Paddock.

»Boah, einen Moment hab ich echt geglaubt, er würde uns nicht reiten lassen!«, sagte ich.

»Ich auch!«, erwiderte Doro. »Ich hab einen Riesenschreck gekriegt!«

Linotte war eine neunjährige braune Vollblutstute, die früher einmal Galopprennen gelaufen war. Sie war Thierrys Lieblingspferd: sehr sensibel und schreckhaft, aber wunderbar fein zu reiten. Im letzten Sommer hatte ich sie ein paarmal geritten und war gut mit ihr zurechtgekommen. Doro und ich banden die beiden Pferde nebeneinander fest und suchten in der Sattelkammer das Putzzeug zusammen, das wir brauchten. Rémy putzte die Pferde nie so gründlich, wie wir das zu Hause mit unseren eigenen Pferden taten, und es dauerte eine Weile, bis ich die Kletten aus Linottes Schweif gepflückt und ihre Mähne ordentlich durchgekämmt hatte. Auch die Sättel waren gewöhnungsbedürftig. Sie hatten keine Kniepauschen und die Sitzflächen waren bretthart. Wir hatten gerade gesattelt, als Véronique mit sechs Reitern vom Zwei-Stunden-Ausritt zurückkehrte. Plötzlich war der Hof voller Pferde, aber von Rémy war weit und breit nichts zu sehen, genauso wenig wie von Werwolf Alain, der ja angeblich dafür angestellt war, um im Stall zu helfen.

»Komm, wir helfen schnell«, sagte ich zu Doro. Wir ließen Kébia und Linotte am Anbindebalken stehen und nahmen den Touristen die Pferde ab.

»Ach, das ist ja nett von dir.« Die dicke dunkelhaarige Frau, die Milan geritten hatte, lächelte. »Warte, ich habe etwas für dich.« Sie pulte einen Geldschein aus der Tasche ihrer Jeans und drückte ihn mir in die Hand. Ich war zu verdattert, um etwas zu erwidern. Die Frau klopfte dem Apfelschimmel den Hals, zauste seinen Schopf und ging davon. Sie hatte mir zehn Euro zugesteckt!

Ich führte Milan und Blanche Neige in ihre Boxen, sattelte und trenste sie ab und trug das Sattelzeug, das eine gründliche Reinigung dringend nötig hatte, in die Sattelkammer.

»Hast du gesehen, wie das Sattelzeug aussieht?«, flüsterte Doro mir zu. »Und die ganze Sattelkammer ist das reinste Chaos!«

»Das war letztes Jahr noch nicht ganz so schlimm«, erwiderte ich mit gesenkter Stimme. »Véronique ist die Einzige, die hier richtig schuftet.«

Niemand schien sich je die Mühe zu machen, die Gebisse ordentlich auszuwaschen oder das Leder einzufetten. Auch die Satteldecken waren ziemlich schmutzig.

Doro hatte Fleur und Apache weggebracht, jetzt waren noch Lucky Luke und Caramel übrig.

»Danke für die Hilfe«, sagte Véronique zu uns. Sie runzelte verärgert die Stirn. »Rémy ist gestern … hm … krank geworden. Und Thierry und Sophie kommen morgens kaum aus den Federn.«

»Die Frau, die Milan geritten hat, hat mir zehn Euro gegeben.« Ich hielt ihr den Geldschein hin. »Kannst du ihn in die Spardose fürs Trinkgeld stecken?«

»Damit die anderen sich das teilen?« Véronique schüttelte energisch den Kopf. »Nein, nein. Das behältst du mal schön für dich, du hast ja auch etwas dafür getan.«

Ich beschloss, für das Geld im Supermarkt Karotten für die Pferde zu kaufen, die nicht besonders verwöhnt wurden. Doro und ich trensten Linotte und Kébia, setzten die Reitkappen auf und führten die Pferde in die Reitbahn. Es war schon ziemlich heiß, aber ein leichter Wind wehte und machte die Hitze erträglich. Nicolas kam aus dem Büro, dann ging es los mit dem Unterricht.

»Wir fangen heute mit der Sitzkorrektur an«, kündigte er an. »Ein geschmeidiger, gut ausbalancierter Sitz ist die Grundlage dafür, ein Pferd durchs Genick zu reiten. Wenn man steif im Sattel sitzt und gegen die Bewegung des Pferdes arbeitet, anstatt locker aus der Hüfte mitzuschwingen, dann wird man sein Pferd nie richtig an den Zügel reiten können.«

Zu mir sagte er kaum etwas, dafür bekam Doro einen Befehl nach dem anderen. »Mach kein Hohlkreuz, Bein lang, Absatz tief, setz dich mal auf deine vier Buchstaben und richte dich auf, Kopf hoch, locker mitschwingen, Knie zu, Hände tief, nicht nach unten gucken!«

Schon nach einer Viertelstunde war meine Freundin krebsrot im Gesicht, aber sie biss die Zähne zusammen und hielt eisern durch. Doro war schon immer viel ehrgeiziger gewesen, und jetzt ging es ihr wie mir im vergangenen Sommer: Zum ersten Mal hatte sie einen Reitlehrer, der jeden Fehler bemerkte!

Nicolas ließ uns die Steigbügel überschlagen und leichttraben, wir mussten die Zügel lang lassen und unsere Pferde nur mit Gewichts- und Schenkelhilfen antraben und angaloppieren.

»Ich glaub, ich kann nicht mehr!«, japste Doro.

»Doch, du kannst!«, rief Nicolas. »Durchhalten! Noch eine lange Seite leichttraben! Und noch eine! Ja, gut so!«

Ich hatte mir im vergangenen Jahr einen guten Knieschluss angewöhnt und der war auch notwendig bei Won Da Pie, der zu gerne mal buckelte. Deshalb fiel mir das Leichttraben ohne Steigbügel auch überhaupt nicht schwer.

»Gut, Charlotte«, sagte Nicolas beiläufig. Lob wie dieses hörte man nur selten von ihm und war deshalb umso wertvoller.

Zum Ende der Reitstunde war er aber auch mit Doro zufrieden.

»Es wird schon besser«, meinte er anerkennend, als wir die Zügel lang ließen und die Pferde im Schritt trocken ritten. »Aber du machst viel zu viel mit den Zügeln und deine Hand ist zu unruhig, weil du nicht locker sitzt.«

»Ich weiß«, schnaufte meine Freundin. »Puh! Hab ich Seitenstechen!«

»Weil du dich verkrampfst und an alles gleichzeitig denken willst!«, erwiderte Nicolas. »Der richtige Sitz muss dir in Fleisch und Blut übergehen, so wie bei Charlotte. Was glaubst du, wie sie letztes Jahr auf dem Pferd gesessen hat!«

»Danke«, murmelte ich indigniert, und Nicolas zwinkerte mir zu.

»Du hast sehr hart an dir gearbeitet«, sagte er. »Davor habe ich Hochachtung.«

Er wandte sich wieder an Doro.

»Wir machen morgen mal eine Longenstunde ohne Sattel«, sagte er zu ihr. »Sitzübungen und Atemtechniken, einverstanden?«

»Ja, absolut.« Doro lächelte erschöpft. Ihr Gesicht glühte, sie war klatschnass geschwitzt, aber total happy, und ich wusste genau, wie sie sich fühlte. Den inneren Schweinehund zu überwinden war schwer, aber wenn man es geschafft und nicht vorher aufgegeben hatte, war das Gefühl einfach unvergleichlich.

Großputz

Rémy tauchte den ganzen Vormittag nicht auf, auch Thierry und Sophie ließen sich nicht blicken. Véronique fuhr zum Einkaufen und Nicolas gönnte sich ein Nickerchen in der Hängematte im Garten des Häuschens, das zu der kleinen Reitanlage gehörte. Bis die Reiter für den Ein-Stunden-Ausritt um 17 Uhr kamen, war im Stall nichts mehr zu tun.

Nach der Reitstunde hatten Doro und ich unsere Pferde abgespritzt, ihre Mähnen und Schweife gewaschen. Während Linotte und Kébia in der Sonne trockneten, holten wir sämtliche Trensen und weichten die Gebisse im Wassereimer ein, damit man die Futterreste, die fest wie Beton waren, entfernen konnte. Das Leder war so hart, dass es schlicht unmöglich war, die Schnallen zu öffnen.

»Es ist alles ziemlich schmuddelig hier.« Doro rümpfte die Nase und sah sich in der Sattelkammer um. Die Sättel waren achtlos weggehängt, bei manchen waren die Satteldecken ganz verknittert und die Steigbügel nicht richtig hochgezogen. Auch die Trensen und Martingale hingen kreuz und quer. »Stört die das Durcheinander nicht?«

»Letztes Jahr sah es hier noch anders aus«, stellte ich fest. »Aber Rémy scheint das alles nicht mehr zu packen.«

»Dann lass uns Ordnung machen«, sagte Doro energisch.

Wir räumten alle Eimer und Kisten, die achtlos herumstanden, nach draußen. Die Gamaschen flogen einzeln herum und es dauerte eine Weile, bis wir die jeweils passenden zugeordnet und zusammengeschnallt hatten. Anschließend sammelten wir alles Putzzeug, das überall in der Sattelkammer verteilt war, ein und sortierten es ordentlich in die Kästen, in die es eigentlich gehörte.

»Wie soll man denn damit wohl ein Pferd sauber kriegen?« Doro betrachtete kopfschüttelnd die abgenutzten Wurzelbürsten. »Die gehören eigentlich alle in die Mülltonne!«

Auch die Kardätschen und Striegel sahen nicht viel besser aus, und die Hufkratzer waren so stumpf, dass man nur noch mit größter Mühe den Dreck aus den Hufen schaben konnte. Wahrscheinlich war das der Grund, warum es niemand tat. Solche Sachen wie Huffett, Schweifspray, Mähnenbürsten, Lammfellputzhandschuhe oder saubere Schwämme hatte es hier überhaupt nicht.

»Ob es in Frankreich auch Geschäfte für Reitsportzubehör gibt?«, fragte meine Freundin mich.

»In Noirmoutier habe ich mal einen Laden gesehen. Ganz in der Nähe vom Supermarkt«, erinnerte ich mich. »Wir können ja mal hinfahren und nachschauen.«

»Ja, komm, das machen wir jetzt gleich.«

Wir beschlossen, dass wir das Geld, das wir eigentlich für die Zehnerkarte vorgesehen hatten, schließlich auch in gescheites Putzzeug investieren konnten, und dann kam es Nicolas und Véronique auf diesem Weg doch irgendwie wieder zugute.

Mit den zwei besten Wurzelbürsten schrubbten wir die Gebisse, bis sie wieder blitzsauber waren, und hängten die Trensen so ordentlich auf, wie wir es von zu Hause gewohnt waren. Dann waren die Sättel an der Reihe. Zum Schluss fegten wir den kleinen Raum aus und stellten die Kisten akkurat nebeneinander in das Regal, sodass man einen genauen Überblick über das vorhandene Putzzeug und die Gamaschen hatte.

»So, jetzt sieht's wenigstens wie eine Sattelkammer aus, und nicht wie eine Müllhalde«, sagte ich zufrieden und wischte mir mit dem Unterarm den Schweiß von der Stirn.

Nicolas lag noch immer schlafend in der Hängematte, und Véroniques Auto war weg, deshalb nahmen wir unsere Fahrräder und radelten in das kleine Hauptstädtchen der Insel zu dem Supermarkt, in dem Papa immer einkaufte. Das Geschäft nebenan war zwar kein richtiges Reitsportgeschäft, sondern eher ein Laden für landwirtschaftliche Geräte und Futtermittel, aber es gab eine Abteilung für Pferdezubehör, und dort fanden wir alles, was wir suchten, und luden den Einkaufswagen voll: zwei Kardätschen, zwei Striegel, fünf Wurzelbürsten, einen Mähnenkamm, eine Schweifbürste, drei Hufkratzer, eine Dose Huffett, Sattelseife und Lederpolitur, ein Schweißmesser und fünf Führstricke mit Panikhaken. Auf dem Wühltisch fanden wir noch Fliegenhauben, Schweifspray, Schwämme, Lappen, Pferdeshampoo und eine Großpackung Fliegenfallen, die wir in der Sattelkammer aufhängen wollten. Hundertdreißig Euro kostete unser Einkauf, also hatten wir noch genug Geld übrig, um im Supermarkt Karotten und Äpfel für die Pferde, Cola, Chips, Mineralwasser und Süßigkeiten für uns zu kaufen.

Schwer bepackt fuhren wir zurück zum *Club* und schleppten unsere Einkäufe in die Sattelkammer. Die ältesten Bürsten sortierten wir aus, dann hängten wir die Fliegenfallen auf. Die Fliegenhäubchen, die man unter das Genickstück der Trense schnallen konnte, hängten wir zu den Trensen von Linotte, Brunette du Bois und Milan, denn uns war aufgefallen, dass der Percheron heute Morgen ständig mit dem Kopf geschlagen hatte, weil ihn die Fliegen ärgerten.

»Mit dem Sattelzeug können wir morgen anfangen«, sagte ich. »Ich würde gerne Milan und Blanche Neige waschen, damit sie wieder wie richtige Schimmel aussehen.«

»Super Idee!«, pflichtete Doro mir bei. Wir holten also zuerst den dicken Percheron aus seiner Box. Es gefiel ihm gut, abgespritzt zu werden, und er schien es regelrecht zu genießen, als wir seine Mähne, sein Fell und seinen prächtigen schneeweißen Schweif shampoonierten. Doro, die selbst einen Schimmel besaß, schrubbte mit einer Wurzelbürste energisch die gelben Flecken aus dem hellgrauen Fell. Ich bürstete die Hufe ab und wusch sie von innen aus. Sorgfältig schmierte ich sie mit Huffett ein. Dann säuberte ich mit einem Schwamm den After und mit einem anderen Schwamm Nüstern und Augen.

Wir banden den Schimmel unter dem schattenspendenden Vordach der Scheune an – denn Pferde, vor allen Dingen empfindliche Schimmel, können auch einen Sonnenbrand bekommen. Während Milan vor sich hin döste und sein Fell dabei trocknete, gönnten wir uns eine Pause. Wir setzten uns auf die Bank hinter dem Stall, tranken Cola, mampften Äpfel und teilten uns eine Packung Schokoladenkekse. Es war ein bisschen so, als ob der Stall uns gehören würde.

»Die Sattelkammer ist der reinste Schweinestall, aber die Boxen sind alle super gemistet und eingestreut«, sagte Doro nachdenklich. »Wieso achten sie so wenig auf das Sattelzeug?«

»Was macht denn Milan hier draußen?«, ertönte in diesem Moment die Stimme von Véronique. »Hast du ihn hier angebunden, Nic?«

»Nein«, erwiderte Nicolas.

»Das waren wir!«, rief ich und wir sprangen auf. »Wir haben ihn gewaschen. Ich hoffe, das war okay.«

»Ihr seid ja noch da!«, sagte Véronique überrascht. »Ich dachte, ihr wärt nach Hause gefahren, weil eure Fahrräder weg waren. Habt ihr denn irgendetwas gegessen?«

»Chips und einen Apfel«, antwortete Doro.

»Und Schokokekse«, fügte ich hinzu.

Milan spitzte die Ohren und scharrte mit einem Huf.

»Na, so blitzsauber hab ich den Kerl schon lange nicht mehr gesehen.« Nicolas klopfte dem Schimmel auf die Kruppe und grinste, dann wurde er ernst und musterte uns streng. »Habt ihr jetzt etwa die ganze Zeit hier gearbeitet? Aber natürlich, so, wie ihr ausseht!«

»Wir haben die Sattelkammer ein bisschen aufgeräumt«, sagte ich schulterzuckend.

»Ein bisschen aufgeräumt!« Véronique betrat den kleinen Raum, sah sich um und schüttelte beeindruckt den

Kopf. »Ihr seid ja verrückt! Das sieht einfach toll aus. Schau dir das an, Nicolas!«

Nicolas folgte seiner Frau.

»Grandios!«, sagte er und drehte sich zu uns um. Er schien ein bisschen ein schlechtes Gewissen zu haben, weil er in der Hängematte gelegen hatte, während wir geschuftet hatten. »Aber das müsst ihr doch nicht machen, Mädchen. Alain wird schließlich dafür bezahlt.«

»Uns macht das Spaß«, beteuerten wir. »Wirklich! Wir haben keine Lust, am Strand herumzuhängen.«

»Ach, ihr seid ja unglaublich.« Sein Blick fiel auf das neue Putzzeug. »Und wo kommt das her?«

»Das haben wir vorhin im *Supermarché Agricole* gekauft«, gab ich zu. »Als kleines Dankeschön dafür, dass wir umsonst reiten dürfen.«

Véronique und Nicolas waren tief gerührt und vielleicht auch ein bisschen beschämt, weil wir sie quasi mit der Nase darauf gestoßen hatten, wie gammelig hier alles war. Sie hatten den Stall nur für drei Monate gemietet, insofern war es verständlich, dass sie ihn nicht so pflegten, wie sie das mit ihrem eigenen Stall sicherlich taten, aber dennoch war es kein Hexenwerk, ein wenig aufzuräumen und Ordnung zu halten. Plötzlich hatte ich ein flaues Gefühl im Bauch. Hoffentlich nahmen sie uns diese eigenmächtige Aktion jetzt nicht übel!

»Das kommt gar nicht infrage, dass ihr für uns neues Putzzeug kauft«, sagte Véronique entschlossen. »Gebt mir die Quittung, und dann kriegt ihr das Geld von mir zurück. Wir freuen uns, wenn ihr hier mit anpackt und vielleicht ist das ja mal ein Ansporn für Thierry und Sophie. Die beiden würden am liebsten den ganzen Sommer am Plage des Dames und im *Café Noir* am Hafen vergammeln, dabei haben wir sie mitgenommen, damit sie etwas tun und nicht nur auf der faulen Haut liegen.«

»Nicht dass ihr auf die Idee kommt, auch noch Boxen auszumisten.« Nicolas drohte uns lächelnd mit dem Zeigefinger. »Das ist Männerarbeit und dafür sind Rémy und Alain da. Verstanden?«

Doro und ich nickten.

»Seid ihr jetzt … sauer auf uns?«, fragte ich beklommen.

»Aber ganz und gar nicht!« Nicolas lachte und legte einen Arm um meine und den anderen um Doros Schulter. »Ihr seid schon zwei tolle Mädchen! Aber jetzt wird erst mal etwas gegessen und ausgeruht, damit ihr heute Abend fit für euren ersten Ausritt seid. Ich will keinen Ärger mit euren Eltern kriegen, wenn ihr vor lauter Arbeit hier zusammenbrecht.«

»So schnell brechen wir nicht zusammen«, versicherte Doro ihm.

»Das glaube ich euch aufs Wort«, erwiderte der Reitlehrer. »Für heute habt ihr auf jeden Fall genug geschuftet. Jetzt gibt's Eistee und Brioche mit Marmelade.«

»Und eine leckere Apfeltarte mit Sahne«, ergänzte Véronique lächelnd und hob die Hand, als ich etwas sagen wollte. »Nein, kein Widerspruch! Wer hier arbeitet, muss auch hier essen.«

Sie waren nicht sauer, im Gegenteil, und mir fiel ein Stein vom Herzen.

Warum muss sich alles verändern?

Thierry und Sophie waren nicht etwa am Strand gewesen, wie wir das angenommen hatten, sondern hatten tatsächlich bis jetzt im Bett gelegen und geschlafen. Es war mir komplett unverständlich, wie man so lange pennen konnte, aber mein großer Bruder war genauso ein Langschläfer: In den Ferien lag er bis zum frühen Nachmittag im Bett; meine Mutter hatte es längst aufgegeben, ihn zu wecken, weil er dann nur motzte. Auch wenn sie es niemals zugeben würde, war sie wahrscheinlich ganz froh, dass er nach Amerika geflogen war und uns nicht mit seiner ständig miesen Laune den Urlaub verdarb.

Um vier Uhr nachmittags war Alain aufgetaucht und, ohne uns auch nur anzugucken, ins Büro zu Nicolas gegangen. Für den einstündigen Ausritt hatten sich sieben Leute angemeldet, darunter zwei Kinder, deshalb würde Véronique mitreiten. Sie war schon zum Stall gegangen und hatte uns gebeten, den Tisch auf der Terrasse abzuräumen, wenn wir fertig gegessen hatten.

»Sollen wir satteln helfen?«, fragte ich.

»Nein, das kriegen wir schon hin«, erwiderte Véronique. »Ihr habt für heute genug getan.«

»Monsieur Alain schätzt es nicht, wenn wir ihm helfen«,

flüsterte Sophie, als ihre Tante außer Hörweite war. »Ich glaube, er hasst junge Leute.«

»Er ist doch selbst noch nicht so alt«, wunderte ich mich. »Höchstens dreißig, oder?«

»Seine sterbliche Hülle vielleicht.« Sophie kicherte und es klang ein bisschen hysterisch. »Aber seine schwarze Seele ist sicherlich schon hundert Jahre alt.«

»Red doch nicht so einen Scheiß«, sagte Thierry und bestrich sich ein fünftes Stück Brioche mit Rhabarbermarmelade.

»Ich red keinen Scheiß!«, gab Sophie patzig zurück. »Was weißt du denn schon über den Typen?«

»Nichts«, gab Thierry mit vollem Mund zu. »Ich muss auch gar nichts über ihn wissen. Hauptsache, er mistet aus und macht den ganzen Kram, den Rémy sonst gemacht hat, ohne sich zu beschweren.«

»Apropos«, sagte ich. »Wo ist Rémy eigentlich? Véronique hat gesagt, er sei krank.«

Die Geschwister wechselten einen raschen Blick.

»Ja, irgendwie schon«, erwiderte Sophie ausweichend.

»Was soll denn das heißen?« Diese Antwort erschien mir etwas seltsam.

»Er hatte gestern Nacht einen Anfall.« Thierry tat so, als ob er sich ein unsichtbares Glas zum Mund führen würde.

»Was für einen Anfall?«, fragte Doro ein wenig begriffsstutzig, und ich kapierte auch nicht gleich, was er meinte.

»Ach, das hat er manchmal«, sagte Sophie schnell. »Dann muss er für ein paar Wochen in eine Klinik und danach ist alles wieder gut.«

»In eine Klinik?« Ich war fassungslos. Rémy hatte gestern doch noch völlig gesund gewirkt und mit uns zu Abend gegessen! Was war danach passiert?

»Rémy ist ein Quartalssäufer«, belehrte Thierry uns mit einer Offenheit, die mich schockierte. »Manchmal trinkt er wochenlang keinen einzigen Tropfen Alkohol und ganz plötzlich übertreibt er es total.«

»Früher war er oft tagelang betrunken«, sagte Sophie bekümmert. »Er hat die Leute im Stall angepöbelt und ist in der Stallgasse herumgetaumelt, das war immer schlimm. Wenn er jetzt so einen Absturz hat, dann schnappen Nicolas oder mein Vater ihn sofort und bringen ihn weg, bis es ihm wieder besser geht.«

»Und wo ist er jetzt?«

»Nicolas hat ihn letzte Nacht in eine Entzugsklinik nach Nantes gebracht«, entgegnete Thierry. »Ich bin mitgefahren.«

Das also war die Erklärung dafür, weshalb er bis zum Nachmittag geschlafen hatte! Und Nicolas hatte auch der Schlaf gefehlt, deshalb sein ausgedehntes Nickerchen in der Hängematte!

»Aber warum macht Rémy das?«, stotterte ich verständnislos.

»Das ist 'ne Krankheit.« Thierry zuckte die Schultern. »Helfen kann man ihm kaum, solange er selbst nichts ändern will. Onkel Nicolas und mein Vater haben schon alles versucht, aber er ist erwachsen und man kann ihn zu nichts zwingen.«

»Ich denke, er ist einfach unglücklich«, sagte Sophie.

»Früher war er ein bekannter Jockey, hatte eine Frau und eine Familie. Dann ist er schlimm gestürzt und konnte nie mehr reiten. Seine Frau hat ihn verlassen, seine Kinder melden sich so gut wie nie bei ihm, weil sie sich für ihn schämen. Wir sind die einzige Familie, die er noch hat.«

»Das ist ja schrecklich.« Bestürzt dachte ich an den freundlichen Mann, der immer da war und seine schwere Arbeit tat, ohne große Worte zu verlieren. Ich hatte nie darüber nachgedacht, warum er ein Bein nachzog und damit zufrieden schien, Boxen auszumisten und Pferde zu putzen. Plötzlich fiel mir Herr Schmidt ein, unser zahnloser Pferdepfleger, der schon in unserem Reitstall gearbeitet hatte, bevor ich überhaupt geboren wurde. Er war eine Selbstverständlichkeit für mich gewesen und ich hatte mir nie Gedanken darum gemacht, wie er lebte und ob er wohl glücklich war. Erst nachdem er durch die Luke vom Heuboden auf die Stallgasse gefallen war und sich die Hüfte gebrochen hatte, war mir bewusst geworden, wie einsam und allein er immer gewesen war. Ich konnte mich nicht daran erinnern, dass er jemals Besuch von jemandem bekommen oder Urlaub gemacht hatte! Katies Mutter hatte seine verdreckte Wohnung aufgeräumt, seine Schwester ausfindig gemacht und dafür gesorgt, dass er einen neuen Job bekam, nachdem klar war, dass er nie mehr in der Lage sein würde, Pferdeboxen auszumisten. Ging es Rémy etwa genauso?

»Kommt, wir schauen mal im Büro nach, wie viele Leute sich für den Ausritt heute Abend angemeldet haben«, schlug Thierry vor und wir sprangen auf, erleichtert, das bedrückende Thema Rémy beenden zu können. Rasch hatten wir den Tisch abgeräumt und liefen nach vorne ins Büro.

Vor dem flachen Gebäude standen ein paar Autos, und hinten bei den Ställen war eine Menge los.

Ein Mann und ein junges Mädchen, das etwa in meinem Alter war, sprachen gerade mit Nicolas, und an dem starken Akzent des Mannes merkte ich, dass er Deutscher war.

»Ah, gut dass du kommst, Charlotte! Könntest du bitte mal dolmetschen?«, rief Nicolas, als er mich erblickte. »Der Herr möchte wohl eine Zehnerkarte für seine Tochter kaufen. Ich würde gerne wissen, wie alt das Mädchen ist und wie gut es reiten kann.«

Der Vater wirkte erleichtert, als ich ihn nun auf Deutsch ansprach, das zierliche Mädchen musterte mich schüchtern.

»Wir sind zum ersten Mal im Urlaub hier«, sagte der Mann. »Und Laura möchte gerne reiten. Ich verstehe nicht ganz, was der Reitlehrer wissen möchte.«

»Er will wissen, wie alt Laura ist und wie gut sie reiten kann«, erklärte ich. »Es gibt nämlich verschiedene Möglichkeiten für Ausritte und auch unterschiedliche Pferde: ganz brave und solche, die nur für Fortgeschrittene geeignet sind.«

»Ich bin fünfzehn«, antwortete Laura, ohne mich anzuschauen. »Ich reite, seitdem ich elf bin. Ich glaub, ich reite ziemlich gut.«

Das übersetzte ich für Nicolas.

»Okay, danke.« Nicolas nickte. Ich dolmetschte noch etwas hin und her, dann kaufte Lauras Vater ein Abonnement für fünf Zwei-Stunden-Ausritte und buchte den Ausritt am morgigen Abend. Für den heutigen 18-Uhr-Ritt zum Strand hatten sich zwei mittelalte Engländerinnen angemeldet und ein Pärchen aus der Schweiz, die beide keine große Reiterfahrung hatten.

»Da reite ich nicht mit«, sagte Thierry, der in der Eingangstür lehnte. »Auf so einen schneckenlahmen Ausritt hab ich echt keinen Bock.«

»Dann lässt du es eben«, erwiderte Nicolas in einem schärferen Tonfall, als ich es von ihm gewöhnt war. »Aber du könntest wenigstens im Stall helfen, wie du es uns versprochen hattest. Wenn alle Arbeit an Alain hängen bleibt, schmeißt er bald hin und dann stehen wir für den Rest des Sommers alleine da.«

»Zu Befehl, *mon général!*« Thierry salutierte übertrieben zackig.

»Mach, dass du rauskommst«, fuhr Nicolas ihn gereizt an, dann beugte er sich wieder über den Reitstundenplan auf dem Schreibtisch.

Véronique betrat das Büro.

Für 17 Uhr waren Milan, Blanche Neige, Lucky Luke, Apache, Fleur, Caramel und Kébia eingeteilt, und da sich für den Zwei-Stunden-Ritt nun auch zwei komplette Anfänger angemeldet hatten, mussten Caramel und Fleur ein zweites Mal ran. Doro sollte Brunette du Bois reiten und ich den Fuchswallach Le Zaza, die Engländerinnen Gosse d'Irlande und Idée und Nicolas würde auf Linotte den Ausritt leiten.

»Auf Dauer können die Pferde nicht fünf Stunden am

Tag gehen«, sagte Nicolas zu seiner Frau und furchte die Stirn. »Ich denke, wir brauchen noch ein oder zwei brave Pferde mehr, wenn das so weitergeht. Die Nachfrage ist erheblich größer als im vergangenen Jahr.«

»Wahrscheinlich hat es sich herumgesprochen«, vermutete ich.

»Ja, außerdem haben wir Plakate im *Office de Tourisme* und in vielen Geschäften aufgehängt.« Véronique stieß einen Seufzer aus. »Vielleicht hätten wir das besser nicht getan.«

»Fünf Boxen haben wir noch frei«, sagte Nicolas. »Ich könnte Laurent bitten, uns mit ein paar Pferden auszuhelfen.«

»Gute Idee.« Véronique nickte. »Ich muss los.«

Doro und ich verließen das Büro.

»Schlechte Stimmung?«, fragte Doro, die nicht so gut Französisch sprach wie ich und deshalb nicht alles verstanden hatte, was Nicolas und Véronique gesprochen hatten.

»Irgendwie, ja«, erwiderte ich düster. Ich hatte mich so sehr auf den *Club* und die Leute hier gefreut, aber irgendwie war alles anders, als es im letzten Sommer gewesen war. Cécile war nicht mehr da und nun fehlte auch noch Rémy. Zwischen Thierry und Nicolas gab es Probleme, Véronique quälten unübersehbar Sorgen und dieser komische Alain dämpfte meine Begeisterung vollends.

»Ach, ich find's total ätzend, dass sich alles immer verändern muss«, sagte ich und war plötzlich den Tränen nah. »Letztes Jahr war es hier so entspannt gewesen und ich hab mich fast so gefühlt, als würde ich dazugehören.«

»Aber die sind doch alle total nett zu uns, mal abgesehen vom Werwolf«, erwiderte Doro erstaunt.

Wie konnte ich ihr erklären, was ich meinte? Ja, auf den ersten Blick schien alles in Ordnung zu sein, aber trotzdem spürte ich eine unterschwellige Spannung, die mich verunsicherte.

»Na, komm schon, Lotte!« Doro klopfte mir aufmunternd auf den Rücken. »Wir machen jetzt einen coolen Ausritt! Darauf hab ich mich gefreut, seit ich weiß, dass ich mit nach Noirmoutier fahren darf. Und dann warten wir einfach mal ab, wie sich alles entwickelt.«

GALOPP AM STRAND!

Wir ritten hintereinanderher durch die Wohnsiedlung: Nicolas vorneweg, dann die beiden Engländerinnen, die sehr sicher im Sattel saßen, dahinter das Schweizer Ehepaar, Doro und als Schlusslicht ich. Die Hufe der Pferde klapperten auf dem Asphalt. Die meisten Leute, die in den Gärten ihrer Häuschen saßen, nahmen kaum Notiz von uns, schließlich kamen mehrmals am Tag die Pferde bei ihnen vorbei. Nur hier und da rannten Kinder auf uns zu, oder auch mal ein bellender Hund, aber das störte keines der Pferde.

Noch immer war es sehr heiß, eine leichte Brise brachte keine Abkühlung und ich bedauerte insgeheim die Pferde, die heute bereits zum dritten Mal Reiter durch die Gegend schleppen mussten. Denen schien das jedoch nicht das Geringste auszumachen, und ich erinnerte mich an etwas, was Dr. Feldmann, der Tierarzt, mal zu mir gesagt hatte. Für ein Pferd, dessen Natur es war, grasend durch die Steppen zu ziehen und ständig in Bewegung zu sein, war es weitaus schlimmer, dreiundzwanzig Stunden eingesperrt in einer Box zubringen zu müssen und nur eine Stunde Bewegung am Tag zu haben. Schulpferde wurden im Vergleich viel seltener krank als solche Pferde, die nur einmal pro Tag rauskamen und dann auch noch Höchstleistungen vollbringen mussten.

Am Wasserturm machten wir Halt. Nicolas schaute nach links und rechts und als kein Auto in Sicht war, ritt er in die Mitte der Straße und wartete, bis wir alle an ihm vorbeigeritten waren. Der scharfe, moschusartige Geruch der Ziegen, die in weitläufigen Gehegen hinter hohen rostigen Maschendrahtzäunen das trockene Gras knabberten, drang mir in die Nase. Gleich hinter den flachen Gebäuden der *chèvrerie* begannen die Salzsümpfe, die den größten Teil der Insel bedeckten. Auf den kargen, sandigen Böden wuchsen nicht viel mehr als die typischen roten Kartoffeln, Zwiebeln, Knoblauch und Schalotten, deshalb war die Gewinnung von Meersalz eine der Haupteinnahmequellen der Inselbewohner. Im Frühjahr wurde Meerwasser durch die Kanäle in die flachen Becken geleitet, das im Laufe des Sommers verdunstete. Zurück blieben die groben Salzkristalle, die mit großen Harken zu Haufen aufgeschichtet und in Tüten abgefüllt in die ganze Welt verkauft wurden. Schmale Pfade führten durch das Gewirr der Kanäle, Tümpel und fast ausgetrockneten Becken. Hier und da dösten eine Kuh oder ein altes Pferd auf einer sonnenverbrannten Wiese zwischen den Gräben vor sich hin. Schon im letzten Jahr hatte ich die Tiere, die keinen Schatten spendenden Baum in der Nähe und kaum etwas zu fressen hatten, von Herzen bedauert.

Wir hielten an, um nachzugurten. Ich saß ab und half den Schweizern dabei, dann schwang ich mich wieder in den Sattel von Le Zaza. Der kleine Fuchswallach war sehr brav, sogar fast etwas phlegmatisch, und überhaupt nicht schreckhaft, aber sobald man schneller ritt als Trab, erwachte das Rennpferd in ihm und ein unerfahrener Reiter hätte große Probleme, ihn zu zügeln.

»Wir traben an!«, rief Nicolas. »Sobald ich die Hand hebe, parieren wir wieder durch zum Schritt. Okay?«

Alle nickten, auch die beiden Schweizer, die sich auf Fleur und Caramel wohlzufühlen schienen.

Wir trabten also los und Le Zaza ging locker am langen Zügel.

»Wie findest du Brunette?«, rief ich Doro zu.

»Sie ist super!«, erwiderte meine Freundin fröhlich.

Nach einer Dreiviertelstunde ohne Zwischenfälle hatten wir den Weg hinter den Dünen des Strandes von Luzéronde erreicht, aber wir mussten bis Punkt sieben Uhr warten, bevor wir an den Strand hinunterreiten durften. Thierry hatte immer Spaß daran, mit den Pferden die Straße entlangzureiten, weil weiter vorne jede Menge Menschen auf dem Weg zu ihren Autos waren. Er liebte es, sein Pferd tänzeln zu lassen und eine Riesenshow abzuziehen, aber Nicolas machte das natürlich nicht.

Wir warteten brav in einem kleinen Pinienwäldchen, bis es genau sieben Uhr war, dann ritten wir über die Dünen. Vor uns schimmerte das Meer azurblau und spiegelglatt. Die Flut hatte ihren Höchststand überschritten und das Wasser ging bereits zurück.

Nur hier und da war noch jemand am Strand, aber die meisten Leute waren längst zu Hause.

»Wir galoppieren jetzt«, verkündete Nicolas. »Charlotte

und Doro, ihr reitet vorneweg. An der Landzunge wartet ihr auf uns, verstanden?«

»Ja, verstanden.« Ich nickte erfreut, denn ich hatte fest damit gerechnet, dass ich mein Pferd hinter den anderen halten und jede Menge nassen Sand schlucken musste.

»Alle anderen reiten hinter mir her«, sagte Nicolas.

Doro und ich ritten im Schritt hinunter zu dem Streifen festen Sandes – der Rennbahn. Mein Herz klopfte aufgeregt.

»Am besten fasst du in die Mähne und gehst gleich in den leichten Sitz«, riet ich meiner Freundin, denn ich erinnerte mich lebhaft ans letzte Jahr, als ich bei meinem ersten Galopp mit Brunette noch nicht geahnt hatte, was auf mich zukam.

Wir grinsten uns an.

»*Allez-y!*«, rief Nicolas. Le Zaza erwachte mit einem Schlag aus seiner Lethargie und fegte aus dem Stand los.

»Hui!«, jauchzte Doro ein Stückchen hinter mir. »Das ist ja der Hammer!«

Ich ging in den leichten Sitz, duckte mich tief über den Hals des Fuchswallachs und riskierte einen Blick über die Schulter. Brunette war nur ein kleines Stück hinter mir. Ich ließ Le Zaza ein wenig mehr Zügel und sofort beschleunigte er mühelos. Der Wind sang in meinen Ohren. Ich hatte das herrliche Gefühl zu fliegen und spürte, wie sehr mein Pferd diesen schnellen Galopp genoss. Viel zu schnell hatten wir das Ende des Strandes erreicht. Le Zaza war ein gut erzogenes Pferd und ließ sich problemlos durchparieren; Doro hatte mit Brunette ein wenig mehr zu kämpfen. Unsere Pferde fielen in Trab und dann in Schritt. Wir lobten sie überschwänglich und lachten uns atemlos und glücklich an.

»Das ist ja irre!«, rief Doro und strahlte. »So einen tollen Galopp bin ich noch nie geritten!«

Wie herrlich es war, diese Freude nicht allein zu erleben, sondern mit meiner besten Freundin teilen zu können!

Wenig später kam Nicolas im ruhigen Galopp näher, gefolgt von den anderen vier Reitern, die alle begeistert lachten und ihren Pferden den Hals klopften. Die Sonne näherte sich wie ein großer orangeroter Ball dem Horizont und ließ das Meer glitzern.

Die warme Luft duftete nach Pinien und trockenen Disteln, aber vom Meer wehte ein angenehm kühler Hauch. Mit der Abenddämmerung kamen Myriaden von Mücken, deshalb mussten wir durch die Salzsümpfe traben, sonst hätten uns die gierigen Blutsauger aufgefressen. Ich ritt wieder ganz hinten und genoss das Hochgefühl, das der schnelle Galopp in mir ausgelöst hatte. Und doch war ich nicht so unbeschwert, wie ich es mir gewünscht hätte. Irgendetwas war anders geworden und ich konnte nicht sagen, woran das liegen mochte.

Als Doro und ich eine Stunde später über schmale Landsträßchen durch die Kartoffeläcker nach Hause radelten, sprudelte meine Freundin über vor Begeisterung.

Wir duschten, dann gab es Abendessen, Papa und Mama machten mit Cathrin, Flori und Alissa noch einen Spaziergang zum Meer und Doro schloss sich ihnen an. Ich war nach dem anstrengenden Tag zu kaputt und legte mich stattdessen in einen Liegestuhl auf der Terrasse, gab den WLAN-Code ein und checkte mein Handy. Wie zu erwarten, hatte ich Dutzende von WhatsApps von Simon und Katie bekommen. Ganz plötzlich überfiel mich eine so starke Sehnsucht nach Simon, dass ich gegen die aufsteigenden Tränen ankämpfen musste. Der erste Tag auf Noirmoutier war gerade erst vorüber – wie sollte ich es bloß vier Wochen ohne ihn aushalten? Ich überlegte kurz, dann tippte ich entschlossen auf das Telefonsymbol neben Simons Profilbild. Sekunden später hörte ich seine Stimme an meinem Ohr und mein Herz schlug einen Salto.

»Läuft alles gut mit Doro und dir?«, erkundigte er sich, nachdem er sich für mein Geschenk bedankt und von Asset und Schtari erzählt hatte.

»Ja, alles super«, erwiderte ich. »Wir verstehen uns voll gut.«

Ich schilderte ihm, was ich heute erlebt hatte, erzählte von den neuen Pferden und dem Galopp am Strand.

»Das hört sich toll an«, sagte Simon. »Aber du klingst trotzdem irgendwie ein bisschen deprimiert.«

»Ach, na ja«, murmelte ich.

»Was ist los, Süße?« Das Mitgefühl in seiner Stimme ließ mich in Tränen ausbrechen, und ich erzählte ihm schluchzend, wie sehr sich die Stimmung im *Club Hippique* verändert hatte.

»Alles ist so anders, als ich es in Erinnerung gehabt hatte, und irgendwie … ich weiß nicht … macht es nicht mehr so viel Spaß, wie ich dachte.«

»Die haben halt ein paar Probleme«, antwortete Simon,

als ich verstummte. »Aber wo gibt's die nicht? Wahrscheinlich war es im letzten Sommer nicht anders, da hast du es vielleicht nur nicht so mitgekriegt, weil du so sehr mit Won Da Pie beschäftigt warst.«

Ich zog die Nase hoch und auf einmal erinnerte ich mich an die unterschwellige Gereiztheit, die es auch im letzten Jahr schon gegeben hatte. Nicolas und Véronique hatten sich über Thierry geärgert und über Sophie, weil die beiden im Stall keinen Finger krumm gemacht hatten.

»Stimmt eigentlich«, gab ich zu.

»Du kennst sie mittlerweile besser«, meinte Simon. »Womöglich hast du etwas zu hohe Erwartungen gehabt.«

»Und was soll ich jetzt machen?« Meine Stimme klang kläglich.

»Die Ausritte genießen«, schlug Simon vor und lachte etwas. »Und sonst mit Doro am Strand rumhängen und braun werden, Eis essen gehen, eine Radtour machen, tolle Fotos schießen und mir ganz viele WhatsApps schicken ...«

Da musste ich auch lachen. Meine schlechte Stimmung verflog.

»Ruckzuck sind die vier Wochen rum und du bist wieder hier«, sagte er. »Wir holen Won Da Pie von der Koppel, du reitest ein paar Turniere und dann ziehen wir um auf die neue Reitanlage. Das ist dein richtiges Leben, Süße. Noirmoutier und die Leute im *Club*, das ist nur dein Urlaub. Du bist nicht verantwortlich dafür, dass alle Menschen um dich herum glücklich sind, auch wenn du das am liebsten so hättest.«

Ich stieß einen tiefen Seufzer aus. Simon kannte mich

wirklich gut. »Es wäre so schön, wenn du jetzt hier sein könntest«, sagte ich.

»Ja, das wäre ich auch gerne«, erwiderte er. »Vielleicht im nächsten Sommer, wer weiß.«

»Ich vermisse dich.«

»Ich vermisse dich auch. Und es tut mir weh, wenn es dir nicht gut geht.« Das klang bekümmert.

»Du musst dir keine Sorgen machen«, versicherte ich ihm. »Ich war nur ein bisschen enttäuscht. Aber jetzt geht's mir wieder gut. Morgen nehme ich mein Handy mit und mache ganz viele Fotos. Die schicke ich dir dann abends.«

»Oh ja, da freue ich mich drauf.«

Wir redeten noch ein bisschen weiter, dann beendete ich das Gespräch und blickte in den samtblauen Himmel, an dem die ersten Sterne leuchteten. Grillen zirpten im trockenen Gras, ein dicker Käfer brummte vorbei wie ein kleiner Hubschrauber. Die Luft war süß und schwer von sommerlichen Düften, und mit einem Mal war ich glücklich. Ich würde genau das tun, was Simon mir geraten hatte, nämlich den Sommer genießen und einfach eine tolle Zeit haben! Mein *richtiges* Leben wartete zu Hause auf mich. Genau wie der süßeste Junge der Welt. Und mein wunderbares Pferd.

Der Pferdemarkt von La Roche-sur-Yon

Im Osten graute der Morgen herauf, als der große Scania-Pferde-Lkw über die Brücke rollte, die die Insel Noirmoutier mit dem Festland verband. Zu dieser frühen Stunde war kaum ein Auto unterwegs. Meine Eltern hatten uns erlaubt, mit Nicolas und Thierry nach La Roche-sur-Yon zu fahren, um dort den berühmten Pferdemarkt und Nicolas' Freund, den Pferdehändler Laurent Suaud, zu besuchen. Mein Handy hatte uns um Viertel nach vier geweckt und es war empfindlich kalt gewesen, als Doro und ich mit den Fahrrädern den mittlerweile längst vertrauten Weg zum *Club* gefahren waren. Es war aufregend, so früh morgens im Stall zu sein und in den großen Lkw zu klettern, und ich fühlte mich ein bisschen so wie vor meinem ersten Turnier, allerdings war der Transporter von Nicolas bei Weitem nicht so luxuriös ausgestattet wie der von den von Richters. Eine Wohnkabine oder eine Sattelkammer gab es nicht, dafür fanden allerdings zwölf Pferde auf einmal Platz. Thierry saß auf dem Beifahrersitz, Doro, Sophie und ich auf der hinteren Bank. Die ersten zehn Tage auf Noirmoutier waren wie im Flug vergangen. Doro und ich verbrachten beinahe jeden Tag im *Club*, bekamen Reitstunden von Nicolas, aßen dort zu Mittag, begleiteten Ausritte, putzten Sattelzeug und die Pferde.

Der Vollmond war gekommen und wieder gegangen, ohne dass sich Alain in einen Werwolf verwandelt hatte, aber er war noch immer seltsam. Weder mit Doro noch mit mir hatte er bisher ein Wort gewechselt; er sprach mit fast niemandem, blieb nie zum Mittagessen, schien aber ansonsten ein zuverlässiger Mann zu sein, denn die Boxen waren stets picobello ausgemistet und eingestreut. Von Rémy hatten wir nichts mehr gehört, und niemand schien damit zu rechnen, dass er bald zurückkam.

Wie ich es Simon und Katie versprochen hatte, machte ich fleißig jede Menge Fotos und verschickte sie abends. Katie schrieb mir ellenlange WhatsApps zurück; sie langweilte sich auf Cape Cod zu Tode. Ihr Vater und ihr Bruder verbrachten die Tage auf irgendwelchen Golfplätzen, und meine Fotos und Videos hatten sie nun auf die Idee gebracht, sich auf die Suche nach einem Reitstall zu machen. Gestern Abend hatten Thierry, Sophie, Doro und ich einen Ausritt zu viert gemacht und meine Schwester hatte um sieben Uhr in den Dünen auf uns gewartet. Sie hatte ein absolut sensationelles Video gedreht, wie wir den Strand entlanggaloppierten, während hinter uns die Sonne im Meer versank. Danach waren wir noch einmal umgekehrt und Cathrin war an den Strand runtergekommen und hatte Fotos gemacht, wie wir durch das hoch aufspritzende Wasser auf sie zugaloppierten. Meine kleine Schwester konnte mich manchmal echt voll nerven und wir stritten uns häufig genug, aber sie hatte wirklich was drauf, was das Fotografieren betraf.

Ich zeigte Sophie und Thierry die Bilder und Videos

und sie waren genauso begeistert wie Doro und ich es am Abend zuvor gewesen waren.

Die Sonne kroch wie ein roter Ball über den Horizont, gerade als wir an La Barre des Monts vorbeifuhren. Nicolas hatte vor, noch mindestens zwei Pferde zu holen, denn es kamen immer mehr Touristen zum Reiten, vor allen Dingen ungewöhnlich viele Deutsche. Irgendwie schien es sich herumgesprochen zu haben, dass man im *Club Hippique* auch Deutsch sprach und meine Fähigkeiten als Dolmetscherin waren mittlerweile jeden Tag gefragt.

Anderthalb Stunden später hatten wir das kleine Städtchen La Roche-sur-Yon erreicht. Große Schilder und Plakate kündigten das *Festival du cheval Vendéen* an, das heute mit dem Pferdemarkt und einer Pferdezuchtschau begann und am Wochenende mit einem Reitturnier endete. Es gab außerdem einen Jahrmarkt und alle möglichen anderen Belustigungen.

Trotz der frühen Stunde war schon viel los und auf dem Parkplatz sah es ganz genau so aus wie bei uns auf einem Turnier: Große und kleine Lkws, manche uralt und klapprig, andere topmodern, und Autos mit Pferdeanhängern standen in Reih und Glied, überall wurden Pferde und Ponys herumgeführt. Nicolas war in den letzten Tagen angespannt und ernst gewesen, aber heute Morgen war er guter Laune. Er rieb sich die Hände.

»Lasst uns erst mal etwas frühstücken«, schlug er vor und klopfte Thierry auf die Schulter. »Ein schöner schwarzer Kaffee wird dich aufwecken, hm?«

»Hoffentlich«, erwiderte der mürrisch und gähnte. »Ich

kann nicht verstehen, dass ihr alle so ätzend wach sein könnt mitten in der Nacht.«

»Man soll den Tag beginnen, wenn der Tag beginnt«, sagte Sophie munter und erntete dafür einen finsteren Blick ihres Bruders.

Der Pferdemarkt fand auf einem weitläufigen Marktgelände am Ortsrand statt. Es gab feste Markthallen und jede Menge mobile Pferche aus Metallgitterelementen, die noch leer waren. Außerdem war auf einer Wiese ein größerer Paddock errichtet worden, wo ein junges Mädchen gerade ein schwarzes Pony longierte.

Unter weit ausladenden Bäumen waren Pferde und Ponys aller Rassen in langen Reihen an Seilen angebunden, auf ihren Kruppen klebten Nummern. Um die Mittagszeit war der Markt vorbei, denn dann wurde es zu warm für die Pferde. Weiter vorne reihte sich ein Verkaufsstand an den anderen, wo man alles rund ums Pferd kaufen konnte – vom Hufkratzer bis zum Traktor.

Jedermann dürfe hier sein Pferd gegen eine geringe Standgebühr anbieten, erklärte Nicolas, als wir uns in die Schlange einreihten, die sich vor einem Zelt gebildet hatte. Und alle Geschäfte würden mit Handschlag besiegelt und mit Bargeld getätigt, so, wie es seit uralten Zeiten Brauch war.

Der appetitliche Duft nach frischem Brot und Kaffee stieg mir in die Nase.

»Früher gab es überall solche Vieh- und Pferdemärkte, aber in den letzten Jahren sind sie selten geworden«, erklärte er.

»Das heißt, man schaut sich ein Pferd an und kauft es dann gleich?«, vergewisserte sich Doro.

»Richtig.«

»Aber was, wenn man eine Ankaufsuntersuchung von einem Tierarzt machen lassen will?«

»Es sind Tierärzte da, die ein Pferd begutachten, wenn man das möchte«, antwortete Nicolas. »Natürlich kann man das Pferd nicht röntgen lassen, aber die Pferde, die auf solchen Märkten angeboten werden, sind auch nicht sehr teuer.«

»Glaubst du, du findest hier ein passendes Pferd?«, wollte ich wissen.

»Vielleicht.« Nicolas zuckte mit den Schultern. »Wir sehen uns jetzt mal um und wenn nichts dabei ist, fahren wir zu meinem Freund Laurent. Der hat auf jeden Fall zwei interessante Pferde da.«

Endlich waren wir an der Reihe. Ich bestellte einen Kaffee und ein Croissant mit Schinken und wir frühstückten an einem Stehtisch.

Nicolas hatte einen Bekannten getroffen und redete mit ihm, währenddessen betrachtete ich neugierig die Leute ringsum: alte Männer mit zerfurchten Gesichtern, junge Frauen in Reitklamotten, Schwärme von Mädchen in unserem Alter, die mit glänzenden Augen darauf warteten, dass die Verkaufsstände öffneten, eine Gruppe dunkelhaariger Männer mit braunem Teint, die Goldzähne zeigten, wenn sie redeten.

»Zigeuner«, brummte Thierry.

»Das heißt ›Sinti und Roma‹«, korrigierte Sophie ihn.

»Wie auch immer«, erwiderte Thierry. »Von denen würde ich nie und nimmer ein Pferd kaufen!«

Endlich war auch Nicolas fertig mit seinem Gespräch und wir zogen los zu den Pferden. Es gab keine Ordnung nach Pferderassen, sodass winzige zottige Shetlandponys direkt neben mächtigen Kaltblütern und gescheckten Tinkern standen. Wir schlenderten durch die langen Reihen. Die Pferde störten sich nicht an dem Trubel, der um sie herum herrschte. Sie knabberten am Heu oder dösten vor sich hin. Manche waren sorgfältig herausgeputzt und sogar eingeflochten, andere Pferde wirkten so, als sei es ihren Besitzern urplötzlich heute Morgen eingefallen, sie hier anzubieten.

»Ist schon irgendwie krass, oder?«, meinte Doro. »Man nimmt einfach sein Pferd, bringt es her und verkauft es hier an irgendjemanden.«

»So was könnte ich nie«, entgegnete ich. »Ich wollte schon wissen, was mit meinem Pferd passiert.«

»Bei einer Auktion läuft es auch nicht anders«, sagte Thierry. »Das ist eben das Geschäft. Sentimentalität hat da nichts zu suchen.«

Sophie und er waren mit ihrem Vater schon auf vielen Auktionen gewesen, sogar in England und Deutschland. Rennpferde wurden oft als Jährlinge versteigert, und zweijährig liefen sie bereits Rennen.

Mir taten die Pferde leid, die hier standen. Woher kamen sie wohl? Und wohin führte sie diese Reise ins Ungewisse? Ich blickte in sanfte, in aufmerksame und in gleichgültige Pferdeaugen. Hatte es jemanden gegeben, der sie gemocht hatte? Weinte sich irgendwo jetzt ein Mädchen die Augen aus dem Kopf, weil ihr Lieblingspferd auf den Pferdemarkt gebracht worden war und gegen ein Geldbündel zu einem Fremden kam, der nichts über seine Vorlieben und Eigenarten wusste? Mein Magen ballte sich zusammen, als ich mir vorstellte, dass Won Da Pie hier stehen könnte, wenn meine Eltern ihn letztes Jahr nicht für mich gekauft hätten.

Nicolas hatte bei einem kräftigen, etwas kurzbeinigen Schimmelwallach haltgemacht und sprach mit dem Mann, der zeitungslesend auf einem Hocker saß und nun aufstand.

»Bloß nicht noch ein Schimmel!«, murmelte Thierry. »Alain kriegt das Kotzen.«

»Ich find den voll goldig«, sagte Sophie. »Ein Camargue-Pferd. Die sind meistens total brav.«

Das Pferd ließ es sich geduldig gefallen, als Nicolas ihm nun ins Maul schaute und die Zähne kontrollierte. Er tastete die Beine ab, hob alle vier Hufe und fuhr mit den Händen über Widerrist und Sattellage, dann gab er Thierry einen Wink.

Das Pferd wurde losgebunden, der Verkäufer zauberte eine Trense und einen Sattel hervor. Er sattelte den Schimmel und führte ihn zum Paddock. Thierry zog den Gurt fest und schwang sich beneidenswert locker auf den Rücken des Pferdes. Doro, Sophie und ich kletterten auf das Paddockgitter und sahen zu, wie Thierry das Pferd Schritt, Trab und Galopp ritt. Weiter hinten hatte sich ein Pferd losgerissen und es gab einige Unruhe, bis es wieder eingefangen war, aber den Schimmel interessierte das nicht. Nicolas'

Gesicht war ausdruckslos. Er ließ sich nicht anmerken, was er von dem Pferd hielt, aber als Thierry wieder absaß, hielt er dem Verkäufer die Hand hin und der schlug ein. Ich war beeindruckt: Alles in allem hatte das Geschäft gerade mal eine halbe Stunde gedauert! Nicolas reichte dem Mann ein Bündel Geldscheine, dafür bekam er einen zerknitterten Umschlag mit den Papieren des Pferdes, auf die er nur einen flüchtigen Blick warf.

»Wie heißt er?«, fragte ich neugierig.

»Und wie alt ist er?«, wollte Doro wissen.

»Amiral heißt der Bursche«, verkündete Nicolas und betrachtete seine Neuerwerbung zufrieden. »Ist elf Jahre alt.«

Thierry und er zogen mit dem Schimmel los, um ihn auf den Lkw zu laden, später wollten wir uns am Paddock treffen. Sophie, Doro und ich schlenderten weiter. Die Sonne brannte vom wolkenlosen Himmel, wir kauften uns ein Eis und stöberten ein wenig an den Verkaufsständen herum, dann machten wir uns auf den Weg zu unserem Treffpunkt. Die benachbarten Pferche hatten sich unterdessen mit Pferden gefüllt. Ein paar dicke Kaltblüter mit Fohlen standen so dicht gedrängt, dass sie sich kaum rühren konnten. In einem anderen Pferch warteten zerzauste Jährlinge mit Schweifen, die kaum bis zu den Sprunggelenken reichten. Daneben lauter ältere Pferde mit eingesunkenen Rücken und angelaufenen Beinen, die offenbar schon viel erlebt und geleistet hatten. Sie alle schlugen mit den Köpfen und Schweifen, um die aufdringlichen Fliegen zu verscheuchen. Nirgendwo war Schatten und Wasser hatten die armen Pferde auch nicht. Wir blieben stehen.

Ein hübscher Falbe mit goldbraunen Augen streckte seinen Kopf durch die Gitterstäbe und stupste mich an.

»Was bist du denn für ein süßer Kerl?« Ich streichelte seine Nase, dann kratzte ich ihn unter dem Kopf zwischen den Ganaschen, was ihm gut zu gefallen schien. Er war nicht sonderlich gepflegt. Die Mähne war struppig, sein Fell fühlte sich rau an.

»Die Ärmsten müssen in der prallen Sonne stehen«, sagte ich voller Mitgefühl. »Kann man denen nicht wenigstens was zu trinken geben?«

»Sie werden sowieso gleich abgeholt.« Sophie leckte den letzten Rest Eis von ihren Fingern und nickte in Richtung eines großen Lkws, der gerade hinter dem Paddock angehalten hatte. »Das hier ist der Ausschuss. Pferde, die keiner kaufen will, weil sie zu alt sind oder krank oder sonst irgendein Problem haben.«

Ich wollte sie gerade fragen, was mit diesen Pferden passierte, als ich die Aufschrift auf der Seite des Transporters las: *Boucherie Chevaline* – Pferdemetzgerei! Ich hatte das Gefühl, mir würde das Blut in den Adern stocken.

»Nein!«, stieß ich entsetzt hervor. »Das ist nicht wahr, oder?«

»Doch.« Sophie zuckte nur ungerührt die Schultern. Sie war von klein auf daran gewöhnt, dass nicht alle Pferde mit dreißig Jahren auf der Koppel sanft entschliefen. Der Falbe stupste mich auffordernd an, weil ich aufgehört hatte, ihn zu streicheln. Meine Gedanken rasten, mein Herz pochte heftig. Dieses hübsche Pferdchen mit den sanften goldenen Augen sollte *geschlachtet* werden? Nur weil es vielleicht alt war oder nicht mehr ganz gesund? Welches Recht hatte sein Besitzer, sich einfach auf diese Weise eines treuen Begleiters zu entledigen?

»Was ist denn los?«, fragte Doro irritiert.

»All diese Pferde kommen zum Metzger!«, erwiderte ich aufgebracht. »Das kann doch nicht sein!«

Drei Männer, zwei junge und ein etwas älterer, kamen herangeschlendert und öffneten den ersten Pferch, in dem die Kaltblüter standen. Ich blickte mich Hilfe suchend um, aber niemand nahm davon Notiz. Wie konnte das sein? Keine Menschenseele interessierte sich für das, was hier gerade passierte! All diese Pferde würden sterben!

»Komm, lasst uns weitergehen«, sagte Sophie. »Es gibt noch ein paar Pferde anzugucken und Nicolas wartet sicher schon auf uns.«

Ich sah den Falben an, und plötzlich durchzuckte mich eine wilde Entschlossenheit. Bevor Doro oder Sophie mich zurückhalten konnten, marschierte ich auf die drei Metzger zu und trat ihnen in den Weg.

»Hallo!«, rief ich, und sie glotzten mich erstaunt an. »Gehören Ihnen all diese Pferde?«

Ich machte eine weit ausholende Armbewegung.

»Nicht alle«, erwiderte der Ältere, ein untersetzter Mann mit einem geröteten Gesicht und einem buschigen Schnauzbart, belustigt. »Nur die in den Pferchen. Wieso?«

Die beiden jüngeren Männer grinsten, einer zündete sich eine Zigarette an.

Ich konnte beinahe das Blut riechen, das sie an den Händen hatten.

»Der … der Fa… Falbe da vorne, den würde ich Ihnen gerne abkaufen!« Vor lauter Aufregung stotterte ich.

»Bist du verrückt?« Doro ergriff meinen Arm. »Was willst du denn mit dem Pferd anfangen?«

»Los, Jungs, steht hier nicht rum und haltet Maulaffen feil«, raunzte der Ältere die beiden Jüngeren an. »Wir haben heute mindestens drei Fuhren zu machen!«

Drei Fuhren in den Schlachthof! Das musste ich verhindern, irgendwie! Verzweifelt dachte ich nach, wo ich Geld herbekommen konnte, um zumindest diesem hübschen Falben das Leben zu retten. Ich schüttelte Doros Hand ungeduldig ab und blickte den Mann unverwandt an. Ihm schien die ganze Sache Spaß zu machen.

»Hast dich verliebt, he?«, wollte er wissen und grinste schmierig.

»Ja, das habe ich«, antwortete ich und der dicke Metzger lachte aus vollem Hals. Er nahm mich nicht ernst. Am liebsten hätte ich ihn angeschrien, aber ich durfte es mir nicht mit ihm verscherzen.

»Das gefällt mir! Und weißt du warum: Ich hab ein weiches Herz«, sagte er und es klang in meinen Ohren wie der pure Hohn.

»Was soll er kosten?«, fragte ich unbeirrt.

»Kommt drauf an, was er wiegt.« Der dicke Mann hörte auf zu grinsen und musterte mich aus schmalen Augen. »Bei uns werden die Viecher nach ihrem Gewicht berechnet.«

»Aber Sie haben ihn doch eben erst gekauft!«, beharrte ich. »Dann müssen Sie doch wissen, was er kosten soll!«

»Mach keinen Scheiß, Lotte!«, sagte Doro warnend, aber ich beachtete sie nicht.

»Er wird im Schlachthof gewogen und dann rechne ich ab«, behauptete der Dicke und lächelte listig. »Aber weil du ein hübsches Mädchen bist und ich nun mal weichherzig bin, mache ich dir einen Sonderpreis. Dreihundert Euro.« Er hielt mir die Hand hin. »Schlag ein, Mädchen! So billig kriegst du nie mehr so ein nettes, kleines Pferd.«

Rasch überschlug ich im Kopf, wie viel Geld ich hatte. Auf meinem Sparbuch waren noch knapp zweitausend Euro. In meiner Hosentasche hatte ich achtzig Euro dabei, Doro etwas mehr. Den Rest von dem Geld, das Véronique uns zurückgegeben hatte.

»Zweihundert«, erwiderte ich.

»Hahaha!« Der Dicke lachte wieder dröhnend und schlug sich auf die Schenkel. »Handeln will sie mit dem alten Gregoire, *la Petite!* He, habt ihr das gehört? Die Kleine will mich doch glatt übers Ohr hauen!«

Ein paar Umstehende wurden auf uns aufmerksam und kamen neugierig näher. Sie lachten und machten spöttische Bemerkungen. Mir stieg das Blut ins Gesicht.

»Mehr Geld hab ich nicht«, sagte ich.

»Tja, so ist das im Leben.« Der Dicke schürzte die Lippen. »Man kann nur so viel Geld ausgeben, wie man hat.«

»Zweihundertzehn!«, flehte ich und spürte die Enttäuschung in mir aufsteigen. So wie damals, als ich Gentos neuem Besitzer mein Sparbuch hingehalten und er mir gesagt hatte, wie viel Geld er damals für Gento bezahlt hatte.

»Zweihundert*zehn*!«, wieherte der dicke Metzger, dann

hielt er mir wieder die Hand hin. »Zweihundertfünfzig und das Traumpferd gehört dir, Kleine!«

Ich biss mir auf die Lippen. Dachte an das Pferd mit den schönen goldenen Augen und daran, dass es nicht sterben durfte. Ich musste es retten, egal wie! Mein Herz schlug einen Trommelwirbel.

»Einverstanden«, sagte ich mit fester Stimme und schlug ein. »Zweihundertfünfzig.«

DAS GOLDENE PFERD

»Mann, Lotte, bist du vollkommen durchgedreht?« Doro packte mich an den Schultern und schüttelte mich. Sie war ganz rot im Gesicht. »Du hast gerade ein *Pferd* gekauft! Woher willst du denn das Geld nehmen?«

»Ich … ich hab noch achtzig Euro«, stammelte ich. »Wenn du mir dein Geld leihst …«

»Ich hab auch nur noch hundertzehn«, erwiderte Doro. »Da fehlen noch sechzig Euro!«

»Die kann ich dir leihen.« Sophie kicherte. »Das ist ja echt total irre! So was hab ich noch nie erlebt!«

Meine Freundinnen suchten ihr Geld zusammen, währenddessen holte einer der Metzgerburschen den Falben aus dem Pferch und der Dicke suchte aus einer Kiste mit lauter Pferdepässen den richtigen heraus. Erst jetzt dämmerte mir, was ich getan hatte. Ich hatte keinen blassen Schimmer, wie alt der Falbe war und warum sein Besitzer ihm an den Metzger verkauft hatte! Vielleicht war er bösartig oder unreitbar oder fünfundzwanzig Jahre alt und stocklahm!

»So, junge Dame, dann mal zu den Formalitäten«, sagte der Dicke und streckte fordernd die Hand aus. »Ich krieg zweihundertfünfzig Mäuse von dir.«

Ich zählte ihm das Geld in die schwielige Handfläche. Zweihundertdreißig Euro hatten wir in Scheinen zusammenbekommen, der Rest bestand aus Münzen.

»Hier ist der Pass für das Goldstück.« Der Pferdemetzger reichte mir ein in Plastik gebundenes Heft und drückte mir den Strick in die Hand. »Viel Freude mit deinem Liebling. War mir ein Vergnügen, mit dir Geschäfte zu machen.«

Er ging lachend davon und die Leute, die alles verfolgt hatten, applaudierten amüsiert. Ich stand da wie betäubt und betrachtete das Pferd. Mein Pferd.

»Wo bleibt ihr denn?«, ertönte die Stimme von Nicolas. »Wir warten schon seit zehn Minuten auf euch.«

»Stellt euch vor: Charlotte hat gerade dem Pferdemetzger ein Pferd abgekauft!«, rief Sophie aufgeregt.

»Du hast *was?*« Nicolas starrte mich entgeistert an. »Euch kann man aber auch keine Viertelstunde aus den Augen lassen, ohne dass ihr irgendwelchen Unsinn macht!«

»Ich konnte nicht anders«, erwiderte ich beklommen. »Das Pferd tat mir so leid. Ich wollte nicht, dass es geschlachtet wird.«

»Ich glaub's ja nicht!« Nicolas schüttelte verärgert den Kopf, dann wandte er sich an Sophie: »Wieso hast du mir nicht Bescheid gesagt? Du hättest mich holen müssen!«

»Es ging so schnell«, verteidigte sich Sophie. »Bevor ich irgendwas sagen konnte, waren sie sich schon einig.«

»Das ist ein Ding!« Thierry grinste übers ganze Gesicht.

»Also, ich kann es gar nicht fassen!«, regte Nicolas sich auf. »Wie kommt der Kerl dazu, dir ein Pferd zu verkaufen? Du bist erst fünfzehn Jahre alt!«

Erst dann warf er einen Blick auf den Falben, der reglos wie ein Denkmal neben mir stand. Er war nicht sehr groß, hatte ein Stockmaß von höchstens einem Meter fünfzig. Beine, Mähne und Schweif waren schwarz, der Rest seines Körpers hellbraun.

»Weißt du überhaupt, wie alt das Tier ist? Hast du mal darüber nachgedacht, dass es sicherlich einen Grund gibt, warum es zum Metzger gehen sollte?« Nicolas ging aufgebracht um das Pferd herum. »Also wirklich, Charlotte! Was soll ich deinen Eltern erzählen? Ich nehme dich mit zum Pferdemarkt und du hast nichts Besseres zu tun, als dem Metzger eine alte Kracke abzukaufen!«

Oh Gott – *meine Eltern!* An die hatte ich ja überhaupt nicht mehr gedacht! Zwar hatte das Pferd nur zweihundertfünfzig Euro gekostet, aber damit war es nicht getan. Ein Transport nach Deutschland war nicht gerade billig, ganz zu schweigen von einer Box im Reitstall! Mir wurde flau im Magen. In diesem Moment bewegte sich das Pferd. Es legte seinen Kopf auf meine Schulter und schnaubte mir ins Ohr. Und da verschwanden alle Zweifel und Sorgen. Mein Herz wurde weit vor Glück. Ich hatte genau das Richtige getan!

»Habt ihr das gesehen?«, rief ich beglückt und legte meine Hand auf die weiche Nase des Pferdes. »Es hat sich bei mir bedankt, weil ich ihm das Leben gerettet habe!«

Sophie kicherte wieder, Thierry zeigte mir einen Vogel und Nicolas stieß einen Seufzer aus.

»Gib mal den Pferdepass her«, sagte er. Ich reichte ihm das Heft. Er schlug es auf und las stirnrunzelnd.

»Und wie alt ist er?«, erkundigte sich Thierry.

»Sieben«, brummte Nicolas und kratzte sich nachdenklich am Kopf. »Hat tatsächlich ein volles Papier. Er ist ein American Quarter Horse. Ein Westernpferd.«

»Steht da auch drin, wie er heißt?«, fragte ich vorsichtig.

»Hollywoods Golden Gun«, antwortete Nicolas. Er klappte den Pass zu und betrachtete das Pferd kritisch. Dann schaute er ihm ins Maul, befühlte die Beine und den Rücken. Der Falbe zuckte zusammen, als Nicolas sein rechtes Vorderbein berührte.

»Das dürfte wohl der Grund sein, warum seine Leute ihn nicht mehr haben wollten«, sagte er. »Ein ordentlicher Sehnenschaden. Das ist eine langwierige Sache. Vielleicht wird er niemals reitbar sein.«

»Mir egal.« Ich liebkoste das Pferd und streichelte seinen Hals. »Er ist viel zu jung, um zu sterben.«

»Charlotte«, sagte Nicolas ernst. »Sei jetzt bitte mal vernünftig! Du hast zu Hause ein gutes, gesundes Pferd. Mit diesem Pferd hier wirst du keinen Spaß haben, es wird deine Eltern nur sehr viel Geld kosten.«

»Ich hab noch etwas Geld auf dem Sparbuch«, erwiderte ich starrsinnig. »Und ich suche mir einen Job neben der Schule.«

»Du weißt doch gar nicht, warum seine Besitzer ihn an den Metzger verkauft haben«, redete Nicolas weiter. »Vielleicht hat der arme Kerl schlimme Schmerzen. Es ist für ein Pferd schrecklich, wenn es sich nicht schmerzfrei bewegen kann!«

Eine böse Erinnerung flatterte in meinem Hinterkopf

auf wie ein kleines Vögelchen. Im vergangenen Herbst hatte der Reitverein sich von dem Schulpferd Arabella, einer braven braunen Stute, die von allen Anfängern heiß und innig geliebt wurde, trennen müssen. Zufällig hatten Doro und ich herausgefunden, dass sie nicht etwa nach Italien auf die Koppel gehen sollte, wie Herr Kessler uns das hatte weismachen wollen, sondern zum Schlachter. Fieberhaft hatten wir überlegt, wie wir das treue Pferd retten und ihm einen schönen Lebensabend ermöglichen konnten, doch dann hatte Frau Uhde, die Arabella auch sehr mochte, gesagt, dass die Stute mit ihrem verletzten Bein kein schönes Leben mehr haben würde.

»Ich weiß, dass es für dich eine schreckliche Vorstellung ist, ein Pferd zum Pferdemetzger zu geben, aber manchmal ist es einfach besser und humaner, ein Tier von seinem Leid zu erlösen«, sagte Nicolas eindringlich. »Lass uns zu dem Mann gehen und den Verkauf rückgängig machen.«

Ich wusste, dass es nur vernünftig war, was er sagte. Ich würde jede Menge Ärger mit meinen Eltern bekommen und vielleicht war das goldene Pferd tatsächlich niemals wieder reitbar. Dennoch wollte ich, dass es wenigstens eine Chance bekam.

»Nein! Auf keinen Fall!«, entgegnete ich deshalb heftig. »Selbst wenn er nicht mehr richtig zu reiten ist, wird er vielleicht ein liebes Kinderpferd. Schau doch, wie brav er ist.«

»Ja, bitte, Onkel Nicolas«, bat nun auch Sophie. »Lass ihn uns mitnehmen. Wir können mit ihm am Meer spazieren gehen. Meerwasser wirkt manchmal Wunder bei Sehnenschäden.«

»Okay, okay!« Nicolas schüttelte resigniert den Kopf und hob die Hände. »Du musst das mit deinen Eltern ausmachen, Charlotte. Aber ich kann mir nicht vorstellen, dass sie sich über diesen Familienzuwachs freuen.«

Das konnte ich mir leider auch nicht vorstellen. Mama würde todsicher ausrasten!

»Bis jetzt gehört er ja uns dreien zusammen«, mischte Doro sich ein. »Sobald wir wieder zu Hause sind, können wir Sophie ihren Anteil überweisen. Und Lotte und ich kriegen das schon hin, oder was meinst du?«

»Klar.« Ich lächelte meine Freundin dankbar an. »Irgendeine Lösung wird es geben.«

»Na dann – euer Wort in Gottes Ohr.« Nicolas war die Freude am Pferdemarkt vergangen. »Lasst uns den Burschen verladen und zu Laurent fahren, bevor euch noch das nächste Pferd leidtut.«

Ich zwang mich dazu, nicht daran zu denken, dass ich nur ein einziges Pferd gerettet hatte. Für alle anderen, auch die Jährlinge und die Fohlen, war das Schicksal besiegelt. Plötzlich wollte ich so schnell wie möglich hier weg, von diesem grausamen Ort und all den Menschen, denen es egal war, was hier geschah.

Der Falbe trottete brav die steile Laderampe des Transporters hoch. Amiral brummelte leise, die beiden Pferde beschnupperten sich kurz. Auf der Fahrt zum Stall von Nicolas' Pferdehändlerfreund sah ich mir den Pferdepass genauer an. Jemand hatte mit Kugelschreiber *Cody* oben auf den Abstammungsnachweis geschrieben.

»Sein Rufname ist Cody«, sagte ich.

Ich probierte den Namen aus, flüsterte ihn ein paarmal vor mich hin. Er gefiel mir. Kurz und gleichzeitig kraftvoll und man konnte ihn gut rufen. Und dann machte ich noch eine Entdeckung.

»Cody hat am selben Tag wie ich Geburtstag!«, rief ich erfreut.

»Oh, cool!« Doro grinste.

»Es war kein Zufall, dass du ihn gefunden hast, Charlotte!« Sophie klatschte begeistert in die Hände. »Das war Schicksal!«

Mir entging nicht der kurze Blick, den Nicolas mit Thierry wechselte. *Mädchenkram.*

»Sein Vater heißt Lean With Me und seine Mutter Lil Golden Starlight.« Sophie, Doro und ich beugten uns über den Stammbaum der *American Quarter Horse Association*. »Die Namen klingen alle so megacool: Hollywood Dunit, Hollywood Jac, Easter King.«

»Oder hier!« Doro deutete auf die Mutterlinie. »Peppy San Badger! Und dieser Doc Bar kommt gleich mehrfach vor!«

Cody war 2009 in Amerika gezüchtet worden, auf einer Farm in Texas, und zwei Jahre später war er auf jemanden in Frankreich eingetragen worden. Was war danach mit ihm geschehen? Durch welche Hände war er gegangen? Wie hatte es passieren können, dass er auf dem Pferdemarkt in La Roche-sur-Yon im Pferch des Pferdemetzgers gelandet war?

»Voll spannend«, fand Doro. »Fast ein bisschen wie bei Black Beauty.«

»Oh, ich liebe Geheimnisse!«, rief Sophie mit glänzenden Augen. »Wir können ja bei den Leuten anrufen, die als letzte Besitzer eingetragen sind, und nachforschen, warum sie Cody verkauft haben.«

»Die haben den Esel verkauft, weil er platt ist«, ließ Thierry vom Beifahrersitz aus vernehmen. »Mit 'ner Stute hätte man noch züchten können, aber ein Wallach ist zu nichts mehr nütze.«

»Du bist echt ekelhaft!«, fuhr Sophie ihren Bruder an.

»Ich bin nur realistisch«, erwiderte der. »Die Einzigen, die sich freuen werden, sind die Tierärzte. Die leben von so bekloppten, sentimentalen Tussis wie euch.«

»Ich bin lieber bekloppt als so herzlos wie du«, entgegnete ich scharf. »Cody ist ein Lebewesen. Er kann nichts dafür, dass er krank ist.«

»Man kann nicht jedes kranke Tier retten«, widersprach Thierry.

»Vielleicht nicht jedes, aber manche eben doch«, antwortete ich. »Ich werde ab heute Lotto spielen. Und wenn ich ein paar Millionen gewinne, kaufe ich einen großen Bauernhof mit Koppeln ohne Ende. Und dann fahre ich jeden Tag auf solche Pferdemärkte und rette Pferde.«

»Tssss«, machte Thierry und schüttelte den Kopf. »Du bist doch ein bisschen weich in der Birne.«

»Schluss jetzt«, funkte Nicolas energisch dazwischen. »Die Idee, den früheren Besitzer zu kontaktieren, ist übrigens gar nicht schlecht. Im besten Fall kann er uns erzählen, was mit Cody los ist.«

Ein Plan muss her!

Wir kamen am späten Nachmittag im *Club* an. Nicolas setzte den großen Lkw rückwärts in den Paddock.

»Da sind ja meine Eltern!«, rief ich erschrocken. »Was machen die denn hier? Hoffentlich ist nichts passiert!«

»Nein, es ist nichts passiert«, beruhigte Nicolas mich. »Ich habe sie allerdings vorhin angerufen und sie schon mal vorgewarnt.«

»Oh Gott.« Ich musste schlucken. »Und was haben sie gesagt?«

»Nicht viel.« Nicolas betätigte die Druckluftbremse und machte den Motor aus. »Sie waren etwas … überrascht.«

Nachdem sich mein erster Enthusiasmus gelegt hatte, hatte ich die ganze Heimfahrt darüber nachgegrübelt, wie ich Papa und Mama davon überzeugen konnte, Cody mit nach Deutschland zu nehmen. Leider war mir kein wirklich gutes Argument eingefallen und ganz allmählich waren mir die Konsequenzen bewusst geworden, die sich aus meiner spontanen Rettungsaktion ergeben würden. Tatsache war, dass wir uns kein zweites Pferd leisten konnten, daran gab es nichts zu rütteln. Mein Magen spielte verrückt, mir war plötzlich furchtbar elend zumute und ich hätte mich am liebsten im Fußraum hinter den Vordersitzen verkrochen.

Thierry, Doro und Sophie stiegen aus. Nicolas wandte sich zu mir um.

»Nur Mut«, sagte er und grinste leicht. »Wer es mit dem Pferdemetzger von La Roche-sur-Yon aufnehmen kann, der muss doch keine Angst vor seinen Eltern haben.«

»Sie werden mir nie und nimmer erlauben, Cody zu behalten«, flüsterte ich. »Und was passiert dann mit ihm?«

»Kommt Zeit, kommt Rat«, erwiderte Nicolas. »Na los, steig aus.«

»Wo ist unser neues Pferd?«, hörte ich die aufgeregte Stimme meines kleinen Bruders. »Ist es auch so wild wie Won Da Pie?«

Mit klopfendem Herzen und weichen Knien kletterte ich aus dem Führerhäuschen des Lkw. Meine Eltern und Véronique kamen herangeschlendert, Cathrin und Florian warteten bereits neugierig darauf, dass die Verladerampe heruntergelassen wurde. Papa und Mama unter die Augen zu treten, war so ziemlich das Schwierigste, was ich je in meinem Leben getan hatte.

Ich war auf Vorwürfe gefasst und auf jede Menge Ärger und holte tief Luft.

»Ihr seid jetzt sicher sauer auf mich und ihr habt ja auch recht«, sprudelte es aus mir heraus. »Ich weiß, dass wir uns kein zweites Pferd leisten können und dass der Transport nach Deutschland über tausend Euro kostet. Und dann kommen Tierarzt und Hufschmied und die Boxenmiete dazu. Aber ich konnte Cody nicht einfach diesem grässlichen Pferdemetzger überlassen! Er hat so treue Augen und ist total lieb und noch ganz jung und …«

»Wer hat treue Augen?«, unterbrach Papa mich. »Der Pferdemetzger?«

»Nein, natürlich nicht der, sondern Cody!« Erst da bemerkte ich den Anflug eines Schmunzelns in Papas Mundwinkeln und in mir keimte ein winziger Anflug von Hoffnung. Mein Vater schien die ganze Angelegenheit nicht so schlimm zu finden, aber er war ohnehin nicht das Problem. Das war Mama.

Vorsichtig sah ich zu Mama hinüber und zu meiner Überraschung lächelte sie. Nicht dieses aufgesetzte Schau-Lächeln bei denen ihre Augen unmissverständlich »Warte nur, bis wir alleine sind!« sagten, sondern ein echtes, heiteres Lächeln, das alle Alarmglocken in meinem Kopf zum Schrillen brachte. Ich kannte meine Mutter, und diese Reaktion war absolut untypisch für sie. Hier stimmte irgendetwas nicht.

»Du bist ja wirklich immer für eine Überraschung gut, Lotte«, sagte Mama zu mir.

Nicolas und Thierry ließen die schwere Laderampe herunter, dann luden sie zuerst Guignol ab, einen kräftigen Rappen, danach Floris, einen braunen Wallach mit einer breiten Blesse und zwei weißen Fesseln. Die beiden Pferde hatten wir bei Laurent geholt und als Letztes aufgeladen. Nun war ich an der Reihe. Ich schob die Trennwand zur Seite, klopfte Cody den Hals und löste den Knoten des Führstricks, mit dem er angebunden war.

»Benimm dich gut«, raunte ich dem Wallach zu. Cody folgte mir artig. An der Rampe angekommen, blieb er kurz stehen, spitzte die Ohren und blickte sich neugierig um. Er wieherte laut, und ein paar Pferde antworteten ihm. Dann folgte er mir die steile Rampe hinunter.

»Oh, ist der schön!«, rief Cathrin. »Er sieht aus, als wäre er aus Gold!«

»Und er ist ganz lieb.« Florian, der großen Respekt vor Won Da Pie hatte, kam vorsichtig näher. »Darf ich ihn mal anfassen?«

»Klar.« Ich grinste. »Er ist echt total brav.«

Papa und Mama kamen näher und begutachteten Cody. Flori streichelte die Nase des Wallachs, und Cody ließ den Kopf hängen, als ob er es meinem Bruder einfacher machen wollte.

»Der ist ja megasüß«, schwärmte mein Bruder. »Gar nicht so groß. Auf dem würd ich mich auch trauen zu reiten.«

»Dreht euch mal um«, forderte Cathrin uns auf und wir grinsten in die Kamera.

»Stell ihn in die Box neben Kébia«, forderte mich Nicolas auf, nachdem er Amiral abgeladen hatte. »Er hat einen anstrengenden Tag hinter sich und muss sicherlich mal Pipi.«

Ich führte Cody also zum Stall, Doro folgte mir.

»Lief doch eigentlich ziemlich gut, oder?«, flüsterte sie mir zu.

»Nein, da ist irgendwas im Busch«, raunte ich zurück. »Die haben mit Nicolas etwas ausgemacht und wollen mich jetzt in Sicherheit wiegen, damit ich kein Theater mache und ihnen den Urlaub versaue. Aber ich bin ja nicht blöd. Ich kenne meine Eltern.«

»Was sollen sie denn ausgemacht haben?« Doro blickte mich verdutzt an.

»So was in der Art, dass sie mir am letzten Tag sagen, Cody würde doch besser bei Nicolas bleiben und …« Ich verstummte, als meine Geschwister auftauchten, und führte Cody in die Box, die frisch mit Spänen eingestreut war. Ich nahm ihm das billige Halfter ab und sah zu, wie er den Trog und den gefüllten Wassereimer, der in einer Halterung neben der Tür hing, beschnupperte, ein paar Heuhalme aus dem großen Haufen Heu zupfte und dann erst mal ausgiebig pinkelte.

»Er ist wirklich das hübscheste Pferd, das ich je gesehen habe.« Cathrin lehnte in der offenen Tür. »Und er hat so wahnsinnig schöne Augen!«

Won Da Pie hätte sich jetzt sofort auf den Heuberg gestürzt, egal ob Leute vor seiner Box standen. Cody jedoch kam zu uns. Er schnupperte an Flori und Cathrin, dann an Doro. Für einen Moment zögerte ich. War es Verrat an Wondy, wenn ich Cody genauso sehr mochte wie ihn? Durfte ich diesem Pferd überhaupt Gefühle entgegenbringen oder war es klüger, ihn auf Distanz zu halten, bevor es mir das Herz brach, wenn ich schließlich doch Abschied von ihm nehmen musste?

»Cody«, sagte ich leise und in dieser Sekunde geschah etwas Magisches, etwas Unglaubliches, das ich nicht beschreiben oder jemals in Worte fassen könnte: Das Pferd spitzte die Ohren und wieherte leise, es kam zu mir, blickte mich aus seinen sanften, goldbraunen Augen an und legte erneut seinen Kopf auf meine Schulter. Vielleicht klingt es kitschig oder komplett unrealistisch, aber in diesem Moment fühlte es sich so an, als würden sich unsere Seelen berühren, so zart wie Schmetterlingsflügel. Da war es um mich geschehen. Mir sprangen die Tränen in die Augen. Ich schlang meine Arme um Codys Hals, schmiegte meine Wange an sein raues Fell und wünschte, dieser Augenblick würde nie vergehen.

»Ich geb dich nie wieder her«, flüsterte ich leise. »Das schwöre ich.«

»Guckt mal, Mama, Papa!«, schrie Flori. »Was Cody mit Charlotte macht!«

»Oh, wow, das ist cool«, sagte Cathrin. »Nicht bewegen! Das gibt ein super Foto!«

Ich hörte ihre Stimmen wie durch Watte. Da waren nur ich und dieses Pferd, das schon dem Tod geweiht gewesen war und das ich gerettet hatte. In diesen Sekunden wurde ein Band zwischen uns geschmiedet, und es war der Beginn von etwas ganz Besonderem, Einzigartigem. Egal was auch passierte, ich würde um dieses Pferd kämpfen. Unter gar keinen Umständen würde ich Cody wieder hergeben, und wenn ich mit ihm zu Fuß von Noirmoutier nach Bad Soden laufen musste!

Doro und ich radelten nach Hause. Auf halber Strecke überholte Papa uns, und Flori winkte uns zu. Doro plapperte vor sich hin, lachte über die Aktion mit dem Metzger und dem Münzgeld und überlegte laut, wie man meine Eltern dazu überreden konnte, Cody zu behalten. Ich antwortete nur einsilbig, denn ich stand noch immer wie unter einem Schock. Won Da Pie war kein Schmuser, er schätzte es nicht sonderlich, wenn ich ihn umarmte. Der braune

Wallach besaß einen stolzen, unabhängigen Charakter, war oft ungestüm und voller Temperament. Er trampelte einem schon mal auf die Füße, konnte zuschnappen, wenn man den Sattelgurt zuzog und war jeden Tag eine Herausforderung für mich. Mit ihm musste man konsequent und immer auf der Hut sein, sonst fand man sich unversehens im Dreck wieder, oder eingequetscht an der Boxenwand. Er war nicht bösartig, aber eben eigenwillig. Kein Zweifel, er kannte und mochte mich, aber er würde mich nicht lange vermissen, wenn es jemand anderen gab, der sich um ihn kümmerte. Cody hingegen war anders, das spürte ich. Er brauchte genau das, was Wondy nicht wollte: Zuwendung, Ansprache, Liebe. Cody wollte zu jemandem gehören. Für immer.

Natürlich waren Cody und die Geschichte, wie ich ihn entdeckt und dem Metzger abgekauft hatte, während des Abendessens Hauptgesprächsthema. Doro schilderte alles, was sich abgespielt hatte, bis ins kleinste Detail, aber ich sagte kaum etwas und merkte nicht mal wirklich, was ich aß. Hin und wieder spürte ich die forschenden Blicke meiner Eltern, aber ich tat so, als würde ich sie nicht bemerken. Nach dem Essen wollten Papa, Mama, Cathrin und Doro *Doppelkopf* spielen und Flori durfte *Minecraft* auf Mamas Laptop zocken. Da ich das Kartenspiel nicht konnte, räumte ich widerspruchslos die Küche auf, spülte Berge von Tellern, Gläsern, Töpfen, Schüsseln und Pfannen und summte dabei leise vor mich hin. Es war sonnenklar, dass meine Eltern mir kein zweites Pferd bezahlen würden, deshalb brauchte ich eine Strategie, und zwar so schnell wie möglich. Ich musste einen Plan haben, wenn es zu dem Gespräch über Codys Zukunft kam, das so unausweichlich war wie das Ende der Sommerferien. Leider hatte ich keinen blassen Schimmer, wie ich das größte Problem, nämlich die Frage, wie zwei Pferde finanziert werden sollten, lösen konnte. Nach den Sommerferien kam ich in die zehnte Klasse, da würde das Lernpensum nicht weniger werden. Ich hatte Jens versprochen, Gento zu reiten. Woher sollte ich überhaupt die Zeit für ein drittes Pferd oder gar einen Job nehmen? Mit Doro konnte ich über so etwas nicht wirklich reden. Zwischen uns gab es ein paar Themen, die wir einfach aussparten. Dazu gehörte zum Beispiel Simon. Doro machte sich nie Gedanken über die Zukunft oder über Lösungen, sie war der Meinung, alles würde sich schon irgendwie regeln, und im Prinzip fand ich diese Einstellung auch okay, doch manchmal reichte es eben nicht, abzuwarten.

Ich schlüpfte in Simons Kapuzenjacke, schnappte mein Smartphone und verdrückte mich auf die Terrasse. Es war kurz vor neun, bei Katie war es jetzt also drei Uhr nachmittags. Ich tippte eine kurze WhatsApp und schickte ein paar Fotos von Cody mit, die Cathrin mir vorher zugesendet hatte.

Katie, hab heute ein Pferd gekauft, das geschlachtet werden sollte. Cody, 7 Jahre, Wallach, wahrsch. Sehnenschaden, aber sch…egal. Ich LIEBE dieses Pferd!!! Meine Eltern haben noch nix gesagt, aber ich darf Cody sicher nicht mitnehmen, wegen Kosten. Brauche einen Plan, SCHNELL!!!! Hilf mir!!!!

Wie ich es nicht anders erwartet hatte, antwortete Katie

innerhalb von Sekunden, obwohl sie auf der anderen Seite des Ozeans war.

Wie abgefahren ist das denn???? Was für ein megasüßer Kerl!!! Klar muss der mit nach Deutschland. Was ist das Hauptproblem?

Ich lächelte.

Schätze mal die Kohle, tippte ich. *Transport kostet über 1.000 Mäuse. Box. Tierarzt. Wünschte, ich würd im Lotto gewinnen!* ☹☹☹

Für Katies Eltern wäre es null Problem, noch ein drittes Pferd zu haben, dachte ich mit einem Anflug von Neid. Ihr Vater hatte irgendeinen Wahnsinns-Job, flog auf der ganzen Welt herum und verdiente einen Haufen Kohle, außerdem hatten sie noch von den Großeltern ein Vermögen geerbt, sodass er eigentlich überhaupt nicht hätte arbeiten müssen. Das Leben war manchmal voll ungerecht. Natürlich verstand ich, dass meine Eltern mir nicht zwei Pferde finanzieren konnten, und meine drei Geschwister quasi leer ausgingen.

Während ich darüber nachdachte und auf eine Antwort von Katie wartete, schrieb ich Simon und teilte ihm ebenfalls die Neuigkeit mit. Im Innern des Hauses brandete Gelächter auf.

Ich kuschelte mich in Simons Jacke, blickte in den Himmel und gab mich einem Tagtraum hin, in dem Codys Beine gesund waren und er zusammen mit Wondy über eine weite Koppel galoppierte.

Bing!, machte mein Handy und dann noch mal: *Bing!*

Katie und Simon hatten mir gleichzeitig geantwortet.

Mein verrücktes Hühnchen!, schrieb Simon mit lauter Smileys. *Was sagen deine Eltern dazu? Wie schlimm ist der Sehnenschaden?*

Katie schrieb: *Melde mich morgen wieder bei dir. Muss mal mit meiner Mom quatschen, die ist für ein paar Tage bei einer Freundin in New York. Tausend Küsse, bist einfach cool!!!!* ☺

Ich schickte ihr noch ein paar Emoticons zurück, dann erhob ich mich, ging nach oben und verkroch mich im Bett.

Ach, hätte ich Cody doch heute bloß gar nicht gesehen, dann würde ich nichts von ihm wissen und müsste mir jetzt keine Gedanken um ihn machen! Es war komplett aussichtslos, das wusste ich. Ich hatte ihm nicht das Leben gerettet, ich hatte ihm nur einen kurzen Aufschub verschafft. Und der würde enden, wenn unsere Ferien hier um waren.

Ich wälzte mich auf den Rücken, verschränkte die Arme hinter dem Kopf und starrte an die Decke. Draußen wurde es dunkel, aber ich konnte nicht einschlafen. Es musste doch irgendeine Lösung geben, aber so angestrengt ich auch nachdachte, mir wollte einfach nichts einfallen.

Unten wurden Stimmen laut, das Licht an der Außentreppe flammte auf. Schnell drehte ich mich auf die Seite und schloss die Augen. Als Doro und meine Geschwister den kleinen Flur betraten, stellte ich mich schlafend. Ich hatte keine Lust, mit ihnen über Cody zu reden, denn sonst hätte ich sicherlich geheult.

Spannungen

Zwei Tage vergingen in trügerischer Ruhe. Am Wochenende waren wir nicht im *Club* gewesen, weil wir zu Bekannten in die Bretagne gefahren waren, wie jedes Jahr. Meine Eltern hatten kein Wort über Cody verloren, und ich wusste, dass mein Argwohn berechtigt war. Am Montagmorgen radelten Doro und ich gleich nach dem Frühstück zum *Club*. Nicolas longierte Guignol, den Rappwallach, im Paddock und hob grüßend die Hand, als wir unsere Fahrräder vor dem Büro abstellten.

»Machen wir heute eine Springstunde?«, wollte Doro wissen. Sie freute sich schon seit Tagen darauf.

»Selbstverständlich.« Nicolas grinste. »Ihr könnt Gosse und Kébia schon mal satteln.«

»Ich reite nicht mit«, sagte ich. »Ich möchte lieber Cody waschen und gründlich putzen.«

»Echt?« Doro runzelte die Stirn. »Aber das kannst du doch auch später noch machen!«

»Zu Hause springe ich genug«, erwiderte ich ausweichend. Ich war nicht so versessen aufs Springen. Der Boden im Paddock war alles andere als gut, und Gosse und Kébia sprangen zwar recht ordentlich, aber nicht annähernd so gut wie Wondy oder Gento.

»Wenn du meinst.« Doro ging achselzuckend davon.

»Ich habe gestern Abend übrigens die Leute erreicht, die als letzte Besitzer in Codys Papieren eingetragen sind«, sagte Nicolas zu mir.

»Oh, tatsächlich? Und was sagen sie?«

»Sie haben ihn zweijährig in Texas gekauft und dann selbst ausgebildet«, erwiderte Nicolas. »Ihnen gehört ein großer Westernstall in der Nähe von Straßburg. Nachdem er ein paar Turniere gegangen ist, hatte er immer wieder Probleme. Irgendwann haben sie erkannt, dass er den Belastungen, denen ein Reining-Pferd ausgesetzt ist, gesundheitlich einfach nicht gewachsen ist, und verkauften ihn an einen Freizeitreiter in der Nähe von Paris. Das war vor anderthalb Jahren. Die Dame, mit der ich gesprochen habe, war ziemlich schockiert, als ich ihr sagte, dass du Cody vor dem Schlachter gerettet hast. Sie hat angenommen, es ginge ihm gut und er würde einfach ein bisschen ins Gelände geritten. Aber das war wohl offensichtlich nicht der Fall. Sie hat mir die Telefonnummer von den Leuten gegeben, an die sie Cody damals verkauft haben, und ich werde später bei ihnen anrufen.«

»Danke, Nicolas. Das ist total nett von dir.« Ich zwang mich zu einem Lächeln und fragte mich, wozu er sich überhaupt die Mühe machte. Es hatte ja doch keinen Zweck.

Ich ging zu den Stallungen hinüber und rief Codys Namen. Mir wurde ganz warm ums Herz, als sein Kopf über der Halbtür erschien und er mir entgegenwieherte. Ich wünschte, ich hätte mich freuen können, aber stattdessen wurde ich traurig.

»Na, du Süßer«, sagte ich leise. »Ich hab dich schon vermisst.«

»Das ist ja echt die große Liebe.« Doro tauchte aus Kébias Box auf. Ein Anflug von Spott schwang in ihrer Stimme mit. War sie eifersüchtig? Ich beschloss, das gleich jetzt und hier zu klären und nicht wie früher einfach darüber hinwegzugehen und so zu tun, als sei alles in Ordnung.

»Ja. Das ist es echt«, erwiderte ich deshalb. »Für mich ist Cody etwas ganz Besonderes. Ich hoffe, es stört dich nicht.«

»Wieso sollte mich das stören?« Doro riss die Augen auf.

»Weil du jetzt schon ein paarmal so kleine, spitze Bemerkungen gemacht hast.«

»Na ja.« Sie zuckte die Schultern, wirkte ertappt. »Du denkst ja nur noch an Cody, Cody, Cody! Ich kann den Namen bald schon nicht mehr hören! Was ist mit Won Da Pie? Das ist ein Super-Pferd, mit dem du Turniere reiten kannst! Und dann kommt Gento noch in den Stall. Den hast du angeblich auch mal *geliebt*. Ich weiß noch, was das für ein Drama war, als er verkauft worden ist.«

Die Art, wie sie das sagte, versetzte mir einen Stich. In einem ersten Impuls hätte ich ihr beinahe vorgeworfen, dass ich eben etwas für meine Pferde empfand, im Gegensatz zu ihr. Sie hatte keine einzige Träne vergossen, als Corsario im letzten Winter eingeschläfert werden musste, und sie hatte sich nach unserem Streit kaum noch um Cornado gekümmert und stattdessen mit Beate ruckzuck eine Reitbeteiligung gefunden. Ich biss mir aber auf die Zunge, weil ich in den letzten zehn Urlaubstagen keinen Streit mit ihr wollte, und den hätte es dann todsicher gegeben.

»Ja, ich hab Gento geliebt und ich liebe Wondy«, antwortete ich stattdessen. »Wenn Eltern mehrere Kinder haben, lieben sie die ja auch alle, jedes auf seine Art eben. So geht's mir. Und wenn ich ganz ehrlich bin, liegt mir nicht so wahnsinnig viel an der Turnierreiterei. Es macht Spaß, klar, aber ich hab nicht den Ehrgeiz, jedes Wochenende auf Turnier zu sein und in den Kader zu kommen.«

»Ach ja?« Doro hob spöttisch die Augenbrauen. »Den Eindruck hatte ich aber nicht. Katie und du, ihr quatscht doch über nichts anderes als über Turniere.«

Was war denn das jetzt plötzlich? Ich warf meiner Freundin einen überraschten Blick zu. Das klang irgendwie eifersüchtig und ganz nach der alten Doro! Ich hatte mich in den letzten Wochen, in denen zwischen uns alles so erstaunlich gut gelaufen war, insgeheim manchmal gefragt, ob für Doro wirklich alles okay war oder ob sie nur so tat, um einen coolen Urlaub zu haben. Hatte ich mich von ihr täuschen lassen?

»Turnierreiten macht ja auch Spaß«, sagte ich. »Aber eigentlich mag ich es am liebsten, mich mit den Pferden zu beschäftigen. Und ich gebe total gerne Unterricht.«

»Unterricht?«, wiederholte Doro und rollte die Augen. »Seit wann denn das?«

»Seit ich ein paar Longenstunden geben durfte. Es macht voll Spaß mit den Kiddies.«

Als Doro daraufhin nur den Kopf schüttelte, öffnete ich Codys Box und gab ihm einen Leckerliwürfel. Sein Schweif und seine Mähne waren voller Sägespäne, also hatte er heute Nacht gelegen. Das war ein gutes Zeichen.

»Hoffentlich bist du nicht sauer, wenn ich dann alleine die Springstunde reite«, sagte Doro aus Kébias Box. »Nicht dass du mir später Vorwürfe machst, ich hätte mich hier in deine Sache reingedrängt.«

»In meine Sache?« Ich kapierte nicht, wovon sie sprach.

»Der *Club*, die Leute hier …«, versuchte sie zu erklären. »*Du* bist mit denen befreundet. Mich akzeptieren sie nur, weil ich mit dir hier bin.«

»Du spinnst ja!« Ich schüttelte den Kopf. »Nicolas hat doch am ersten Tag ganz klar gesagt, dass er uns kein Geld abnimmt, unter anderem weil Thierry sechs Wochen lang umsonst Nado reiten durfte! Du bist genauso eine Freundin von Juneaus wie ich!«

Nicolas kam mit Guignol an der Longe vom Paddock.

»Würdet ihr wohl später mit Thierry die neuen Pferde mal an den Strand reiten?«, fragte er. »Ich muss wissen, wie sie auf das Meer reagieren, bevor wir sie zum ersten Mal mit Anfängern ins Gelände schicken.«

»Wir dürfen doch erst ab sieben Uhr an den Strand«, erinnerte ich ihn.

»Hinter La Clère gibt es einen Strandabschnitt, an dem man jederzeit reiten darf«, erwiderte Nicolas. »Er liegt ungefähr eine Viertelstunde von hier entfernt, ein Stück oberhalb des Bois de la Chaize.«

»Klar, machen wir«, sagte Doro. »Soll ich die Hindernisse schon mal aufbauen?«

»Das mach ich. Sattle du nur dein Pferd.«

Ich holte ein Halfter aus der Sattelkammer, legte es Cody an und führte ihn aus der Box. Zum ersten Mal hatte ich

Gelegenheit, ihn in aller Ruhe zu betrachten und mich mit ihm zu beschäftigen. Seine Mähne war zottelig und fiel auf beide Seiten des Halses, auch sein Schweif war ungepflegt und die Hufe waren viel zu lang. Niemand hatte sich mehr Mühe mit ihm gegeben. Ich verdrängte den Gedanken, dass ich ihn wieder verlieren würde, genauso wie die Gewissheit, dass mir das mein Herz brechen würde.

»Jetzt machen wir ein richtig schönes Pferd aus dir, mein Süßer«, sagte ich zu Cody und holte aus der Sattelkammer alles herbei, was ich für einen Großputz brauchte. Ich spritzte den Wallach von Kopf bis Fuß ab, dann massierte ich das Shampoo in Schweif, Mähne und Fell und schrubbte ihn gründlich mit einer Wurzelbürste ab. Mit einem Ohr lauschte ich den Befehlen, die Nicolas Doro gab. Sie hatte sich schließlich doch für Gosse d'Irlande statt für Kébia entschieden und musste sich erst ganz schön quälen, bis der steife Braune ein wenig locker wurde.

Beim Auswaschen des Shampoos floss dunkelbraune Brühe in den Kanal. Ich wusch Codys Hufe von innen aus. Er war so gut erzogen, dass er ganz von selbst die Beine hochhielt und ich sie nicht einmal festhalten musste. Allerdings bereitete es ihm Mühe, das rechte Vorderbein zu belasten, deshalb beeilte ich mich mit dem linken Vorderhuf.

Alain und Véronique kamen mit einer Gruppe von Reitern vom Morgenausritt zurück. Thierry und Sophie tauchten auf, noch ganz verschlafen, und halfen dabei, die Pferde abzusatteln.

»Und?«, wollte Sophie von mir wissen. »Haben deine Eltern mittlerweile mal irgendetwas gesagt?«

»Keinen Ton«, erwiderte ich. »Das ganze Wochenende über nicht. Die führen irgendwas im Schilde.«

»Was machst du, wenn sie dir nicht erlauben, Cody mitzunehmen?«

»Keine Ahnung.« Ich zuckte die Schultern. »Und das ist auch das Problem, denn ich fürchte, dass es genau darauf hinausläuft, wenn nicht irgendein Wunder geschieht.«

Während Cody in der Sonne trocknete, sahen Thierry, Sophie und ich bei der Springstunde zu. Wir wollten noch vor dem Mittagessen mit Amiral, Guignol und Floris an den Strand von La Clère reiten.

Doro war fertig mit dem Springen, sie ließ Gosse die Zügel lang und klopfte ihm den Hals. Nicolas telefonierte mit jemandem.

»Charlotte!«, rief er, als er das Gespräch beendet hatte. »Docteur Délèstre kommt am frühen Nachmittag vorbei. Ich habe ihn gebeten, das Ultraschallgerät mitzubringen. Dann kann er sich Codys Bein mal genauer ansehen.«

Ich nickte nur und fragte mich, weshalb Nicolas das alles tat. Cody konnte ihm egal sein. Was mochte er wohl mit meinen Eltern besprochen haben? Sollte ich ihn einfach danach fragen?

Ich ergriff die Haarbürste und kämmte Codys dichten Schweif Strähne für Strähne durch. Mit der Schere schnitt ich die Schweifrübe ein wenig aus und kürzte den Schweif, der fast bis auf den Boden reichte. Anschließend schnitt ich Mähne und Schopf ein Stück ab und verzog die Mähne zum Schluss mit dem Mähnenkamm. Ich trat ein Stück zurück und betrachtete zufrieden das Ergebnis meiner Verschönerungsaktion. Codys Fell war seidenweich und glänzte nun wirklich wie Gold.

Die drei neuen Pferde schienen das Meer offenbar schon zu kennen; keines von ihnen erschrak, als wir über die Dünen kamen und die Brandung fast direkt vor uns ausrollte. Dieser Strand war viel schmaler und kürzer als »unser« Strand, zu dem wir sonst immer ritten. Ich saß auf Amiral, dem Camargue-Pferd. Es war bequem zu sitzen, hatte einen Schaukelpferd-Galopp, war aber total unsensibel im Maul. Doro saß auf Floris und Thierry auf Guignol.

»Lasst uns durch den Bois de la Chaize zurückreiten und testen, wie die drei Trantüten auf Verkehr, kreischende Kinder und Windsurfer reagieren«, schlug Thierry vor. Er hatte für brave Anfängerpferde nichts als Verachtung übrig, aber er hielt sich mit bissigen Kommentaren zurück, seit Nicolas ihn vor ein paar Wochen in den Senkel gestellt hatte.

Wir ritten also mitten durch ein Wohnviertel zum sehr belebten Plage des Dames, an dem wie üblich die Hölle los war. Auf der kurzen Promenade drängte sich ein Restaurant ans andere, es gab viele kleine Geschäfte und es wimmelte von Menschen, Autos, Fahrrädern und Mopeds, aber die drei Pferde zeigten sich unerschütterlich. Weder herumfliegende Luftballons noch Kindergeschrei oder Hundegebell konnten sie aus der Ruhe bringen.

Auf dem Rückweg lenkte Thierry sein Pferd auf einen Supermarktparkplatz. Er hielt neben dem Haupteingang an, saß ab und reichte mir die Zügel.

»Was wird das jetzt?«, fragte ich ihn überrascht.

»Muss noch schnell was einkaufen.« Er grinste mir zu. »Ihr dürft mich aber nicht verpetzen.«

Doro und ich sahen, wie er im Supermarkt verschwand, und mir wurde nun doch etwas mulmig, denn die Leute nahmen überhaupt keine Rücksicht auf die Pferde. Sie schoben die klappernden Einkaufswagen dicht an uns vorbei, bewegten sich hektisch, rangierten mit ihren Autos. Irgendjemandem fiel eine Flasche Wein aus der Hand, die mit einem Knall auf dem Asphalt zerbarst, und ich fuhr erschrocken zusammen. Amiral zuckte aber noch nicht einmal mit den Ohren.

»Ich wette, er kauft Zigaretten«, vermutete Doro und grinste.

Leute blieben stehen, Kinder wollten die Pferde streicheln.

»Wo will der denn hin?« Ich wurde nervös, als sich ein riesiger Kühllaster im Rückwärtsgang näherte. Das Kühlaggregat auf dem Dach brummte laut, der Rückfahrwarner piepste durchdringend.

Guignol, der bisher brav neben mir gestanden hatte, riss den Kopf hoch und schnaubte aufgeregt. Fast wären mir die Zügel aus der Hand geglitten. »Verdammt! Sieht der Typ uns nicht?«

Amiral ließ sich von Guignols Nervosität anstecken, vielleicht spürte er aber auch, dass ich ängstlich wurde. Er begann zu tänzeln, und mir brach der Schweiß aus. Wo blieb Thierry?

»Hoho, ganz ruhig«, sagte ich zu der Stute und zwang mich, die Zügel lang zu lassen. Im Reflex hätte ich sie lieber kurz genommen, aber das würde dem Pferd »Gefahr« signalisieren. Durch Won Da Pie hatte ich gelernt, wie man ein nervöses Pferd beruhigte, und ich hoffte, dass das auch mit Amiral funktionierte.

»Soll ich mal gucken, wo Thierry bleibt?«, fragte Doro und machte Anstalten vom Pferd zu steigen.

»Lass mich bloß nicht mit *drei* Pferden hier allein«, erwiderte ich mit bebender Stimme.

Der Lastwagen kam immer näher. Eine dicke Frau schob ihren vollbeladenen Einkaufswagen direkt hinter den Pferden entlang und schimpfte mit ihren beiden Kindern. Sah sie den Lkw nicht? Und überhörte sie das laute Piepsen?

»Vorsicht!«, warnte ich sie. »Stopp!«

»Müsst ihr hier mit euren Gäulen rumstehen?«, schnauzte sie mich an. »Das hier ist ein Parkplatz!«

Erst jetzt bemerkte sie den Lastwagen, aber zu spät. Ihr Einkaufswagen kippte mit einem ohrenbetäubenden Krachen um. Der Lkw-Fahrer trat auf die Bremse, die Frau zeterte, ihre Kinder kreischten vor Schreck. Jemand hupte.

Und wir standen mittendrin in dem Chaos! Vor meinem inneren Auge sah ich schon, wie die Pferde in Panik ausbrachen, uns abwarfen, die Kinder über den Haufen rannten und kopflos in Richtung Hauptverkehrsstraße davonstürmten. Verdammter Thierry! Plötzlich tauchte er neben mir auf. Er reichte Doro eine pralle Einkaufstüte und griff lässig nach Guignols Zügeln.

»Feuerprobe bestanden, würde ich sagen.« Er schwang sich in den Sattel, ohne die Steigbügel zu benutzen. »Die Klepper sind einsatzbereit für die Reitschule.«

»Mann, das war ganz schön knapp!«, herrschte ich ihn verärgert an. »Nur wegen deinen blöden Glimmstängeln hast du uns in so eine Situation gebracht!«

»Cool bleiben.« Thierry grinste mich an.

Wir ritten an dem umgekippten Einkaufswagen vorbei und ließen die dicke Frau, die den Lkw-Fahrer ziemlich unfein beschimpfte, einfach stehen. Ich atmete erleichtert auf, als wir die Hauptstraße überquert hatten und in eine ruhige Nebenstraße einbogen.

»Ich hab übrigens nicht nur Zigaretten gekauft«, sagte Thierry mit einem unschuldigen Augenaufschlag und zog eine Tüte unter seinem T-Shirt hervor. »Sondern für jeden von uns ein Eis.«

Er hielt uns drei *Magnum-Mandel* hin und strahlte mich charmant aus seinen meerblauen Augen an, aber ich war so sauer auf ihn, dass ich am liebsten gesagt hätte, er könne sich das Eis sonst wohin stecken.

»Komm, jetzt reg dich ab.« Er hielt mir eins hin. »Ist doch nichts passiert.«

Ich verkniff mir eine böse Erwiderung. Mein Mund war staubtrocken und ich zitterte noch immer innerlich.

»Danke«, murmelte ich ungnädig, schnappte ihm das Eis aus der Hand und riss die Verpackung auf. Ich ließ Amiral am langen Zügel hinter Thierry und Doro hertrotten. Die beiden lachten und kicherten und redeten über irgendwelche Leute, die sie am Strand kennengelernt hatten, und ich ärgerte mich noch ein bisschen mehr. Schon früher hatte mir meine lebhafte Fantasie Streiche gespielt, oft malte ich mir die schauerlichsten Dinge aus und war deshalb lieber immer vorsichtig. Doro war genau wie Thierry: Sie dachte über Risiken oder Gefahren gar nicht nach, war häufig leichtsinnig und meistens ging tatsächlich alles gut aus. Ich hingegen dachte immer *zu viel* nach, deshalb hielt meine Freundin mich für eine Pessimistin und hatte sogar dieser blöden Josie gegenüber behauptet, ich hätte wegen allem irgendwelche Bedenken.

Als wir den *Club* erreicht hatten, war ich noch immer verstimmt.

Beim Mittagessen sagte ich kaum etwas, und als Thierry vorschlug, an den Strand zu fahren, lehnte ich ab. Wir waren ein paarmal dort gewesen, aber ich fand es an dem kleinen Strandabschnitt zu voll und zu laut. Außerdem nervten mich die coolen Surfertypen, die da herumhingen und blöde Sprüche klopften.

»Komm, lass uns wieder mal mitfahren!«, drängte Doro. »Da ist es doch immer lustig.«

Beim letzten Mal hatte sie ewig mit einem Jungen vom Surfverleih gelabert, und ich hatte eine Stunde gebraucht, um sie zum Gehen zu überreden. Auf so was hatte ich im Moment echt keine Lust.

»Ich will lieber auf den Tierarzt warten«, erwiderte ich deshalb. »Fahr du ruhig mit.«

»Ist das echt okay?«

»Klar. Geh nur.« Insgeheim war ich sogar froh darüber, mit Cody alleine zu sein, wenn der Tierarzt kam.

Sophie, Thierry und Doro packten also ihr Badezeug und verschwanden mit den Fahrrädern zum Plage des Dames; ich half Véronique, die Küche aufzuräumen. Nicolas schnappte sich auch ein Handtuch und gemeinsam trockneten wir Geschirr und Besteck ab.

»Hast du mit deinen Eltern schon über Cody gesprochen?«, wollte er wissen.

»Nein. Sie haben bis jetzt nichts gesagt.« Meine Stimme klang bitterer als beabsichtigt. »Aber ich kenne meine Eltern. Wahrscheinlich haben sie Angst, dass ich ihnen den Urlaub verderbe, wenn es zu einer Diskussion kommt. Und am letzten Tag rücken sie dann mit der tollen Idee heraus, dass Cody hier bei euch bleibt, damit er hinter meinem Rücken doch beim Pferdemetzger landet.« Meine Vermutung wurde bestätigt, als Nicolas und Véronique nun einen raschen Blick wechselten. »Stimmt's? Das ist der Plan, oder?«

»Hm«, machte Nicolas nur und vermied es, mich anzusehen.

»Charlotte«, versuchte Véronique eine behutsame Erklärung. »Deine Eltern können sich kein zweites Pferd leisten, das weißt du. Auf der neuen Reitanlage werden die Boxen mehr kosten als in eurem jetzigen Reitstall. Und Cody ist dazu nicht gesund. Keiner kann sagen, welche Kosten da noch auf euch zukommen.«

»Verstehe ich ja alles«, begehrte ich auf. »Aber warum soll dann überhaupt der Tierarzt kommen? Die Kosten kann man sich ja echt sparen, wenn er sowieso zum Metzger soll!«

Die verfluchten Tränen schossen mir in die Augen. Ich stellte den Teller ab, murmelte eine Entschuldigung und stürmte hinaus. Beinahe hätte ich Alain, der gerade die Treppenstufen der Veranda hochkam, umgerannt.

»Pardon«, murmelte ich, ohne ihn anzusehen. Weinend flüchtete ich zu Cody in die Box, so, wie ich früher oft zu Gento gelaufen war, wenn ich Kummer gehabt hatte. Es war alles so ungerecht! Dieses süße Pferd hatte es nicht verdient, sterben zu müssen, nur weil es von irgendwelchen rücksichtslosen Menschen kaputtgeritten worden war! Ich verbarg meinen Kopf in meinen Armen und schluchzte wild. Und es wurde nicht besser, als Cody zu mir kam und mir seinen warmen Atem ins Ohr blies, als wolle er mich trösten.

KEINE GUTEN NACHRICHTEN

Ich hatte damals bei Corsario gesehen, wie ein Ultraschallgerät funktionierte, und wusste deshalb, warum Docteur Délèstre, ein junger braun gebrannter Mann, Cody an beiden Vorderbeinen mit einem Rasierer das Fell entfernte. Im Gegensatz zu Corsario, der nicht hatte stillstehen wollen, ließ Cody sich die Behandlung gleichmütig gefallen.

»Ein lieber Kerl«, sagte der Tierarzt und zwinkerte mir zu. »Schön, dich wiederzusehen, Charlotte. Ich hab noch oft daran gedacht, wie du im strömenden Regen am Wasserturm auf mich gewartet hast.« Er lächelte freundlich. »Wie geht es dem Braunen?«

Docteur Délèstre war im vergangenen Sommer in die Salzsümpfe gekommen und hatte mithilfe von zwei anderen Männern Iseult in einer dramatischen Rettungsaktion aus dem See gezogen. »Dem geht's gut«, antwortete ich. »Ich habe ihn schon auf ein paar Turnieren geritten und sogar ein Springen gewonnen.«

»Das ist ja toll!« Der Tierarzt drückte aus einer Plastikflasche Gel auf die Ultraschallsonde und blickte zu Nicolas hoch, der mit verschränkten Armen in der geöffneten Boxentür lehnte. »Wo hast du das Pferd her? Weißt du etwas über seine Vorgeschichte?«

»Nein. Zumindest nichts über die letzten Jahre«, erwiderte Nicolas. »Charlotte hat es vor ein paar Tagen auf dem Pferdemarkt in La Roche-sur-Yon dem Pferdemetzger abgehandelt.«

»Tatsächlich?« Der Tierarzt blickte mich an. Ich erwartete ein amüsiertes Lächeln oder eine spöttische Bemerkung, doch stattdessen sagte er: »Das kann ich gut verstehen. Es ist ein hübsches Pferd. Aber leider haben Reining-Pferde sehr häufig Probleme mit den Sehnen. Die Belastung ist extrem und eigentlich braucht man spezielle Bodenbeläge für diese Art des Reitens, aber daran denken die Leute nicht und wundern sich, wenn sich die Pferde verletzen.«

Er hockte sich neben Cody, fuhr mit der Sonde über die Beugesehne des rechten Vorderbeins und sah dabei auf den Monitor des Ultraschallgeräts, auf dem graue und helle Strukturen erschienen.

»Schau hier«, sagte er zu mir und wies auf eine dunkle Stelle. »Das ist die oberflächliche Beugesehne und dies hier die tiefe Beugesehne. Und das Helle hier ist der Fesselträger. Er läuft vom Vorderfußwurzelgelenk zwischen der Rückseite des Röhrbeins und der tiefen Beugesehne und teilt sich über dem Gleichbein in zwei Schenkel. Zusammen mit den Gleichbeinbändern und den Gleichbeinen hält der Fesselträger das Fesselgelenk an seinem Platz, dabei spannt er sich bei jedem Schritt an, wie eine Spiralfeder.«

»Aha.« Ich nickte etwas ratlos. Die ganzen Fachbegriffe sagten mir schon auf Deutsch ziemlich wenig.

»Das Pferd hat ältere Schäden am Fesselträger, die man als chronisch bezeichnet«, fuhr Docteur Délèstre mit ernster Stimme fort. »Hier sieht man ein Loch im Sehnengewebe. Und hier weiter oben gibt es Verdickungen und massive Zerreißungen.«

Das hörte sich schrecklich an.

»Ich vermute, man hat ihm nie genug Zeit gegeben, diese Schäden richtig auszuheilen. Und das Problem ist, dass sich dann Narbengewebe bildet, das nicht so elastisch ist wie die eigentliche Sehne. Das heißt, dass ein Pferd automatisch nicht mehr so belastbar ist und sich schneller wieder verletzt, wenn es weiterhin auf ungeeigneten Böden und mit schlechtem Hufbeschlag geritten wird.«

Er drückte auf eine Taste und das Gerät spuckte ein paar der grau-weiß gescheckten Bilder aus.

»Was bedeutet das für Cody?«, erkundigte ich mich vorsichtig. »Wird er nie mehr zu reiten sein?«

»Ich fürchte, er wird nie mehr als Reining-Pferd zu gebrauchen sein«, entgegnete der Tierarzt und machte sich nun an das linke Vorderbein. »Hier sieht alles gut aus. Der Schaden ist in erster Linie rechts vorne.« Er nahm einen Lappen, wischte die Sonde ab und richtete sich auf. »Was er braucht, ist ein gescheiter Beschlag, mit dem die Sehnen entlastet werden. Dazu kontrollierte Bewegung auf festem Boden, und das über einen längeren Zeitraum hinweg. Und es gibt einige Behandlungsmöglichkeiten, wobei sich eine Behandlung mit Hyaluronsäure als die wirksamste erwiesen hat.«

»Was ist deine Prognose?«, fragte Nicolas nun. »Das Pferd ist erst sieben Jahre alt.«

»Hm.« Docteur Délèstre rieb sich nachdenklich das Kinn

und betrachtete Cody eingehend. »Quarter Horses sind von Natur aus Bergab-Pferde. Das Gewicht lastet auf den Vorderbeinen und das begünstigt solche Schäden. Man sollte ihn in Zukunft anders reiten. Aber ich denke, dass er ein nettes Reitpferd abgeben kann, wenn man genug Geduld hat, diesen Schaden sorgfältig ausheilen zu lassen.«

Mein Blick begegnete dem von Nicolas. Und plötzlich durchschaute ich seine Absicht: Er hatte nicht vor, Cody nach unserer Abreise dem Schlachter zurückzugeben! Nein, er wollte ihn für seinen Schulstall behalten, denn er suchte ja immer brave Pferde. Ich wusste nicht, was ich davon halten, ob ich mich für Cody freuen oder sauer auf Nicolas sein sollte. Das Pferd würde leben und sicherlich kein schlechtes Leben haben.

Der Tierarzt packte seine Sachen zusammen und trug das Ultraschallgerät zu seinem Geländewagen. Nicolas wollte ihm folgen.

»Hast du meinen Eltern gesagt, dass *du* Cody behalten willst?«, platzte es aus mir heraus. »Sagen sie deshalb nichts zu mir?«

Er wandte sich um. »Ja, das habe ich ihnen angeboten«, gab er ohne zu zögern zu. »Cody ist ein anständiges Pferd, das noch eine Chance verdient hat. Natürlich bekommst du das Geld, das du für ihn bezahlt hast, von uns zurück.«

Ich schluckte und biss mir auf die Lippen. Vielleicht war das wirklich die beste Lösung. Nicolas und Véronique waren mit Leib und Seele Pferdeleute, sie würden Cody gut behandeln. Und doch kam mir diese Absprache hinter meinem Rücken vor wie ein Vertrauensbruch.

»Guck mich nicht so böse an«, sagte Nicolas und lächelte versöhnlich. »Ich weiß, was du jetzt denkst. Aber ich wollte heute mit dir über die Sache reden und dir das Angebot machen, dass du mir Cody jederzeit abkaufen kannst, wenn du eine andere Lösung findest.«

»Danke«, brachte ich mühsam heraus. »Das … das ist wirklich fair von euch. Und Cody muss nicht sterben – das ist ja eigentlich auch die Hauptsache.«

Nicolas nickte ernst, dann stieß er einen Seufzer aus.

»Es tut mir leid, Charlotte«, sagte er. »Ich sehe ja, wie sehr du Cody magst. Er spürt das und vertraut dir. Du hast diesen ganz besonderen Draht zu Pferden, den nur wenige Menschen haben.« Er streckte die Hand aus und drückte tröstend meine Schulter.

»Schon okay«, flüsterte ich.

Als er verschwunden war, schlang ich meine Arme um Codys Hals und presste meine Wange an seine Mähne, die nach Pferd und Shampoo duftete. Ich würde keine andere Lösung finden, denn es gab einfach keine. Vielleicht sollte ich in Zukunft mein Taschengeld nutzen, um Lotto zu spielen.

Nicolas vergeudete keine Zeit. Eine Stunde später war der Hufschmied da. Er schnitt Codys Hufe aus und beschlug ihn so, wie der Tierarzt es geraten hatte. Doro, Thierry und Sophie kamen vom Strand zurück, als Alain mit der 17-Uhr-Gruppe vom Hof ritt. Ich hörte sie lachen und reden und wünschte erneut, ich wäre Cody nie begegnet, sondern könnte jetzt genauso unbeschwert und sorglos den Urlaub genießen wie meine Freundin. Eigentlich hatten wir geplant, den Zwei-Stunden-Ausritt mitzumachen, aber ich hatte keine Lust mehr. Ich wollte nach Hause, um festzustellen, ob Katie bereits mit ihrer Mutter gesprochen hatte. Außerdem sehnte ich mich nach Simons Stimme. Doro sah mich an wie eine Spielverderberin, als ich ihr mitteilte, dass ich lieber nach Hause wollte.

»Mensch, wären wir doch gestern bloß nicht auf den blöden Pferdemarkt gefahren!«, platzte es aus ihr heraus. »Willst du jetzt etwa die letzten zehn Tage wie ein Trauerkloß vor dich hin leiden und allen anderen die Stimmung versauen?«

Ich traute meinen Ohren kaum. Ja, das war wieder echt Doro! Wie hatte ich nur glauben können, dass sie sich plötzlich komplett verändern würde?

»Entschuldige bitte, wenn ich dir die *Stimmung* versaue!«, fuhr ich sie zornig an. »Du kannst ruhig ausreiten, lass dich von mir bloß nicht daran hindern. Den Weg nach Hause kennst du ja!«

Ich drehte mich auf dem Absatz um und ging zu unseren Fahrrädern. Vielleicht hätte sich die kleine Verstimmung zwischen uns wieder gelegt, wenn Doro es dabei belassen hätte. Aber sie musste einfach immer das letzte Wort haben.

»Lotte!«, rief sie hinter mir her. »Warte!«

Ich tat so, als hätte ich nichts gehört, und ging weiter, aber sie folgte mir und holte mich in der Mitte des Paddocks ein.

»Wann gibst du mir das Geld zurück, das ich dir für Cody geliehen habe?«, fragte sie mich.

»Ich … du … du weißt doch, dass ich hier keins hab«, stotterte ich überrascht.

»Ich brauch's aber«, entgegnete Doro. »Kannst du es dir nicht von deinen Eltern leihen?«

Sprachlos starrte ich sie an und merkte, wie das Blut aus meinem Gesicht wich und meine Knie ganz weich wurden. Plötzlich war alles wieder da: der Streit auf der Stallgasse. Die gemeinen Unterstellungen, die sie mir entgegengeschleudert hatte. Die Lügen, die sie ihren Eltern erzählt hatte. Als ihr die Argumente ausgegangen waren, hatte sie mir *Leck mich doch* ins Gesicht geschrien.

Vor drei Tagen, als alles noch aufregend und spektakulär war, hatte sie voll auf beste Freundin gemacht und behauptet, Cody würde uns zusammen gehören und wir würden schon gemeinsam einen Weg finden, ihn nach Deutschland mitzunehmen. Und jetzt wollte sie das Geld zurück, obwohl sie genau wusste, dass ich es ihr erst in Bad Soden wiedergeben konnte! Codys Schicksal interessierte sie nicht mehr und das war typisch für sie: Ihre Begeisterung für etwas hielt nie lange an.

»Klar. Ich geb's dir spätestens morgen«, sagte ich mit erstickter Stimme und lief weiter. Es war ein Fehler gewesen zu glauben, dass wir noch Freundinnen waren. Doro hatte sich nur zurückgehalten und reumütig getan, weil sie keinen Bock auf vier Wochen bei Oma und Opa hatte. Aber jetzt ließ sie mich im Stich, weil sie eifersüchtig auf Cody war, und machte mir sogar noch Vorwürfe! Ich schnappte mein Fahrrad und radelte zornig davon, bevor mich jemand aufhalten konnte.

»Wo ist Doro?«, fragte Mama, als ich allein die Auffahrt hinuntergefahren kam.

»Die macht noch den Ausritt mit«, erwiderte ich kurz angebunden und schob das Fahrrad in die Garage.

»Und du?« Mama folgte mir.

»Ich hatte keine Lust.« Ich zwang mich zu einem Lächeln. »Ich wollte ein bisschen allein sein.«

Jetzt wäre die passende Gelegenheit gewesen, über Cody zu sprechen, aber Mama sagte keinen Pieps. Ihre Taktik war klar: Nur keinen Streit riskieren. Die Tatsache, dass meine Eltern mich für zu blöd hielten, ihre fadenscheinige Strategie zu durchschauen, ärgerte mich fast noch mehr als Doros Verhalten.

»Könntet ihr mir wohl hundertzehn Euro leihen, bis wir wieder zu Hause sind?«, fragte ich Mama. »Doro will ihr Geld wiederhaben.«

Meine Mutter sah mich seltsam an, dann nickte sie.

»Natürlich«, sagte sie aber nur. Klar, sie rechnete ja fest damit, dass Nicolas mir die zweihundertfünfzig Euro für Cody geben würde, und dann konnte ich das geliehene Geld zurückzahlen.

Ich ging an meiner Mutter vorbei schnurstracks hoch zur Außentreppe, die hinauf in den Turm führte. An der Wäschespinne hingen frisch gewaschene Klamotten zum Trocknen, unter anderem die blaue Kapuzenjacke, die Simon mir geliehen hatte! Oh nein! Ich machte auf dem Absatz kehrt und stürmte ins Haus.

»Mama!«, rief ich. »Wieso hast du die blaue Jacke gewaschen?«

»Weil du sie jetzt zwei Wochen am Stück anhattest, und sie vor Dreck beinahe gestanden hat«, erwiderte meine Mutter ungerührt.

»Aber ich hab dir doch extra gesagt, dass ich nicht will, dass sie gewaschen wird!« Um ein Haar hätte ich mit dem Fuß aufgestampft wie ein zorniges kleines Kind.

»Wieso denn das?« Mama war erstaunt.

»Weil … weil …« Ich brach ab. *Weil sie dann nicht mehr so wunderbar nach Simon duftet.* Das war albern. »Ach, vergiss es.«

Ich ging mit hängenden Schultern wieder hinaus und lief nach oben. In unserem Zimmer warf ich mich aufs Bett und schaltete mein Smartphone ein. Sobald es sich ins WLAN-Netz eingeloggt hatte, poppten die eingegangenen Nachrichten auf. Simon hatte mir geschrieben und Jens Wagner hatte mir Fotos von Won Da Pie geschickt. Ich scrollte ungeduldig weiter. Katie hatte sich auch gemeldet!

Hey, Lotte! Sorry, hat jetzt etwas länger gedauert. Hab meiner Mom vorhin die pics gezeigt – sie ist schockverliebt!!!!! So würde ihr Traumpferd aussehen, sagt sie. ☺ Sind nächste Woche zurück nach diesem sch…langweiligen Gähnurlaub hier. Nächstes Jahr komm ich mit nach N. und wir retten noch ein paar Pferde!☺ ☺ Also, Plan wie folgt: Meine Mutter und ich kommen mit Lkw nach N., vllt. will Simon mitfahren???? Dann Transportkosten = null. Wenn meine Mom sich mit um Cody kümmern kann, zahlt sie die Box. Alles andere besprechen wir. Jetzt Entspannung, hab alles im Griff! ☺

Ich traute meinen Augen nicht. Mein Herz begann zu klopfen und zwar so heftig, als wollte es durch die Rippen aus meiner Brust springen. Ich setzte mich ruckartig auf und las Katies Nachricht ein zweites und ein drittes Mal. Aber es stand noch immer dasselbe da. Frau von Richter wollte die tausend Kilometer von Bad Soden nach Noirmoutier mit dem Pferdetransporter fahren, um Cody zu holen, und dieselbe Strecke wieder zurück! Das war total verrückt!

He, was ist los?????, hatte Katie nach einer Weile geschrieben. *Wo bist du???? Kein guter Plan?????*

Das war vor anderthalb Stunden gewesen. Meine Finger zitterten, als ich eine Antwort tippte, und ich grinste wie eine Irre vor mich hin.

Stehe gerade voll unter Schock. Megasuperabgefahrener Plan!!!!! Träum ich das????

Es dauerte nur Sekunden, bis Katie von der anderen Seite des Atlantiks aus zurückschrieb.

Nee. Hat meine Mom vorgeschlagen. Kennst sie ja. Plan steht. Vielleicht fliegt sie früher zurück, weil sie's nicht abwarten kann. Es folgten mindestens zwanzig Emoticons, die vor Lachen weinten.

Bin sprachlos. So genial. Ich liiiiiebe deine Mom!, tippte ich und schickte gleich noch einen Haufen Cody-Fotos und zwei Videos, die ich heute nach dem Waschen und beim Schmied gemacht hatte, hinterher.

Ja, meine Mom kann echt cool sein, antwortete Katie. *Boah, das Cody-Teil ist so Zucker!!! Kann's kaum abwarten, ihn live zu sehen! Danke für Bilder & Videos, leite ich sofort meiner Mom weiter. Vielleicht fliegt sie ja gleich morgen früh, hihi!*

Ich grinste. Dann musste ich lachen, als ich mir vorstellte, wie Dragon-Mum die Bilder ansah, aufsprang und ohne einen Koffer zu packen zum Flughafen raste. Die Ungewissheit, die mich die ganze Zeit über erfüllt hatte, wich einer gewaltigen Erleichterung, und ich wünschte mir sehnlichst, dass Katie hier wäre, und auch Simon. Wir hatten einen Plan, und zwar einen wasserdichten, genialen Superplan, gegen den meine Eltern absolut nichts einwenden konnten! Erst jetzt gestattete ich mir, mich zu freuen. Auf Cody. Auf die letzten Wochen hier. Und darauf, dass das süße, goldene Pferd mit nach Deutschland kommen würde.

Doro kriegt Ärger

Zum Abendessen gab es einen Berg Langustinen, danach überbackene Auberginen, Kartoffeln und irgendeinen Fisch, und ich langte mit gutem Appetit zu. Wir warteten bis halb neun, aber als Doro nicht auftauchte, fingen wir mit dem Essen an. Cathrin erzählte begeistert von der Schlussregatta ihres Segelkurses, der ihr riesig Spaß gemacht hatte. Florian war heute mit Jerôme Couasnon, dem Sohn von unseren französischen Freunden, der so alt war wie er, surfen gewesen, und Phil hatte sich via Skype gemeldet und erzählt, dass seine Gastfamilie ziemlich in Ordnung sei und sie übers Wochenende irgendwo an einem Riesensee gewesen seien, Jetski gefahren wären und jeden Abend Barbecue machen würden. Offenbar ging es ihm auch ziemlich gut.

»Wo bleibt Doro denn?«, fragte Mama besorgt, als wir mit dem Essen fertig waren und den Tisch abräumten. »Normalerweise seid ihr doch spätestens um halb neun zurück.«

»Keine Ahnung.« Ich zuckte mit den Schultern.

»Habt ihr euch gestritten?«, wollte Mama wissen.

»Nee. Oder doch. Ein bisschen«, erwiderte ich und ließ heißes Wasser ins Spülbecken laufen.

»Ich rufe besser mal Nicolas an«, sagte Papa, der sich

ebenfalls Sorgen machte. Immerhin waren Mama und er für Doro verantwortlich. »Vielleicht ist ja etwas passiert.«

Während ich spülte, hörte ich mit einem Ohr, wie Papa mit Nicolas telefonierte.

»Sie ist mit Thierry und Sophie ins *Café Noir* gefahren«, sagte Papa dann zu Mama. »Nicolas hat gedacht, das wäre okay, weil sie behauptet hat, sie hätte uns Bescheid gegeben.«

»Was machen wir denn jetzt?«, entgegnete Mama. »Es ist gleich zehn Uhr und stockdunkel. Wir können sie doch nicht alleine mit dem Fahrrad über die halbe Insel fahren lassen!«

Meine Eltern kamen in die Küche.

»Kannst du mir bitte mal Doros Handynummer geben?«, fragte mein Vater. Er sah ziemlich verärgert aus.

»Klar.« Ich trocknete mir die Hände ab und holte mein Handy, das ich auf den Kaminsims im Esszimmer gelegt hatte. »Oh, sie hat mir um zwanzig nach acht eine SMS geschrieben!«

Gehe mit T & S ins Café Noir. *Hoffe, es ist o.k. LG Doro.*

»Na, das ist ja nicht gerade das, was ich unter ›Bescheid geben‹ verstehe.« Papa schüttelte ärgerlich den Kopf und tippte die Nummer, die ich ihm diktierte, in sein Telefon ein.

Das *Café Noir* am Hafen von Noirmoutier war abends für junge Leute der beliebteste Treffpunkt der ganzen Insel. Dort war immer eine Menge los. Thierry war siebzehn und Sophie sechzehn, für sie mochte das in Ordnung sein, dorthin zu gehen, aber Doro war gerade mal fünfzehn und meine Eltern hatten im letzten Jahr selbst Phil nur nach langen Diskussionen erlaubt, zusammen mit Couasnons ältestem Sohn ins *Café Noir* zu fahren. Und das auch nur bis zehn. Doro wollte unbedingt dahin, seitdem Thierry ihr davon erzählt und geschwärmt hatte, wie absolut cool die Leute und die Cocktails dort seien. Insofern wunderte es mich kaum, dass sie die erstbeste Gelegenheit ergriffen hatte.

»Sie geht nicht dran«, sagte Papa. »Ich fahre jetzt hin.«

Er war stinksauer, als er den Autoschlüssel schnappte und in der Dunkelheit verschwand.

»Was ist denn los?«, wollte Cathrin von mir wissen. »Wohin geht Papa denn jetzt noch?«

»Er holt Doro im *Café Noir* ab«, erwiderte ich.

»Echt?« Meine Schwester riss die Augen auf. »Boah, ich glaub, sie kriegt voll den Ärger.«

Das glaubte ich allerdings auch, und es geschah ihr recht. Meine Eltern waren im Urlaub echt großzügig und ließen uns viel mehr Freiheit als zu Hause, aber abends hatten wir zum Abendessen pünktlich da zu sein. Darüber hinaus würde Doro auch Krach mit ihren Eltern kriegen, denn ich war mir ziemlich sicher, dass Mama ihre Mutter anrufen würde. Ich sagte Mama Gute Nacht und ging mit Cathrin hoch. Flori lag schon im Bett und schlief, und ich legte mich auch hin, um noch ein bisschen mit Katie zu chatten. Es war nach Mitternacht, und ich war schon fast eingeschlafen, als ich ein Auto kommen hörte. Zwei Türen schlugen zu. Ich stand auf, schlich ums Bett herum und presste mein Ohr an die Wand, hinter der sich der Kaminabzug befand.

Schon vor ein paar Jahren hatte Phil herausgefunden, dass man auf diese Weise so gut wie jedes Wort verstehen konnte, das unten im Haus gesprochen wurde. Ich hielt die Luft an, als ich tatsächlich Mamas Stimme hörte.

»… wirklich unmöglich von dir, Dorothee!«, sagte sie streng. »Wozu hast du ein Handy?«

»Aber ich hab Lotte doch eine SMS geschrieben!«, verteidigte Doro sich.

»*Wir* sind für dich verantwortlich, nicht Charlotte. Du hättest bei einem von uns anrufen müssen, aber das hast du nicht getan, weil du genau gewusst hast, dass wir dir verboten hätten, in diese Kneipe zu gehen! Und es war auch gelogen, dass du mit Thierry und Sophie dorthin gehen wolltest.«

»Doch, ich war mit ihnen da«, widersprach Doro. »Sie waren dann aber irgendwann weg.«

»Wie kann das passieren? Wenn man irgendwo gemeinsam ist, dann geht man doch auch zusammen wieder zurück!«

»Ich war auf dem Klo und als ich zurückkam, waren sie nicht mehr da«, versuchte Doro sich herauszureden. »Und dann hab ich gemerkt, dass der Akku von meinem Handy leer war.«

Sie redete sich um Kopf und Kragen.

»Jetzt ist aber Schluss mit diesen Märchen!« Das war Papa. »Ich hab dich mit einem jungen Mann draußen auf der Mauer sitzen sehen, und ihr habt Alkohol getrunken! Woher kennst du den Mann? Er war doch mindestens fünf Jahre älter als du!«

»Ich hab ihn am Strand kennengelernt. Er hätte mich ja nach Hause gefahren.«

»Ach! Er wollte dich fahren, obwohl er Alkohol getrunken hatte?«

Es gehörte sich nicht zu lauschen, das wusste ich. Aber ich konnte der Versuchung einfach nicht widerstehen. Offenbar hatte Papa Doro mit einem Typen erwischt! Wie peinlich war das denn? Ich wäre sicher vor Scham gestorben, wenn Herr Friese mich mitten in der Nacht irgendwo hätte abholen müssen.

»Am besten gehst du jetzt ins Bett«, hörte ich Papa sagen. »Wir reden morgen noch mal darüber.«

Rasch schlich ich zurück ins Bett und zog die Decke über mich. Als Doro hereinkam, stellte ich mich schlafend, aber ich blinzelte mit einem Auge. Doro hatte geheult. Sie trug Klamotten, die ich nie zuvor an ihr gesehen hatte: eine superkurze Hotpants und ein bauchfreies rosafarbenes Top. Als sie sich neben mich legte, drehte sich mir fast der Magen um, so stark roch sie nach Zigarettenrauch und Alkohol.

Am nächsten Morgen herrschte am Frühstückstisch eine angespannte Stimmung. Kaum jemand sagte etwas, was ungewöhnlich war bei uns. Doro saß mit verquollenen Augen da und knabberte lustlos an einem Stück Baguette. Cathrin und Flori guckten immer wieder verstohlen zu ihr hin, hielten aber den Mund. Ich sagte auch nichts. Papa und Mama taten so, als wäre nichts geschehen. Seit gestern im *Club* hatte ich kein Wort mehr mit Doro gewechselt, und ich hatte auch nicht vor, wieder als Erste das Schweigen zu brechen. Mama hatte mir die hundertzehn Euro gegeben, und die hatte ich Doro gestern Abend noch auf den Nachttisch gelegt.

Nach dem Frühstück gingen wir alle zusammen an den Strand. Doro schlurfte mürrisch hinterher, die Stöpsel ihres Smartphones in den Ohren. Ich beachtete sie nicht. Ein Tag ohne Pferde war für mich zwar nur schwer zu ertragen, aber Papa und Mama zuliebe verzichtete ich hin und wieder mal darauf, in den *Club* zu fahren. Ich hatte mir ein Buch in die Strandtasche gepackt und verbrachte die Stunden mit Lesen und Faulenzen. Doro tippte unablässig in ihr Handy. Da es hier kein WLAN gab, schrieb sie wohl SMS und das würde ein teurer Spaß werden. Aber weder ich noch meine Eltern sagten etwas dazu.

Als wir am frühen Nachmittag zurück nach Hause liefen, hatte Doro kaum drei Worte mit uns gesprochen und einen fetten Sonnenbrand, weil sie sich nicht eingecremt hatte, obwohl Mama sie mehrfach daran erinnert hatte. Meine Mutter war schwer genervt, das sah ich ihr an, aber sie beherrschte sich.

Am späten Nachmittag waren meine Eltern bei Freunden zum Aperitif eingeladen und nahmen Florian mit. Sie waren kaum weg, als Doro aus dem Turm kam, den Rucksack auf der Schulter und die Sonnenbrille auf der Nase. Ohne Cathrin und mich eines Blickes zu würdigen, marschierte sie an uns vorbei, holte ihr Fahrrad aus der Garage und radelte davon.

»Was ist denn mit der los?«, wollte Cathrin wissen.

»Keinen Schimmer«, erwiderte ich gleichgültig. »Ich

weiß nur, dass sie einen Riesenzoff kriegt, wenn sie so weitermacht.«

»Vielleicht ist sie neidisch, weil du Cody hast«, vermutete meine Schwester.

»Glaub ich nicht. Sie hätte ihn ja mit mir zusammen haben können, aber sie wollte gestern unbedingt das Geld wiederhaben, das sie mir geliehen hatte.« Jetzt war mir auch klar, warum sie ihr Geld brauchte. Und wahrscheinlich war der Typ, mit dem Papa sie gestern angetroffen hatte, einer von den braun gebrannten Surfertypen vom Plage des Dames. Ich legte mich auf einen der Liegestühle auf der Terrasse. Alissa döste im Schatten eines großen Busches vor sich hin. Cathrin warf sich auf die Liege neben mir, setzte sich Kopfhörer auf und guckte eine Folge ihrer Lieblingsserie auf ihrem iPod, und ich ergriff die Gelegenheit, Simon anzurufen und ihm ausführlich von Doros Benehmen und Katies Plan zu erzählen. Natürlich wusste er schon Bescheid und freute sich total darauf, nach Noirmoutier zu kommen. Zu Doro sagte er nicht viel, dafür tat Katie, mit der ich danach chattete, ihre Meinung umso deutlicher kund.

Hab dir ja schon mal gesagt, sie ist eifersüchtig auf dich, schrieb sie. *Echt schade irgendwie. Hab gedacht, es wird wieder. Aber wenn mal was zerbrochen war, wird's halt nie mehr ganz so, wie es mal war. Mach dir keinen Kopf deswegen, kannst es nicht ändern, Süße!*

Es tat mir so gut, diese Worte zu lesen und zu wissen, dass ich eine Freundin wie Katie hatte.

Etwas später bekam ich eine Nachricht von Frau von

Richter, die sich nach Cody erkundigte und mir schrieb, dass sie sich schon darauf freue, nach Frankreich zu kommen. Mit Herrn Weyer habe sie bereits gesprochen, eine Box sei reserviert.

»Wahnsinn!«, rief ich und lächelte selig.

»Hast du was gesagt?« Cathrin zog sich den Kopfhörer von den Ohren.

Ich zögerte kurz. Aber mit irgendwem musste ich jetzt einfach diese sensationelle Neuigkeit teilen, sonst wäre ich geplatzt.

»Wenn du schweigen kannst wie ein Grab, erzähle ich dir ein Geheimnis. Aber wenn du nur ein Wort verrätst, erzähl ich dir in meinem ganzen Leben nie wieder irgendetwas.«

»Klar kann ich schweigen«, versicherte Cathrin mir und hielt sogar ihren Film an.

Ich erzählte ihr also haarklein von dem Plan, den Katie und ich geschmiedet hatten, und Cathrins Augen wurden immer größer.

»Oh, Lotte, das ist ja krass!«, rief sie und umarmte mich. »Ich freu mich so! Der Cody ist so süß und vielleicht kann ich sogar mal auf ihm reiten.«

»Das kannst du hundertprozentig.«

»Wann willst du Papa und Mama davon erzählen?«

»Weiß noch nicht. Sobald sich die passende Gelegenheit ergibt.«

»Hast du's Doro schon gesagt? Ist sie vielleicht deshalb stinkig?«

»Nein, ich hab's ihr nicht erzählt. Du bist die Einzige.« Mein Smartphone erinnerte mich mit einem Alarmton daran, dass ich Mama versprochen hatte, das Abendessen vorzubereiten. »Komm, wir müssen die Kartoffeln aufsetzen und den Fisch und das Gemüse in den Ofen schieben. Und noch den Tisch decken.«

Doro kehrte um kurz vor acht zurück, nur wenige Minuten bevor meine Eltern mit Flori nach Hause kamen. Beim Abendessen waren alle wieder lebhafter als am Morgen, aber Doro sagte noch immer kein Wort. Sie hatte sich einen Baumwollschal um den Hals gewickelt und schaufelte stumm das Essen in sich hinein.

»Ist dir kalt oder warum trägst du einen Schal?«, erkundigte Mama sich.

»Ich hab Halsweh«, behauptete Doro.

»Aha.« Mama musterte sie scharf. »Äußerlich oder innerlich?«

»Äh – was?« Doro rief knallrot an.

»Ich glaube, du weißt genau, was ich meine.« Mamas Stimme war eisig. »Heute Nachmittag hattest du noch kein Halsweh.«

»Vielleicht hast du's dir vorhin beim Fahrradfahren geholt«, sagte Cathrin arglos.

Doro warf ihr einen wütenden Blick zu, aber es war zu spät.

»Ach, ihr seid noch Fahrrad gefahren?«, fragte Mama spitz.

»Wir nicht«, plapperte Cathrin. »Nur Doro. Sie ist kurz vor euch zurückgewesen.«

»Ich war schnell im *Club*.« Doro presste die Lippen zusammen und senkte den Blick. »Ich wollte Sophie die Klamotten geben, die sie mir gestern geliehen hat.«

»Und wieso hast du das heimlich gemacht?« Mama legte ihr Besteck hin. »Wir haben die Verantwortung für dich und du bist erst fünfzehn Jahre alt. Möglicherweise ist dir nicht bewusst, dass wir große Probleme bekommen können, wenn dir etwas zustößt. Das nennt man Verletzung der Aufsichtspflicht.«

»Ich kann auch bei Bekannten wohnen, wenn ich hier nicht mehr erwünscht bin«, sagte Doro und hob trotzig das Kinn. »Das hab ich vorhin alles abgeklärt.«

»So, so. Bei ›Bekannten‹. Ich nehme an, du meinst den jungen Mann von gestern Abend.«

»Er heißt Ben«, entgegnete Doro, blutrot im Gesicht. »Seine Familie hat ein großes Haus, da kann ich übernachten.«

»Wo warst du denn jetzt eigentlich? Hast du nicht eben noch gesagt, du wärst im *Club* gewesen, um die Klamotten zurückzugeben?« Mama war so wütend, wie ich sie zuletzt erlebt hatte, als die Polizei mich nach Hause eskortiert hatte. »Ich sage dir jetzt etwas und das sage ich nur ein einziges Mal: Deine Eltern haben dich uns anvertraut und du hast dich an die Regeln zu halten, die bei uns gelten. Dazu gehört, pünktlich zu den Essenszeiten zu Hause zu sein und nicht mit fremden Leuten bis Mitternacht in Kneipen herumzuhängen. Das ist ja wohl nicht zu viel verlangt.«

»Das war doch gar nicht so dramatisch.« Doro zuckte bockig mit den Schultern.

»Doch, das war es! Du hast Alkohol getrunken, bist nicht

an dein Handy gegangen und wir wussten nicht, wo du bist. Wenn es dir bei uns nicht mehr passt, dann rufen wir am besten deine Eltern an und du fährst nach Hause.«

Peng. Das saß.

Hätte Frau Friese jemals so mit mir gesprochen, wäre ich wahrscheinlich auf der Stelle in Tränen ausgebrochen, aber Doro schien das gar nicht zu stören.

»Von mir aus«, sagte sie zickig. »Sicherlich erlauben sie mir, bei Ben zu wohnen.«

»Das würde mich allerdings sehr wundern. Aber das klären wir jetzt gleich nach dem Essen«, sagte Mama kühl, nahm wieder Messer und Gabel und aß weiter.

Nach dem Essen verschwand Doro schnurstracks Richtung Turm, und niemand machte den Versuch, sie zurückzuhalten. Natürlich wollten meine Eltern nun von mir wissen, was genau vorgefallen war, aber ich konnte ihnen nicht mehr sagen als gestern: Doro schien mir übel genommen zu haben, dass ich lieber Cody gewaschen hatte, als mit ihr zusammen die Springstunde zu reiten, denn seitdem war sie komisch.

»Und warum konntest du nicht mitreiten?«, wollte Papa wissen.

»Ich hatte keine Lust. Zu Hause kann ich mit Wondy dauernd springen. Hier reite ich lieber ins Gelände.«

»Apropos – Cody.« Mama holte tief Luft. Ganz sicher hatten meine Eltern schon überlegt, wie und wann sie mich am besten auf dieses Thema ansprechen sollten. »Dir ist doch wohl hoffentlich klar, dass wir uns unmöglich ein zweites Pferd leisten können, oder?«

»Ja, natürlich ist mir das klar.« Ich nickte.

»Und ein Transport nach Deutschland kostet sehr viel Geld. Ganz abgesehen von all den Folgekosten.«

»Verstehe ich total.«

Meine Eltern wechselten einen verblüfften Blick. Sie hatten ganz sicher mit einer völlig anderen Reaktion von mir gerechnet, mit Tränen, Protest und verzweifelter Bettelei.

»Cathrin und ich wollten noch mit Alissa zu den Klippen gehen«, sagte ich, bevor meine Eltern noch irgendeinen Kommentar zu Cody abgeben konnten. »Ich muss jetzt nicht unbedingt mit Doro oben im Zimmer herumhocken.«

Dafür hatten Papa und Mama Verständnis. Ich schnappte die Leine, und Cathrin und ich zogen mit dem Hund los, bevor Doro auftauchen konnte.

Wieso erzählte mir meine Freundin nichts von diesem Ben? Waren wir überhaupt noch Freundinnen? Wenn sie zu wenig Vertrauen zu mir hatte, um mit mir darüber zu sprechen, dann hatte es echt keinen Sinn mehr.

Als wir eine Stunde später nach Hause kamen, saßen meine Eltern am Esstisch und spielten mit Flori irgendein Kartenspiel. Mama bedeutete mir mit einer Kopfbewegung, in die Küche zu gehen. Sie folgte mir und schloss die Tür.

»Doro fährt morgen mit dem Zug nach Hause«, informierte sie mich. »Ihr Vater holt sie in Paris am Bahnhof ab. Glücklicherweise sind Frieses gestern aus Südafrika zurückgekommen.«

Natürlich hatten ihre Eltern nicht erlaubt, dass sie bei einem wildfremden Typen blieb, und offensichtlich hatte

Doro von ihrem Vater am Telefon eine ordentliche Standpauke zu hören bekommen.

»Ist vielleicht besser so«, sagte ich nur und schämte mich ein bisschen, weil ich tief in mir drin so etwas wie Erleichterung verspürte. Die leise Stimme des Zweifels in meinem Kopf, die ich ignoriert hatte, hatte recht behalten: Es hatte nicht mehr so werden können, wie es einmal gewesen war, dafür war einfach zu viel passiert, und mir war die Sache mit Doro echt zu kompliziert geworden.

Cathrin und ich spielten noch eine Runde *Phase 10* mit, dann gingen wir hoch in den Turm. Ich knipste das Licht an. Das Bett in unserem Zimmer war leer, genauso wie die Seite von Doros Schrank. Ihre Tasche war weg, auch das Ladekabel ihres Handys, und auf dem Bett lag ein Zettel.

Tut mir leid das alles, aber ich halt's hier nicht mehr aus und ich lass mich auch nicht einfach abschieben, jetzt, wo ich endlich glücklich bin. Wir sehen uns. Doro.

Eine aufregende Nacht

»Oh shit!«, rief ich, drehte mich um und stürmte die Treppe hinunter, Cathrin folgte mir. Papa wollte gerade die Läden vor der Tür schließen, als ich mit Doros Brief in der Hand um die Ecke geschossen kam. Meine Eltern überflogen die zwei Sätze.

»Jetzt, wo ich endlich glücklich bin«, las Mama und schüttelte den Kopf. »Lass uns am besten die Polizei rufen!«

»Was sollen wir denen erzählen?«, widersprach Papa. »Wir wissen ja gar nicht, wo sie hingegangen ist. Und ehrlich gesagt habe ich keine Lust, mir Vorwürfe anzuhören, weil wir angeblich unsere Aufsichtspflicht verletzt haben. Es macht auch keinen Sinn, jetzt aufs Geratewohl loszufahren.«

Papa und Mama waren in großer Sorge und beratschlagten, was am besten zu tun sei, und mein Zorn auf Doro wuchs. Wie konnte sie so rücksichtslos sein? Meine Eltern waren wirklich großzügig gewesen, sie mit in den Urlaub zu nehmen, und sie dankte ihnen das, indem sie log und dann auch noch mitten in der Nacht abhaute!

»Vielleicht kennen Thierry und Sophie diesen Typen und wissen, wo er wohnt«, sagte ich. »Wir könnten sie auf jeden Fall fragen.«

»Stimmt!« Papa hatte an diese Möglichkeit gar nicht gedacht und wirkte auf einmal hoffnungsvoll.

Er griff zum Telefon und rief Nicolas an, entschuldigte sich für die späte Störung und erklärte ihm in knappen Worten die Situation. Man beschloss, sich bei Nicolas und Véronique zu treffen.

»Komm, Charlotte«, sagte Papa. »Und nimm dein Handy mit.«

Wir schauten kurz in die Garage und stellten fest, dass Doro das eine Fahrrad mitgenommen hatte.

»Ich bin so sauer auf sie«, sagte ich, als wir über die dunkle Landstraße zum *Club* fuhren. »Sie macht alles kaputt. Ich bin froh, wenn sie weg ist.«

Erst jetzt erzählte Papa mir, dass Doro in den Monaten, in denen wir nicht miteinander gesprochen hatten, einige Male nach der Schule nicht nach Hause gekommen und sogar über Nacht weggeblieben war, ohne Bescheid zu geben. Ihre Eltern hatten sie sogar von der Polizei suchen lassen, denn sie kannten die Namen und Adressen von Doros neuen »Freundinnen« nicht. Sie hatte geraucht und Alkohol getrunken, und Frieses hatten vergeblich versucht, Doro den Umgang mit diesen Leuten zu verbieten. Ich war sprachlos, als ich das hörte, und plötzlich wurde mir bewusst, wie unaufrichtig meine »Freundin« die ganzen letzten Wochen gewesen war. Sie hatte diese Sachen mit keinem einzigen Wort erwähnt!

»Und ihr habt sie trotzdem mitgenommen, obwohl ihr das wusstet?«, fragte ich ungläubig.

»Frieses sind verzweifelt«, erwiderte Papa. »Sie haben

sehr gehofft, dass Doro durch die Freundschaft zu dir wieder Halt finden würde. Und es war ihnen wichtig, sie mal für vier Wochen von all diesen Leuten fernzuhalten. Seinen alten Eltern traute Herr Friese diese Aufgabe nicht zu.«

»Aber euch haben sie das aufgeladen!«, schnaubte ich empört. »Das ist ja wohl das Letzte!«

»Glaub mir, sie machen sich sehr große Sorgen um ihre Tochter«, versicherte Papa mir. »Und sie waren ehrlich zu uns. Wir haben gewusst, worauf wir uns einlassen.«

Aber ich hatte es nicht gewusst und fühlte mich hintergangen und ausgenutzt.

»Ich hab von Anfang an das Gefühl gehabt, dass Doro sich nur deshalb mit mir verträgt, weil sie keinen Bock auf ihre Großeltern hatte«, sagte ich bitter. »Ich blöde Kuh hab echt geglaubt, sie würd's ernst meinen.«

»Hat sie vielleicht auch.«

»Und warum hat sie mir von alldem nichts gesagt? Echte Freundinnen erzählen sich *alles*.«

Darauf hatte mein Vater allerdings keine Antwort.

Wir hatten den *Club* erreicht, parkten vor dem Büro. Nicolas und Véronique erwarteten uns bereits im Haus, Thierry und Sophie waren auch da und erzählten bereitwillig, was sie wussten.

Tatsächlich hatte Doro diesen Ben am Plage des Dames kennengelernt, als sie mit Thierry und Sophie dort gewesen war. Ben war schon neunzehn oder zwanzig, er hatte ein Auto und war total arrogant. Gestern Abend hatte Doro nach dem Ausritt unbedingt mit ins *Café Noir* gewollt. Sophie hatte ihr was zum Anziehen geliehen, dann waren sie mit den Fahrrädern hingefahren. Doro hatte sich nur umgeguckt und war dann plötzlich verschwunden gewesen. Thierry hatte sie eine halbe Stunde lang gesucht, denn Sophie und er durften nur bis zehn Uhr dortbleiben.

»Sie hat auf der anderen Straßenseite auf einer Bank gehockt, mit diesem ätzenden Ben und ein paar anderen Leuten, die alle schon etwas älter waren«, berichtete Thierry mit finsterer Miene. »Sie haben Wodka-RedBull getrunken, Doro auch. Ich hab ihr gesagt, dass Sophie und ich nach Hause fahren würden, und da hat dieser Typ ein paar blöde Sprüche losgelassen.«

»Kennt ihr den jungen Mann?«, wollte Papa wissen.

»Wir haben ihn schon ein paarmal gesehen«, erwiderte Thierry. »Auch im letzten Sommer.«

»Ich glaube, er kommt hier von der Insel«, ergänzte Sophie. »Aber wir wissen nicht, wie er mit Nachnamen heißt und wo er wohnt.«

»Er hat irgendetwas mit dem Surfverleih am Plage des Dames zu tun, glaube ich«, sagte Thierry.

»Was für ein Auto fährt er?«, fragte Nicolas.

»Hm. Keine Ahnung.« Die Geschwister sahen sich ratlos an und zuckten die Schultern.

»War Doro heute am frühen Abend hier, um dir die Klamotten zurückzugeben?«, erkundigte ich mich bei Sophie, aber sie schüttelte den Kopf.

Jetzt waren wir alle ratlos, doch dann hatte Véronique eine Idee.

»Wir sollten Alain fragen, ob er diesen Ben kennt«, schlug sie vor.

»Den Werw… äh … warum ausgerechnet den?«, fragte ich überrascht und Sophie kicherte, weil ich mich fast verplappert hätte.

»Er ist ein *Noirmoutrin*«, antwortete Véronique.

»Das ist gut.« Papa nickte. »Die Leute kennen sich hier untereinander. Können wir den Mann anrufen?«

»Ich versuche es«, sagte Nicolas, griff zu seinem Handy und wählte eine Nummer. Niemand meldete sich.

»Und was jetzt?«, fragte Thierry.

»Ich weiß, wo er wohnt.« Nicolas warf einen Blick auf seine Uhr. »Kommt, vergeuden wir keine Zeit!«

Nicolas und Thierry begleiteten uns nach draußen. Ein böiger Wind war aufgekommen, die laue Luft roch nach Regen. Als wir Richtung La Guérinière fuhren, platschten erste schwere Regentropfen auf die Windschutzscheibe. Wenig später schien die Welt unterzugehen: Der Regen prasselte so stark vom nachtschwarzen Himmel herab, dass die Scheibenwischer die Wassermassen kaum bewältigten und Papa ganz langsam fahren musste. Er erzählte Nicolas von den Schwierigkeiten, die Doro ihren Eltern gemacht hatte, und dass die mit ein Grund waren, warum sie überhaupt mit uns nach Noirmoutier gefahren war.

Nicolas dirigierte Papa die Landstraßen entlang – rechts, links, rechts und geradeaus –, bis wir ein einsames Anwesen erreicht hatten, das direkt am Meer lag. Eine Mauer umgab das Grundstück, das Tor war geschlossen.

»*Hier* wohnt Alain?«, fragte Thierry erstaunt.

»Ja.« Nicolas zog die Kapuze über den Kopf, stieg aus und lief im Licht der Scheinwerfer zum Tor. Wenig später ging die Lampe über dem Torbogen an und die Torflügel öffneten sich, sodass Papa in den Hof fahren konnte.

Wir kletterten ebenfalls aus dem Wagen und liefen zu dem einstöckigen Wohnhaus hinüber. Nicolas stand in der geöffneten Haustür und sprach mit dem »Werwolf«. Ich fühlte mich unbehaglich. In einem Zwinger bellten zwei Hunde. Ringsum drängten sich flache Schuppen. Hummerreusen stapelten sich im Hof. Alain war barfuß. Er trug nur eine Jeans und ein T-Shirt, sein Haar war zerzaust. Hatte er schon geschlafen? Er bat uns in eine niedrige, altmodische Küche. Getrocknete Gewürze hingen von den rußgeschwärzten Deckenbalken. An der Wand entdeckte ich gerahmte schwarz-weiße Fotografien und eine Landkarte von Noirmoutier. Es roch nach Knoblauch und Salbei.

Im Licht der Deckenlampe sah Alains vernarbte Gesichtshälfte noch schrecklicher aus als bei Tag. Wir setzten uns nicht hin. Alain hörte aufmerksam zu, was Nicolas und Thierry ihm erzählten. Er runzelte nachdenklich die Stirn.

»Ungefähr zwanzig, Gelfrisur, Tattoos, große Klappe – das kann eigentlich nur Benoît Gachet sein«, sagte er dann und verzog den Mund zu einem schmalen Lächeln, das aber sofort wieder erlosch. »Seine Mutter Isabelle betreibt einen Campingplatz und ein kleines Hotel mit einer Kneipe am Hafen von L'Herbaudière. Sein Vater ist im vorletzten Herbst auf dem Meer geblieben.«

»Auf dem Meer geblieben?«, fragte ich leise. »Was heißt das?«

»Arnaud war Fischer«, antwortete Alain und sah mich an, zum ersten Mal, seit ich ihn kannte. Bevor er diese furchtbaren Narben bekommen hatte, musste er ziemlich gut ausgesehen haben. »Er geriet mit seinem Boot in einen heftigen Sturm. Die Reste des Bootes wurden an der Küste bei Pornic angeschwemmt, aber von ihm fehlte jede Spur. Ben war früher oft mit seinem Vater draußen auf dem Meer. Aber seitdem …« Er stieß einen Seufzer aus und schüttelte den Kopf. »Der Junge hat keinen guten Ruf.«

Ich schauderte unwillkürlich. Was war nur in Doro gefahren, dass sie mit Sack und Pack zu diesem Typen fuhr? So etwas hätte ich mich niemals getraut!

»Wo wohnen diese Leute?«, wollte Papa wissen.

»Direkt am Campingplatz hinter dem Hafen von L'Herbaudière. Das Hotel heißt *La Grande Voile.*« Alain blickte zu der Uhr, die über dem Türrahmen hing. Es war fast Mitternacht. »Ich komme besser mit.«

Der Regen hatte aufgehört und die Wolkendecke war aufgerissen. Am schwarzen Himmel stand der Halbmond und tauchte die Landschaft in ein unwirkliches bleiches Licht.

Wir fuhren hinter Alains altem Renault her quer über die Insel. Es gab kaum Straßenlaternen und um diese Uhrzeit waren auch keine Autos mehr unterwegs.

Niemand sagte etwas, bis wir auf dem Parkplatz am Hafen von L'Herbaudière hielten. Tagsüber war hier alles voller Autos und Menschen, aber um diese Uhrzeit herrschte eine gespenstische Leere. Alle Geschäfte waren geschlossen, die Häuser ringsum waren dunkel, auch die Bars hatten längst zu. Ganz hinten auf der Mole blinkte das Leuchtfeuer. Nur über der Eingangstür des kleinen Hotel *La Grande Voile* brannte ein Licht. Alain ging schnurstracks auf die Tür zu und klingelte Sturm. Es dauerte einen Moment, bis eine Frau öffnete.

»Alain!«, zischte sie. »Bist du verrückt, um diese Uhrzeit so einen Radau zu machen? Du weckst ja alle Gäste!«

»Ist Ben da?«, fragte der Werwolf, ohne Umschweife zu machen.

»Nein. Ich weiß nicht, wo er ist«, erwiderte die Frau abweisend, dann erst bemerkte sie uns. »Was sind das für Leute? Was wollt ihr von Ben?«

Ihre Miene wurde besorgt, als sie hörte, dass wir ein fünfzehnjähriges Mädchen suchten. Sie zog sich eine Jacke über und führte uns durch die dunklen Straßen zum Campingplatz, der direkt an der Landspitze lag. Vor dem Eingang bog sie nach links ab und fand trotz der Dunkelheit problemlos den Weg zu einer kleinen Hütte, die zwischen einigen Pinien ein Stück unterhalb des Campingplatzes stand. Drei Autos und zwei Mopeds parkten davor. Hinter den Fenstern war noch Licht, dumpf dröhnten die Bässe von lauter Technomusik durch die Nacht.

Thierry und ich sahen uns an. War Doro da etwa drin?

»Benoît! Mach sofort auf!« Madame Gachet hämmerte mit der Faust energisch gegen die Tür. Die Musik verstummte. Die Tür wurde aufgerissen. Ein Schwall süßlich riechenden Qualms wehte uns entgegen. Ein junger Mann erschien. Sein nackter Oberkörper war übersät mit Tattoos, zwischen seinen Lippen klemmte eine Zigarette.

»Das ist der Typ«, murmelte Thierry.

»Was soll denn das?«, fuhr Ben seine Mutter wütend an. »Kann man nicht mal seine Ruhe haben?«

»Diese Leute hier suchen ein junges Mädchen aus Deutschland, mit dem du gestern im *Café Noir* gewesen bist. Sie wollte zu dir fahren, sagen sie.«

Bens Blick streifte uns uninteressiert. Hinter ihm sagte jemand etwas, ein Mädchen lachte schrill.

»Ich war mit keinem deutschen Mädchen im *Café Noir*«, behauptete er und lehnte sich lässig gegen den Türrahmen. »Ich hab 'ne Freundin.«

»Aber ich habe Sie dort gestern Abend zusammen mit Doro gesehen«, mischte sich Papa nun ein. »Das Mädchen ist erst fünfzehn Jahre alt.«

»Weiß nicht, wovon du redest, Mann.« Der Typ verschränkte die Arme vor der Brust und grinste höhnisch. »Ich steh nicht auf Fünfzehnjährige.«

Hinter ihm tauchte ein anderer Junge mit fettigen blonden Haaren auf und guckte ihm neugierig über die Schulter.

Alain hatte sich bisher im Hintergrund gehalten, aber jetzt schob er sich an Papa und Madame Gachet vorbei. Erstaunt bemerkte ich, wie sich Bens Gesichtsausdruck veränderte. Er riss die Augen auf und wich ein Stück zurück, dabei prallte er gegen seinen Kumpel.

»Scheiße, Alain, was willst du denn hier?«, stieß Ben erschrocken hervor, der Blonde verschwand und in der Hütte wurde es ganz still.

»Mach die Zigarette aus, wenn ich mit dir rede«, zischte Alain mit gefährlich leiser Stimme und Ben gehorchte sofort. Alain war zwar ein Stück kleiner als er, aber er war viel muskulöser und hatte breitere Schultern. Im schummerigen Licht, das aus der geöffneten Tür fiel, hatte sein vernarbtes Gesicht etwas Furchterregendes.

»Charlotte, Thierry, geht zum Auto«, befahl Papa. Wir zogen uns ein Stück zurück, blieben aber ein paar Meter weiter stehen und sperrten die Ohren auf.

»Wo ist das Mädchen?«, wollte Alain von Ben wissen. »Und überleg dir gut, was du jetzt sagst.«

»Die ... die war hier«, stotterte Ben, der kein bisschen cool und überheblich mehr war. »Stand mit gepackter Tasche vor der Tür. Wollte hier pennen. Ich hab ihr gesagt, sie soll sich verziehen.«

»Sie ist nicht zufällig noch in deiner verqualmten Bude?«

»Nein, ist sie nicht! Ich schwör's!« Ben hob abwehrend beide Hände. »Du kannst ja nachgucken, wenn du willst.«

»Und wo ist sie jetzt?«

»Keine Ahnung, ehrlich«, beteuerte Ben. »Sie hat noch 'ne Stunde oder so hier vor der Tür gehockt und geflennt, aber dann war sie irgendwann weg.« Er schwitzte, obwohl es alles andere als warm war. Es war nicht zu übersehen, dass er Angst vor Alain hatte, und ich sah den Werwolf plötzlich mit ganz anderen Augen.

»Weißt du was, Ben«, sagte Alain nun. »Du und deine Kumpels, ihr schnappt euch jetzt Taschenlampen und geht das Mädchen suchen. Und wenn ihr irgendetwas zugestoßen ist, weil du sie einfach weggeschickt hast, dann hat das ernste Folgen für dich. Hast du das kapiert?«

»Ja, klar, das hab ich kapiert.« Ben nickte heftig.

»Isabelle«, wandte sich Alain an Bens Mutter. »Ruf Stéphane und Noël an. Sie sollen einen Suchtrupp organisieren, jetzt sofort. Das Mädchen ist mit einem Fahrrad unterwegs und hat eine Reisetasche dabei. Es kennt sich hier nicht aus. Ach ja, und Jordan soll mit seinem Hund hierherkommen.«

Papa hatte unterdessen mit Mama telefoniert in der Hoffnung, Doro sei vielleicht nach dieser Abfuhr kleinlaut zurückgekehrt, aber das war nicht der Fall. Meine Mutter hatte immer wieder versucht, Doro auf ihrem Handy zu erreichen, doch es war ausgeschaltet.

Staunend sah ich zu, wie sich innerhalb einer halben Stunde mehr als fünfzig Männer und Frauen vor Isabelles Hotel versammelten, obwohl es mittlerweile ein Uhr morgens war. Und noch erstaunter war ich, als ich bemerkte, dass jeder von ihnen Alain mit Respekt und Ehrerbietung behandelte. Ganz zweifellos hatte er hier etwas zu sagen. Ben und seine Kumpels hatten regelrecht Angst vor ihm – und wir hatten ihn für einen simplen Pferdepfleger gehalten!

Papa war nach Hause gefahren, um für den Suchhund etwas zu holen, was nach Doro roch, und mit ihrem Kopfkissenbezug und einem T-Shirt aus dem Schmutzwäschekorb zurückgekehrt. Er hatte mich mitnehmen wollen, damit ich ins Bett ging, aber ich hatte ihn davon überzeugen können, dass ich ohnehin kein Auge zumachen würde, bevor ich nicht wusste, was mit Doro war. In den Häusern am Hafen brannten nun überall Lichter. Immer mehr Leute strömten herbei oder guckten aus den Fenstern, denn die Nachricht, dass ein Mädchen vermisst wurde, hatte schnell die Runde gemacht. Der Asphalt schimmerte feucht und reflektierte das Licht des Signalfeuers am Ende der Hafenmole. Thierry und ich saßen auf einem Absperrgitter und betrachteten den Trubel um uns herum mit gemischten Gefühlen. Mein Herz flatterte vor Aufregung und Angst. Doro war schon immer impulsiv und leichtsinnig gewesen, dennoch konnte ich mir nicht vorstellen, dass ihr etwas zugestoßen war. Diese Möglichkeit, die wohl jeder hier außer mir ernsthaft in Betracht zog, war für mich einfach völlig undenkbar, und ich war fest davon überzeugt, dass meine Freundin jeden Moment auftauchen würde. Wo wäre ich an ihrer Stelle hingegangen? Sie kannte sich hier nicht aus, so wie ich, die ich jeden Sommer meines Lebens auf dieser Insel und in diesem Ort verbracht hatte. Mein Blick glitt über die im Hafen vertäuten Fischerboote. Weiter hinten, im Yachthafen, ragte ein Wald von Masten empor. Es gab Hunderte von Möglichkeiten sich zu verstecken. Hatte Doro sich aus Trotz und Zorn über Bens Kränkung auf eines der Boote geschlichen und war eingeschlafen?

»Hast du Angst?«, wollte Thierry plötzlich von mir wissen.

»Natürlich! Und wie!«, antwortete ich. »Aber vor allem bin ich total wütend! Wieso hat sie mir nichts von diesem Typen erzählt? Oder davon, dass sie mit ihren Eltern Krach hatte? Ich find's nicht okay, dass sich *meine* Eltern jetzt solche Sorgen machen müssen!«

»Ja, das ist echt nicht nett«, stimmte Thierry mir zu und gähnte unterdrückt. »Ich glaub, sie kommt damit nicht klar, dass bei dir alles klappt und bei ihr nicht.«

Dasselbe meinte Katie auch. Ich fühlte mich plötzlich

elend. Won Da Pie. Katie. Simon. Und jetzt auch noch Cody!

»Denkst du etwa, ich bin daran schuld, dass sie abgehauen ist?«

»Nee, auf keinen Fall«, erwiderte Thierry. »Doro kann's halt nicht ertragen, wenn jemand besser ist als sie. Sie ist … stolz.«

»Stolz!«, schnaubte ich. »Das ist doch total bescheuert! Früher war sie immer diejenige, die alles besser konnte und die mutiger war. Ich war deswegen doch auch nicht sauer, im Gegenteil! Ich hab sie dafür bewundert und mich gefreut, dass sie meine Freundin ist!«

»Du bist eben anders.«

Der Suchhund traf ein. Vor Bens Hütte ließ man ihn an den Sachen schnuppern, die Papa geholt hatte, und er nahm ohne zu zögern eine Spur auf.

Thierry und ich schlossen uns der Gruppe von Männern an, die dem Hund folgten. Auch Papa, Alain und Nicolas waren dabei. Der Hund führte uns auf einen sandigen Pfad, der zwischen der ersten Häuserreihe oberhalb eines schmalen Strandes verlief. Niemand sagte etwas. Nur das Hecheln des Hundes und das Rauschen der Brandung waren zu hören. Alle paar Sekunden huschte der Lichtstrahl des Leuchtturms von der Île du Pilier über uns hinweg und erleuchtete für den Bruchteil einer Sekunde die Reihe von Menschen, die den Pfad entlanggingen und darauf achteten, nicht abzurutschen. Im Sommer vor zwei Jahren waren Phil und ich mit Papa mit einem Schiff zur Leuchtturminsel hinübergefahren, weil wir neugierig gewesen waren, wie die Insel, die wir vom Strand aus immer sahen, wohl war. Doch außer wilden Kaninchen und dem Leuchtturm gab es dort nichts Sehenswertes.

»Wahnsinn, bei Nacht diesen gefährlichen Weg zu nehmen!«, sagte einer der Männer halblaut. »Hoffentlich ist sie nicht die Felsen hinuntergestürzt.«

Ich konnte mir genau vorstellen, wie Doro hier entlanggelaufen war, schluchzend vor Zorn, weil ihr nach Bens Abfuhr nun doch kein anderer Ausweg mehr blieb, als zu uns zurückzukommen.

Mit jeder Minute, die verstrich, zerbrach nicht nur Doros und meine Freundschaft, sondern auch die unserer Eltern ein wenig mehr, denn nach einer solchen Nacht konnte niemand von uns einfach so tun, als sei nichts gewesen. Das bedrückte mich sehr, und dazu kam das bohrende Gefühl, für das total bescheuerte Benehmen meiner Freundin verantwortlich zu sein.

Nach ungefähr fünfhundert Metern begann der Suchhund plötzlich aufgeregt zu bellen und mir wurde vor Schreck abwechselnd heiß und kalt. Hatte er Doro gefunden? Sollte ich mich geirrt haben, und sie war doch nicht zurück nach Hause gegangen? Der Pfad war zu schmal, als dass ich mich hätte nach vorne durchquetschen können, deshalb dauerte es einen Moment, bis uns die Nachricht erreicht hatte, dass der Hund in einem Busch das achtlos hingeworfene Fahrrad und Doros Reisetasche gefunden hatte. Zwei Männer rutschten auf allen vieren so nah wie möglich an die Felskante heran und leuchteten mit ihren starken Lampen in die Tiefe. Alles, was dort zu sehen war,

war schwarzes brodelndes Wasser, das gegen die Felsen brandete. Die Gischt sprühte bis zu uns herauf.

Die Männer berieten, was zu tun war. Papa war dafür, Polizei und Küstenwache einzuschalten.

»Es dauert noch mindestens drei Stunden bis zur Morgendämmerung«, gab Alain zu bedenken. »Jetzt, in der Dunkelheit, kann auch ein Hubschrauber nichts ausrichten und solange die Flut steigt, kommt das Boot der Küstenwache nicht näher heran. Gebt dem Hund noch eine Chance.«

Das Tier zerrte aufgeregt hechelnd an der Laufleine und wollte unbedingt weitersuchen. Schließlich stimmten die Männer Alain zu, und mir wurde eiskalt vor Angst, als ich begriff, was er gemeint hatte. Ich griff nach Thierrys Hand, und er drückte sie tröstlich. Wir sahen uns nicht an, aber ich wusste, dass wir dasselbe dachten, wie alle hier, auch wenn es niemand laut aussprach: Da unten gab es keinen Strand, an dem die Brandung sanft ausrollte, sondern nur mächtige, scharfkantige Felsen, an denen alles, was ins Wasser geriet, gnadenlos zerschmettert wurde. Wenn Doro in der Dunkelheit die Kante nicht bemerkt hatte und hinuntergefallen war, dann gab es für sie keine Rettung mehr.

Wie es wohl weitergeht?

Der Suchhund war nicht so pessimistisch wie die Menschen, die ihm den schmalen sandigen Pfad entlang folgten. Der Hundeführer hatte ihn noch einmal an Doros Kopfkissen schnuppern lassen, und der Hund senkte die Nase auf den Boden und zog an der Leine. Er witterte etwas, also musste Doro hier langgelaufen sein!

Mein Herz pochte wie wild, als ich hinter den Männern herstolperte. Wir kamen an der Mauer des Friedhofs vorbei, hinter der sich mächtig und düster die Kirche erhob. Nach etwa dreihundert Metern bog der Hund nach links ab in die Rue du Puits Forteau. Diese Strecke kannte Doro! Wir waren sie auf dem Weg zum Bäcker ein paarmal gelaufen, um Brot zu holen. Ich schloss zu Papa auf.

»Ich glaube, sie ist nach Hause gegangen«, sagte ich zu ihm.

»Das hoffe ich«, antwortete er nur.

Die Gruppe folgte der Rue du Moulin Rouge, die schließlich in die Rue du Grand Mûrier mündete. Meine Knie wurden vor Erleichterung weich, als der Suchhund tatsächlich in die Einfahrt zu unserem Haus rannte, vor der Garage stehen blieb und bellte. Alissa antwortete ihm. Papa öffnete die Tür und drückte auf den Lichtschalter. Und da lag

Doro, zusammengerollt auf dem Stapel mit den Auflagen für die Sonnenliegen, die Mama abends immer in die Garage legte, damit sie nicht nass wurden, und schlief tief und fest!

»Gott sei Dank!«, stieß Papa erleichtert hervor. Er ging neben Doro in die Hocke und rüttelte sie sanft an der Schulter. Doro blinzelte in das helle Licht, richtete sich schlaftrunken auf und blickte verwirrt auf die vielen fremden Menschen, die sich um sie herumdrängten. Sie hatte geweint. Ihre Augen waren ganz geschwollen, aber sonst war sie unverletzt.

Ich hatte fast erwartet, Papa würde sie nach der ganzen Aufregung nun anschreien und ihr Vorwürfe machen, aber stattdessen nahm er sie in die Arme. »Du hast uns einen schönen Schrecken eingejagt«, sagte er.

»Wir dachten schon, du wärst ins Meer gefallen, als wir dein Fahrrad und die Tasche gefunden haben«, ergänzte Nicolas.

»Es tut mir so leid«, flüsterte Doro kleinlaut, als sie begriff, was sie angerichtet hatte. »Das wollte ich nicht! Ich … ich dachte nur, ich wär hier nicht mehr erwünscht, und wollte zu … zu …«

Sie verstummte und brach in Tränen aus.

»Komm, jetzt gehst du erst mal ins Bett und schläfst dich aus.« Papa half ihr auf. Mama, die wohl auch die ganze Nacht über kein Auge zugetan hatte, kam aus dem Haus und schüttelte ungläubig den Kopf, als sie erfuhr, wo wir Doro gefunden hatten.

Die Anspannung der letzten Stunden löste sich, die Männer lachten und klopften sich gegenseitig auf die Schultern. Der Suchhund wurde gelobt und belohnt. Jemand hatte das Fahrrad und die Reisetasche mitgebracht.

Doro verdrückte sich auf unser Zimmer im Turm, ohne mich auch nur einmal anzusehen, und das versetzte mir einen Stich. In einem ersten Impuls wollte ich hinter ihr herlaufen und sie zur Rede stellen, weil sie meinen Eltern und auch mir und den Juneaus so große Sorgen gemacht hatte, aber ich tat es nicht.

Papa war so erleichtert über den glücklichen Ausgang dieses Abenteuers, dass er eine Flasche Schnaps und einen Stapel Gläser aus dem Haus holte und jedem Mann ein Gläschen einschenkte. Er hielt eine kurze Ansprache und bedankte sich bei allen für die tatkräftige Hilfe und Unterstützung, besonders bei Alain, der jedoch nur bescheiden abwinkte. Mama kochte Kaffee für den ganzen Suchtrupp. Leute kamen, um diejenigen abzuholen, die ihre Autos am Hafen gelassen hatten. Sogar Thierry und ich bekamen einen Kaffee. Wohl niemand von uns würde so bald schlafen können! Nicolas gesellte sich zu uns. Véronique war auf dem Weg hierher, um Nicolas, Thierry und Alain abzuholen und Alain zu seinem Auto zu bringen.

»Alain ist wirklich cool«, sagte ich zu Nicolas. »Warum haben die Leute wohl alle so einen Respekt vor ihm?«

»Den Izacards gehört die halbe Insel«, wusste er. »Unter anderem übrigens auch der *Club Hippique*. Alain war früher der Polizeichef von Noirmoutier, bis er vor ein paar Jahren diesen schlimmen Unfall hatte. Davor war er bei der Fremdenlegion.«

»Ach!« Thierry und ich waren völlig perplex. »Und wir dachten, er wäre nur ein Pferdepfleger!«

»Aber warum macht er denn diese Arbeit bei euch?«, fragte ich. »Das muss er doch eigentlich gar nicht, oder?«

»Ich denke nicht, dass er wegen des Geldes bei uns arbeitet.« Nicolas schmunzelte. »Er hat einfach gerne mit Pferden zu tun, und als ich ihm sagte, dass es Rémy nicht gut geht, hat er spontan angeboten, auszuhelfen.«

Ich beobachtete den Mann, vor dem ich mich bisher gefürchtet hatte, ehrfürchtig, und schämte mich ein bisschen, weil ich ihn so falsch eingeschätzt hatte. Auch meine Eltern dankten Alain nochmals herzlich.

»Es ist ja alles glimpflich ausgegangen und Doro hat von ganz allein nach Hause gefunden«, wehrte er ihren Dank bescheiden ab, aber er lächelte ein wenig.

Als der Morgen über den Salzsümpfen heraufdämmerte, waren die Männer des Suchtrupps gegangen, auch die Juneaus und Alain waren nach Hause gefahren. Ich half Mama, die leeren Kaffeetassen und Gläser in die Küche zu tragen und ließ Spülwasser ein.

»Das können wir doch auch später machen«, sagte Mama.

»Ich kann jetzt sowieso nicht schlafen«, entgegnete ich.

»Du hast recht. Ich auch nicht.« Sie lächelte. »Willst du spülen oder lieber abtrocknen?«

»Spülen.«

Ich ergriff die Spülbürste und den Schwamm.

»Was passiert jetzt mit Doro?«, fragte ich ein wenig beklommen.

»Ich habe gestern Nacht mit ihrem Vater telefoniert«, erwiderte Mama. »Er ist schon auf dem Weg hierher und holt sie ab.«

»Echt? Oje.« Ich hielt inne und seufzte. »Das ist wohl das Ende unserer Freundschaft.«

»Wieso?«, fragte Mama.

»Nach alldem, was passiert ist.« Ich zuckte die Schultern. »Ihr seid doch sicher total wütend auf sie.«

»Natürlich waren wir zuerst sehr verärgert.« Mama trocknete eine Tasse ab. »Aber wir sind vor allen Dingen froh, dass Doro nichts passiert ist. Sie hat uns einen Riesenschrecken eingejagt und sich nicht gut benommen, aber Menschen machen eben auch mal Fehler. Und wenn man etwas Falsches getan hat und es schafft, sich einzugestehen, dass das nicht in Ordnung war, dann sollte es damit für alle erledigt sein.« Sie stellte die Tasse in den Schrank und griff zur nächsten. »Eigentlich liegt es jetzt nur daran, wie Doro reagiert: Entschuldigt sie sich für ihr Verhalten und meint das auch ehrlich, dann werden Papa und ich sicher nicht weiter sauer auf sie sein. Sie hat sich schließlich selbst am allermeisten bestraft, indem sie sich nun den Rest des Urlaubs verdorben hat.«

»Hm.« Ich dachte eine Weile darüber nach. Das Entschuldigen war noch nie Doros Stärke gewesen. Nur deshalb hatte es ja überhaupt zu dem Zerwürfnis zwischen uns kommen können. »Ich fürchte, sie ist zu stolz dafür, sich zu entschuldigen.«

»Mal abwarten«, erwiderte Mama. »Manchmal löst ein Erlebnis wie dieses auch eine Erkenntnis aus.«

»Wie meinst du das?«, fragte ich.

»Doro hat nach eurem Streit erlebt, wie es sich anfühlt, wenn man sich selbst aus Sturheit, Trotz oder Stolz von allem ausschließt, nur weil man sich nicht dazu überwinden kann, jemanden um Entschuldigung zu bitten«, sagte Mama. »In den letzten Wochen hat sie sich sehr wohlgefühlt und sie war froh, dass du ihr nichts nachgetragen hast. Vielleicht erkennt sie, dass es besser ist, sich einen Fehler einzugestehen, statt davonzulaufen. Wir werden es sehen.«

»Ja, wir werden es sehen.« Alle Tassen und Gläser waren gespült. Helles Sonnenlicht flutete durchs Küchenfenster herein. »Ich glaube, ich gehe mit Alissa an den Strand. Ich muss über das alles nachdenken.«

»Mach das«, sagte Mama und hängte die feuchten Küchenhandtücher an ihre Haken. »Schlafen kannst du später auch noch.«

Plötzlich war ich so froh über meine Familie, meine Eltern und überhaupt alles in meinem Leben, dass ich Mama umarmte. Einfach so. Meine Mutter konnte ziemlich streng sein, und oft genug hatte ich Stress mit ihr und fand sie ätzend, aber irgendwie wusste ich trotzdem immer, woran ich bei ihr war, und das war gut.

»Ich hab dich lieb, Mama«, flüsterte ich und drückte sie an mich. Sie hielt mich für einen Augenblick ganz fest.

»Ich hab dich auch lieb, Lotte«, erwiderte sie gerührt. »Alles wird gut, hm?«

»Ja. Alles wird gut.«

KATIES PLAN

Doro hatte noch tief und fest geschlafen, als ich mit Alissa vom Spaziergang zurückgekommen war. Ich war nicht scharf darauf, ihr zu begegnen, deshalb war ich in den *Club* geradelt und hoffte, dass sie schon weg sein würde, wenn ich wiederkam. Die Juneaus saßen am Frühstückstisch, als ich eintraf, und ich setzte mich dazu. Natürlich waren die Ereignisse der Nacht Hauptgesprächsthema und vor allem Sophie wollte haarklein wissen, was genau passiert war und welche Rolle der Werwolf bei der ganzen Sache gespielt hatte. Thierry schilderte mit lebhafter Mimik und Gestik, was dieser schmierige Ben plötzlich für Augen gemacht hatte, als er Alain erkannt hatte.

»Und was ist jetzt mit Doro?«, erkundigte sich Sophie.

»Ihr Vater ist schon unterwegs und holt sie ab«, antwortete ich.

Irgendwann hatte ich keine Lust mehr, über die letzte Nacht zu reden, deshalb lief ich zu Cody, putzte ihn ausgiebig und ging über eine Stunde lang mit ihm auf den schmalen Landstraßen spazieren. Bewegung auf festem Boden würde seiner Sehne guttun, hatte der Tierarzt gesagt. In mir drin tobten die widerstreitendsten Gefühle: Erleichterung, Trauer, Zorn und tiefe Zweifel. War Doros Entschuldigung vor den Ferien echt oder nur gespielt gewesen? Warum hatte sie mir so viel verschwiegen? Wieso hatte sie mir nichts von diesem Ben erzählt? Bedeutete ich ihr überhaupt etwas oder war ich für sie nur Mittel zum Zweck, damit sie wieder in den Stall gehen konnte? Weshalb musste bloß alles auf einmal so verdammt schwierig sein?

Cody trottete brav neben mir her, und er war es, der meine aufgewühlte Seele beruhigte. Als ich vom Spaziergang zurück zum *Club* kam, bog Alain gerade mit seinem Auto in den Hof ein.

Er parkte vor dem Büro und stieg aus. Ich rechnete nicht damit, dass er mit mir reden würde und nickte ihm nur höflich zu, doch zu meiner Überraschung lächelte er und sagte: »Salut, Charlotte. Du bist ja schon wieder auf den Beinen!«

»Salut, Alain«, erwiderte ich. »Ich hab noch gar nicht geschlafen. Und du?«

»Ich hab mich zwei Stündchen aufs Ohr gelegt. Das reicht fürs Erste.«

Wir gingen nebeneinanderher durch den Paddock.

»Cody ist ein nettes Pferd«, sagte Alain. »Du kümmerst dich gut um ihn. Schade, dass du ihn nicht mitnehmen kannst.«

»Vielleicht kann ich das doch.« Ich warf dem Mann einen raschen Seitenblick zu. »Meine Freundin Katie und ich haben nämlich einen Plan.«

»Ach?« Alain sah mich neugierig an, und ich fragte mich, warum ich mich jemals vor ihm gefürchtet hatte. Seine Augen waren so freundlich und warm, dass mir die schrecklichen Narben, die seine linke Gesichtshälfte entstellten, überhaupt nicht mehr auffielen.

»Du darfst es aber noch niemandem verraten.«

»Ich kann schweigen«, versicherte er mir mit einem leichten Lächeln in den Mundwinkeln und hob die rechte Hand wie zu einem Schwur. Also erzählte ich ihm, welche Idee Katie und ihre Mutter hatten.

»Sensationell«, sagte er und lachte leise. Dann wurde er ernst. »Ich würde mich freuen, wenn das klappt. Für dich und für Cody. Er hat ein besseres Leben verdient, als er es bisher hatte.«

»Oh ja, und das soll er bekommen.« Ich nickte und strich dem Pferd zärtlich über den Hals. »Vielleicht wird er sogar wieder ganz gesund.«

»Du solltest mit ihm zum Meer laufen und ihn durchs Wasser führen, solange du noch hier bist«, riet Alain mir. »Das Meerwasser hat fantastische Heilkräfte. Außerdem kannst du ihm das Bein mit Algen einwickeln. Wenn du willst, zeige ich dir, welche Algen du dafür nehmen musst und wie man das macht.«

»Sehr gerne!« Ich lächelte erfreut. »Woher weißt du so viel über Pferde?«

»Ich bin mit Pferden groß geworden«, erwiderte Alain. »Und ich glaube, ich konnte schon reiten, bevor ich laufen gelernt hab. Bist du heute Nachmittag noch hier?«

Ich nickte. »Heute Abend wollte ich den Strandritt mitmachen.«

»Alles klar. Dann bringe ich einen Kasten Algen mit.« Alain zwinkerte mir zu, verschwand in Richtung Stall und ich blickte ihm verblüfft nach. Wie sehr man sich doch in Menschen täuschen konnte – im positiven wie auch im negativen Sinn!

Herr Friese und Doro waren bereits wieder gefahren, als ich am späten Vormittag nach Hause kam. Meine Eltern dösten in ihren Liegestühlen im Schatten des Sonnenschirms vor sich hin. Cathrin lag lesend auf dem Rasen und Flori war im Haus und nutzte die Unaufmerksamkeit von Mama aus, um auf ihrem Laptop *Minecraft* zu spielen.

Ich ging hoch in den Turm. Endlich hatte ich Zeit, Simon und Katie über die Ereignisse der letzten vierundzwanzig Stunden zu berichten! Plötzlich war ich todmüde. Schnell tippte ich die Nachrichten und las, was Simon und Katie mir geschrieben hatten, dann stellte ich meinen Handywecker auf 17 Uhr und schon fielen mir die Augen zu.

Nach einem herrlichen Strandausritt mit Thierry, Nicolas und drei Touristen, die gut genug reiten konnten, um am Strand zu galoppieren, war ich pünktlich zum Abendessen wieder zu Hause. Alain hatte eine Kiste mit frischen Meeresalgen mitgebracht und mir gezeigt, wie man damit einen Verband anlegen konnte. Cody hatte sich das geduldig gefallen lassen.

Natürlich sprachen wir auch über Doro. Papa erzählte, dass sie sich bei ihm und Mama für ihr Verhalten entschuldigt und gleichzeitig für die schönsten Ferien ihres Lebens bedankt hatte. Damit war für meine Eltern das Thema erledigt, aber sie zweifelten nicht daran, dass Doro noch eine

Weile an der Sache zu knabbern haben würde. Ihre Eltern waren schwer von ihr enttäuscht und das würde Konsequenzen für sie haben. Doro hatte keine Grüße an mich ausrichten lassen, sie hatte mir nicht mal eine kurze SMS oder WhatsApp geschrieben. Ich war ihr gleichgültig oder – schlimmer noch – sie hasste mich!

Mit einem Mal empfand ich alles, was wir in den vergangenen Wochen gemeinsam erlebt hatten, als eine Lüge. Doro war nicht ehrlich zu mir gewesen. Sie vertraute mir nicht. Und wahrscheinlich konnte sie mich eigentlich überhaupt nicht mehr leiden. Das musste ich wohl akzeptieren. In diesem Moment beschloss ich, jeden Gedanken an meine ehemals beste Freundin zu verdrängen. Ich würde ihre Nummer aus meinem Handy löschen, genauso wie den WhatsApp-Chat. Doro war für mich gestorben.

»Lotte, wir wollten noch etwas mit dir besprechen.« Mamas Stimme riss mich aus meinen düsteren Gedanken. »Wir haben heute eine Mail von Frau von Richter bekommen.«

Cathrin stieß mich unter dem Tisch an und kicherte, aber ich tat überrascht.

»Ach ja? Und was schreibt sie euch?«

»Das weißt du wohl, glaube ich.« Papa konnte ein Schmunzeln nicht unterdrücken. »Und offenbar hast du deine Schwester in euren Plan eingeweiht.«

»Äh … ja, stimmt«, gab ich zu. »Ich wollte es euch längst sagen, aber irgendwie gab es nie eine passende Gelegenheit.«

»Was für einen Plan denn?«, fragte Flori neugierig. Er war

ein bisschen gekränkt, weil Cathrin und ich ein Geheimnis vor ihm gehabt hatten.

»Frau von Richter kommt am Freitagabend nächste Woche mit dem Lkw und holt das Pferd ab«, sagte Mama. »Sie hat sogar einen Vertragsentwurf mitgeschickt, denn das Pferd soll weiterhin dir gehören, aber sie übernimmt vorläufig alle Kosten.«

»Was denn für ein Pferd?«, quakte Flori.

»Cody natürlich, du Trottel!«, fuhr Cathrin ihn an. »Er kommt nämlich mit zu uns nach Hause.«

»Echt? Zu uns nach Hause?« Mein Bruder riss die Augen auf. »Aber wo tun wir ihn denn da hin?«

Wir mussten alle lachen.

»Oh Mann!« Cathrin grinste. »Er wird natürlich im Stall wohnen und nicht bei uns im Haus!«

»Ach so«, brummte Flori. »Ich dachte schon, er zieht vielleicht in die Garage ein. Dann würde Phil sich schön ärgern, wenn sein Moped nach Pferd stinkt.«

»Cody bleibt also dein Pferd, Lotte.« Papa räusperte sich und mein Herz schlug einen Salto vor Freude. »Er wird über unsere Tierhalterhaftpflicht versichert sein. Aber über eins sind wir uns hoffentlich einig: Ein zweites Pferd können wir dir nicht finanzieren. Du musst dich also mit Frau von Richter arrangieren, denn sollte sie die Kosten – aus welchen Gründen auch immer – eines Tages nicht mehr übernehmen wollen oder können, dann musst du eine andere Lösung finden, oder dich schlimmstenfalls von dem Pferd trennen. Das ist dir doch klar?«

»Ja, das ist mir klar.« Ich nickte. Insgeheim hatte ich

schon Pläne geschmiedet, wie ich Codys Unterhalt irgendwann selbst bezahlen konnte. Nächstes Jahr würde ich den Trainerassistentenschein machen und, wenn ich sechzehn war, den Trainer-C-Schein. Dann würde ich Unterricht geben und damit Geld verdienen können.

»Gut.« Papa sah Mama an. »Vielleicht sollten wir Lotte demnächst besser nicht mehr mit nach Noirmoutier nehmen, sonst können wir bald einen eigenen Stall bauen, wenn sie jedes Jahr ein Pferd mit nach Hause bringen will.«

»Nein, nein!«, beeilte ich mich zu beteuern. »Cody ist echt das letzte Pferd, das ich von hier mitnehme, das verspreche ich euch hoch und heilig! Es war ja auch gar nicht geplant!«

»Und weil man so etwas eben nicht planen kann«, sagte Mama trocken, »solltest du besser keine voreiligen Versprechungen machen.«

DAS ZAUBERPFERD

Die Woche verging wie im Flug. Einerseits bedauerte ich das, denn ich würde Nicolas, Véronique, Thierry, Sophie und auch Alain vermissen, ebenso wie die Pferde, die mir in den letzten drei Wochen ans Herz gewachsen waren, und die herrlichen Ausritte ans Meer. Andererseits konnte ich es kaum erwarten, Simon und Katie wiederzusehen und Cody auf den Transporter führen zu dürfen. Es gelang mir tatsächlich, Doro aus meinen Gedanken zu verbannen. Jeden Tag ritt ich Cody ohne Sattel an den nahe gelegenen Strand und ließ ihn eine Stunde lang im Wasser herumlaufen. Er mochte das sehr und war kein bisschen wasserscheu. Die Meerwasser-Kuren und die Algenumschläge zeigten schon nach ein paar Tagen Wirkung: Die Schwellung an der Sehne war kaum noch zu sehen und Cody zuckte nicht mehr zusammen, wenn man ihn an dieser Stelle berührte.

Nicolas trug die Neuigkeit, dass wir Cody mitnehmen würden, mit Fassung.

»Véronique und ich haben schon vermutet, dass du irgendeinen Plan hast«, gestand er mir lächelnd. »Du warst die ganze Zeit einfach ein bisschen zu cool.«

Er besorgte mir die Ultraschallbilder, die Docteur Délèstre gemacht hatte, damit wir einen Vergleich hatten, wenn wir Cody von einem Tierarzt in Deutschland untersuchen ließen. Die letzten Besitzer von Cody hatten sich nie bei Nicolas zurückgemeldet, nachdem er ihnen auf die Mailbox gesprochen hatte. Entweder war ihnen das Schicksal ihres ehemaligen Pferdes gleichgültig, oder sie schämten sich, weil sie ihn kaputtgeritten und lieber dem Schlachter verkauft hatten, als ihn wieder gesund zu pflegen. Mir war das egal. Cody war ein wahres Goldstück, und er hing schon nach dieser kurzen Zeit mehr an mir als mein wunderbarer, eigensinniger Won Da Pie. Der Freitag rückte näher und endlich war der große Tag da!

Ich putzte Cody noch etwas gründlicher, als ich es ohnehin immer tat. Sein Fell hatte mittlerweile einen beinahe metallischen Glanz bekommen, seine lange schwarze Mähne und sein prächtiger Schweif schimmerten wie Seide. Dragon-Mum sollte den allerbesten ersten Eindruck bekommen, den man nur haben konnte! Sie sei schon total aufgeregt, hatte Katie mir geschrieben. Sie waren um fünf Uhr morgens in Bad Soden losgefahren und sollten laut Navi gegen neunzehn Uhr hier sein. Mit einem Lkw durfte man ja nur 80 Stundenkilometer fahren und die Strecke war schon gewaltig, deshalb hatten meine Eltern Katies Mutter vorgeschlagen, dass sie den Samstag bei uns bleiben und erst am Sonntag die Rückreise antreten sollte. Mir hatten sie erlaubt, mit Frau von Richter im Lkw zurück nach Deutschland zu fahren. Sie selbst würden am selben Tag die Insel verlassen und uns dann wahrscheinlich irgendwo überholen.

Der Tag verging wie in Zeitlupe, die Stunden und Minuten schlichen nur so dahin. Immer wieder schaute ich ungeduldig auf mein Handy. Endlich, um 19:09 Uhr, kam die SMS, dass sie gerade die Brücke bei Fromentine überquerten.

Wir stiegen ins Auto und fuhren zum *Club*, denn Véronique und Nicolas hatten uns zum Essen eingeladen. Morgen Abend würden die Juneaus dann zum großen Abschiedsessen zu uns kommen. Ich rannte sofort zu Codys Box und holte ihn heraus. Sophie und ich putzten ihn noch ein letztes Mal, bis kein Stäubchen mehr zu sehen war. Mit Babyöl-Tüchern wischten wir seine Nüstern ab, fetteten die Hufe ein und in der Sekunde, in der wir mit allem fertig waren, bog der große silberne Pferdetransporter in den Hof ein und wir brachten Cody rasch zurück in seine Box.

»Wow! Das ist ja mal ein cooler Lkw!«, rief Sophie begeistert. Katie winkte mir schon wie wild und sprang aus dem Führerhäuschen, kaum dass der Transporter zum Stehen gekommen war. Wir umarmten uns, aber dann sah ich Simon. Er lächelte mich an, und sofort trat das ein, was ich insgeheim als den »Simon-Effekt« bezeichnete: Mein Herz begann zu klopfen und meine Knie wurden weich.

»Hu!«, quiekte ich und lief auf ihn zu. Er breitete die Arme aus, und ich fiel ihm um den Hals. Am liebsten hätte ich ihn nie mehr losgelassen, und erst jetzt spürte ich, wie sehr ich ihn in den letzten Wochen vermisst hatte. WhatsApps und Telefonate waren nur ein schwacher Ersatz gewesen.

»Du siehst toll aus«, flüsterte er an meinem Ohr. »Ich freu mich so, dich zu sehen.«

»Ich mich auch!«, erwiderte ich. »Kaum zu glauben, dass du wirklich hier bist! Ich freu mich wahnsinnig, dir alles zu zeigen.«

Er berührte sanft meine Wange und dann küsste er mich.

»Hey, ihr zwei Verliebten! Macht mal kurz 'ne Pause«, sagte Katie und wir ließen uns widerstrebend los. Ich begrüßte Frau von Richter, stellte ihr im Rekordtempo alle Leute vor, dann ergriff ich ihre Hand und zog sie mit.

»Lotte, lass die arme Frau nach vierzehn Stunden Autofahrt doch erst mal durchatmen!«, rief Papa mir nach.

»Nein, nein, Sie müssen *zuerst* Cody kennenlernen«, erwiderte ich aufgeregt. »Er ist so toll, wirklich! Ich reite ihn jeden Tag ohne Sattel an den Strand, und er ist einfach nur lieb und süß!« Dann fiel mir ein, dass sie vielleicht mal aufs Klo musste oder etwas trinken wollte. »Das ist doch okay jetzt, oder?«

»Absolut. Man muss Prioritäten setzen.« Dragon-Mum lachte. »Dabei kommt es mir fast so vor, als ob ich ihn schon kennen würde, dank der vielen Fotos und Videos, die du Katie geschickt hast.«

»In echt ist er noch viel schöner!«, versicherte ich ihr.

Alle folgten uns wie bei einer Prozession. Ich öffnete feierlich die Boxentür, hakte den Führstrick ins Halfter und führte Cody nach draußen.

»Mann, sieht der gei… äh … toll aus!«, rief Katie. »Was hast 'n du mit dem angestellt? Ich dachte, wir müssten ihn jetzt voll aufpäppeln!«

Frau von Richter betrachtete Cody prüfend, und für einen Augenblick durchzuckte mich die schreckliche Befürchtung, er könnte ihr nicht gefallen und sie würde ihr Angebot bereuen oder gar rückgängig machen. Aber dann begann sie zu meiner Erleichterung zu lächeln.

»Mein Gott, ist das ein schönes Pferd!«, sagte sie berührt. »Und was er für seelenvolle Augen hat! Darf ich ihn anfassen?«

»Aber klar.« Ich drückte ihr den Strick in die Hand. »Er gehört uns doch jetzt zusammen.«

Sie streichelte Codys weiche Nase, ließ ihre Hand sacht über seinen Hals und seinen Rücken gleiten. Cody spitzte die Ohren und schnupperte an ihr. Zum ersten Mal, seit ich Katies Mutter kannte, sah sie richtig glücklich aus.

Katie zupfte an meinem Arm. »Ich glaube, das ist ein Zauberpferd«, flüsterte sie mit bebender Stimme. »Guck dir meine Mom an! Sie ist hin und weg.«

Erstaunt stellte ich fest, dass meine Freundin Tränen in den Augen hatte.

»Hey, nicht weinen.« Ich legte den Arm um ihre Schultern.

»Ich kann nicht anders«, flüsterte sie und fuhr sich mit der Hand über die Augen. »Ich hab meine Mom noch nie so happy gesehen. Und ich freu mich so für sie!«

»Was meinst du, wie happy sie erst sein wird, wenn sie auf ihm reiten kann«, erwiderte ich leise. »Cody ist wirklich ganz besonders.«

Die Reiter des Abendritts kehrten zurück, angeführt von Alain. Thierry, Sophie und ich stellten Simon und Katie jedes Pferd vor und natürlich auch den Ex-Werwolf. Wir nahmen den Touristen die Pferde ab, denn es waren heute besonders viele Leute mitgeritten. Bis wir Caramel, Milan, Fleur, Guignol, Amiral, Lucky Luke, Kébia, Apache und Blanche Neige abgesattelt und versorgt hatten, war auch das Essen fertig.

Es wurde ein sehr lustiger und ausgelassener Abend, und es stellte sich heraus, dass Dragon-Mum exzellent Französisch sprach. Immer wieder hielten Simon und ich uns an den Händen und sahen uns tief in die Augen, und Thierry und Katie machten sich einen Spaß daraus, uns zu necken.

»Ich glaube, sie hypnotisieren sich gegenseitig«, kicherte Katie.

»Achtung!«, sagte Thierry. »Gleich werden sie ohnmächtig!«

»Ihr seid doch bloß neidisch«, sagte ich und streckte den beiden grinsend die Zunge raus.

Viel zu schnell ging der schöne Abend vorbei. Trotz Véroniques Protesten räumten wir gemeinsam den Tisch ab. Es war elf Uhr, als wir nach Hause fuhren. Frau von Richter steuerte den Lkw gekonnt die Auffahrt unseres Hauses hinunter. Simon würde in der Wohnkabine übernachten, Katie bei mir und Dragon-Mum auf der bequemen Ausziehcouch im Wohnzimmer.

»Ich soll dir übrigens was von Doro geben«, sagte Katie, als wir im Bett lagen.

Bei der Erwähnung von Doros Namen ballte sich unwillkürlich mein Magen zusammen.

»Ach ja?« Ich tat so, als sei es mir nicht wichtig, aber ich musste schlucken. »Hat sie mit dir gesprochen?«

»Ja, gestern.« Katie kramte einen etwas zerknitterten

Briefumschlag aus ihrer Tasche und zögerte einen Moment, bevor sie ihn mir reichte. »Ich wollte ihn dir nicht eher geben, weil ich keine Ahnung hab, was so drinsteht. Und falls es was Fieses ist, wollte ich dir nicht den Abend versauen.«

Was hatte Doro Katie wohl erzählt? Hatte sie ihr irgendwelche Lügen aufgetischt, womöglich so getan, als ob ich schuld an allem sei?

»Sie hat nicht viel gesagt.« Katie stützte den Kopf in die Hände. »Nur dass sie sich total scheiße benommen hätte. Ich wüsste von dir vielleicht schon, was passiert sei. Ich hab mich dumm gestellt und nur mit den Schultern gezuckt. Und dann hat sie mir den Brief in die Hand gedrückt und mich gebeten, ihn dir zu geben.«

»Woher wusste sie, dass ihr hierherfahren würdet?«, wollte ich wissen.

»Sie hat mitgekriegt, dass Mom eine Box für ein Pferd namens Cody gemietet hat und nach Frankreich fahren würde, um es abzuholen.«

»Da hat sie natürlich gleich kapiert, was los ist.« Ich zog eine Grimasse, drehte mich auf den Rücken und betrachtete den Briefumschlag so misstrauisch, als ob eine Bombe drinstecken würde.

»Na los, bring's hinter dich!«, drängte Katie mich. Das war typisch für sie: Sie ging jedes Problem direkt an und schob nie etwas auf die lange Bank. »Ich dreh mich auch um.«

»Musst du nicht.« Ich grinste matt, dann riss ich entschlossen den Umschlag auf, faltete den eng beschriebenen Zettel auseinander und begann zu lesen.

Liebe Lotte,
ich weiß nicht, ob du diesen Brief überhaupt liest oder gleich wegschmeißt. Ich könnt's verstehen, wenn du das tust. Ich hab dich enttäuscht, und das tut mir so schrecklich leid. Wahrscheinlich denkst du, ich hätte nur so getan, als ob ich mich mit dir vertragen wollte, aber das stimmt nicht! Ich hab's total ernst gemeint und dann … Ich kann's gar nicht erklären, warum ich das gemacht habe. Vielleicht war es gut, dass wir uns nicht mehr gesehen haben. Ich schäme mich noch immer total. Es war megascheiße, wie ich mich verhalten hab, das weiß ich, und es tut mir wirklich leid, dass sich alle solche Sorgen um mich machen mussten. So peinlich, vor deinen Eltern und allen.

Kapier selbst nicht mehr, warum ich abgehauen bin. Bitte glaub nicht, ich hätte dir was vorgespielt, das war nicht so. Du bist der allerallerwichtigste Mensch in meinem Leben, aber es gibt ein paar Sachen, die ich dir einfach nicht erzählen konnte, weil sie so grottenpeinlich für mich sind. Hoffe, du verstehst das. Ich werd dir alles erzählen, wenn du's überhaupt noch hören willst. Es tut mir leid. Ich bin so blöd. Bitte verzeih mir, Lotte!!!! Ich werd mich ändern, das versprech ich dir. Bitte sag allen im Club liebe Grüße von mir und hab noch eine schöne Zeit.
GlG, deine Freundin Doro.
PS: Es wäre soooo schön, wenn wir trotz allem noch Freundinnen sein könnten.
PPS: Will dich nicht verlieren, nur weil ich so saublöd war!!
PPPS: Es ist total genial, dass Cody in den Reitstall kommt.
PPPPS: Katie ist voll nett und ich versteh auch, wenn du sie lieber magst als mich. Sie hat dich nie so enttäuscht wie ich bescheuerte Kuh. ☹

Mir traten schon beim Lesen die Tränen in die Augen, und als ich mit dem Brief durch war, heulte ich richtig los.

»So schlimm?«, fragte Katie leise.

»Nein, so super«, flüsterte ich und hielt ihr den Brief hin.

»Darf ich den wirklich lesen?«

»Ja. Musst du. Das hätte ich echt nicht erwartet.«

Ich war unendlich erleichtert darüber, dass Doro mir geschrieben und Mama recht behalten hatte: Doro war über ihren Schatten gesprungen und hatte sich bei mir entschuldigt. Sobald ich wieder zu Hause war, würden wir über alles reden und dann – Schwamm drüber, für immer.

»Krass ehrlich«, sagte Katie, als sie den Brief gelesen hatte. »Ich glaube, das, was hier passiert ist, hat sie echt mal zum Nachdenken gebracht. Vielleicht habt ihr jetzt noch eine letzte Chance.«

»Aber du hast doch selbst mal gesagt, dass Freundschaften zu dritt fast immer schiefgehen!«, entgegnete ich skeptisch.

»Die Betonung liegt auf *fast*«, antwortete Katie. »Manchmal geht's auch gut. Ich finde, wir sollten das ausprobieren. Was meinst du?«

Ich lächelte Katie an. »Find ich auch«, sagte ich.

»Könnt ihr wohl mal aufhören zu quatschen und das Licht ausmachen?«, rief Cathrin aus dem Nachbarzimmer. »Ich kann nicht einschlafen bei eurem Gelaber und wenn das Licht an ist!«

»Menno! Jetzt hast du mich aufgeweckt!«, beschwerte sich Flori. »Ich hab schon was geträumt und das ist jetzt weg!«

Mein Handy meldete sich. Simon hatte mir eine WhatsApp geschickt. *Schlaf gut, Süße,* hatte er geschrieben. *Freu mich auf morgen!!*

Schlaf du auch gut, antwortete ich und schickte ihm ein paar Kuss-Emoticons mit.

Katie und ich kicherten und ich knipste das Licht aus.

»Gute Nacht, Cathrin!«, rief ich. »Gute Nacht, Flori!«

»Gute Nacht, Lotte! Gute Nacht, Katie!«, antwortete Cathrin.

»Jetzt haltet endlich mal das Maul, ihr blöden Pferdekühe!«, antwortete mein Bruder und wir kicherten noch ein bisschen mehr.

Wir sind doch Freunde

Der letzte Ausritt in diesem Sommer war nicht so dramatisch wie der im vergangenen Jahr, dafür umso schöner. Thierry, Simon, Katie, Sophie und ich ritten fünf Minuten vor Alain und der ganzen Abteilung Touristen los. Thierry ritt Linotte, sein Lieblingspferd. Ich hatte mich für Le Zaza entschieden, Sophie für Idée. Simon saß auf Brunette du Bois und Katie auf Right Way. Die Sonne stand schon tief im Westen, als wir die Straße am Wasserturm überquerten, an der *chèvrerie* in die *marais salants* ritten und durch die Salzsümpfe trabten. Ich blieb ganz hinten und war froh darüber, denn so konnte ich ganz für mich Abschied nehmen für dieses Jahr. Alles hier war mir unglaublich vertraut, so oft war ich in den letzten Wochen die schmalen grasbewachsenen Wege zwischen den Salzbecken entlanggetrabt. Ich kannte jeden Busch, jeden Stein und jede Unebenheit, wusste, auf welcher Wiese ein Pferd, Kühe oder eine windschiefe Hütte standen, und obwohl ich den Ausritt genoss, war er von dem bevorstehenden Abschied überschattet und Abschiede waren einfach schrecklich. Die anderen redeten und lachten unbeschwert und fröhlich, aber ich war ganz still und mein Herz war schwer, weil ich nicht wusste, ob es im nächsten Jahr wieder so sein würde. Vielleicht würden

Nicolas und Véronique kein drittes Mal nach Noirmoutier kommen. Was sollte ich dann vier Wochen lang hier tun?

Wir waren in einem weiten Bogen durch die *marais* geritten, damit wir nicht zu früh am Strand waren, doch jetzt mussten wir noch die Straße hinter den Dünen entlangreiten. Die Hufe der Pferde klapperten auf dem Asphalt und Linotte tänzelte, rollte die Augen und machte ein Riesentheater, weil sie sich über die Menschen mit den Schwimmtieren, zusammengerollten Sonnenschirmen und Luftmatratzen aufregte, die vom Strand zu ihren Autos strömten. Thierry gefiel es, wenn die Leute ängstlich ihre Kinder auf die Seite zogen und bewundernd zu ihm aufblickten. Er lächelte cool und ärgerte die braune Stute, indem er sie mit den Fersen in den Bauch zwickte, woraufhin sie noch mehr tänzelte.

Sophie und ich wechselten nur einen Blick und verdrehten die Augen.

Vorne, am Schneckenweg, warteten Cathrin und Flori auf uns, und meine Eltern und Dragon-Mum waren auch mit dabei. Meine Schwester hatte versprochen, Fotos am Strand zu machen, die anderen wollten einen letzten Spaziergang am Meer unternehmen. Wir hatten Katies Mutter überreden wollen, uns auf dem Ausritt auf einem braven Pferd zu begleiten, aber sie hatte lachend abgelehnt. Sie könne es nicht riskieren, sich einen Arm zu brechen, denn wer würde dann den Lkw nach Hause fahren? Stattdessen hatte sie Mama bei der Vorbereitung des Abendessens geholfen.

Wir ritten über die Dünen an den Strand, und Simon

und Katie riefen beeindruckt »Ah, das Meer!« und »Oh, wie herrlich!«.

Möwen kreisten kreischend in der Luft, das Meer schimmerte und es roch nach Salz, trockenem Gras und den Algen zwischen den Klippen, die bei Ebbe immer ihren faulig-meerigen Geruch verströmten.

»So«, rief Thierry mit leuchtenden Augen, als wir unten am Wasser angekommen waren. »Wettrennen bis zur Landzunge! Dann traben wir und am nächsten Strand geht's weiter, okay?«

Wir nickten aufgeregt und grinsten. Alle Pferde tänzelten und kauten an den Gebissen, nur Le Zaza stand wieder mal da, als ob er eingeschlafen wäre. Beim ersten Mal hatte ich mich von ihm täuschen lassen, aber ich wusste längst, dass er nur auf den Start wartete und einfach zu schlau war, um vorher unnötig Kraft zu verschwenden.

»Haltet euch in der Mähne fest und lehnt euch nach vorne!«, riet ich Simon und Katie. »Sonst haut's euch aus dem Sattel!«

»Achtung!«, schrie Thierry. »Fertig! Looos!«

Ich war auf den gewaltigen Satz gefasst, den mein Pferd nun machen würde. Wir hatten den besten Start erwischt. Ich stand in den Bügeln und beugte mich tief über Le Zazas Hals. Der kleine Fuchswallach fegte wie ein Blitz den Strand entlang. Ein rascher Blick über die Schulter zeigte mir, dass uns Thierry dicht auf den Fersen war, gefolgt von Katie und Simon. Die entgeisterten Gesichter einiger später Strandspaziergänger flogen vorbei. Der Strand wurde in rasender Geschwindigkeit kürzer, aber keiner von uns dachte daran, das Tempo zu verringern, und auf den letzten Metern überholte Katie noch die beiden Jungs. Wir parierten durch, lachten ausgelassen und klopften unseren Pferden den Hals.

»Juhu!«, jauchzte Katie begeistert. »Ist das abgefahren! Ich könnte ewig so weitergaloppieren!«

Sie war über und über mit nassem Sand bedeckt, der von den Hufen der Pferde hochgeschleudert worden war, aber das störte sie nicht. Simon, Thierry und Sophie sahen genauso aus – nur ich nicht, denn ich hatte das schnellste Pferd unter dem Sattel.

»Wie konnte ich Trottel bloß zulassen, dass du Le Zaza reitest!«, rief Thierry, der nur ungern bei Wettrennen verlor, mir zu. Wir trabten, dann galoppierten wir wieder an. Ich lenkte den Fuchswallach ein Stück weiter hoch, denn am Strand von L'Épine standen Holzwände, die die Abschwemmung des Sandes verhindern sollten und die immer höher waren, je weiter unten am Strand sie standen. Unsere Pferde sprangen brav über die Hindernisse, allerdings war unser Tempo jetzt erheblich ruhiger als vorhin. Am Ende des Strandes parierten wir durch und bogen in den Dünenweg ein.

Ganz oben auf der Düne hielt ich Le Zaza an, drehte mich im Sattel um und ließ meinen Blick ein letztes Mal über den Strandhafer, den im goldenen Abendlicht schimmernden Sand und das Meer schweifen. Der Leuchtturm auf der Île du Pilier sandte seinen Lichtstrahl bereits zu uns herüber. Nicht mehr lange, dann würde die Sonne hinter dem Horizont verschwinden.

»Au revoir, Meer!«, flüsterte ich. »Au revoir, Strand! Bis zum nächsten Jahr!«

Simon hatte auf mich gewartet. Nebeneinander ritten wir durch die Dünen zurück in die Salzsümpfe. Der Himmel war wolkenlos und von einem tiefen Kobaltblau. Im Osten leuchtete bereits schwach der zunehmende Mond, der fast schon wieder voll war. Im Gras zirpten die Grillen, es duftete nach Pinienharz, nach Sommer und Sonne.

»Jetzt kann ich verstehen, warum du diese Insel so liebst«, sagte Simon zu mir. »Es ist zwar ziemlich karg, aber wunderschön. Ein bisschen so wie Sylt, wo wir seit Ewigkeiten hinfahren.«

»Ich fand es früher schon herrlich«, erwiderte ich. »Aber seitdem ich hier reiten darf, erlebe ich das alles viel intensiver: die Salzsümpfe, die Dünen und diese ganzen Düfte.« Ich suchte nach den richtigen Worten, um Simon zu erklären, was ich empfand. »Wir sind ja ein paarmal umgezogen, aber Noirmoutier war immer gleich. Und deshalb fühle ich mich hier irgendwie zu Hause. Als ob ich ein Stückchen davon in meinem Herz hätte.«

Simon lächelte. Er streckte die Hand aus und ich ergriff sie.

»Weißt du was?«, sagte er. »Wir fahren einfach jeden Sommer hierher, auch wenn wir erwachsen sind.«

»Das wäre toll.« Ich lächelte auch.

»Abgemacht?«, fragte Simon.

»Abgemacht!«, erwiderte ich, und plötzlich hatte ich keine Angst mehr vor dem Abschied morgen, denn ich wusste, dass ich immer wieder hierher zurückkehren würde.

Mama hatte eine Riesenpfanne Paëlla gemacht und es duftete nach Knoblauch und Safran. Katies Mutter hatte bereits im Garten den Tisch gedeckt, Windlichter aufgestellt und alles wunderbar mit Muschelschalen und Kieselsteinen dekoriert, die sie in der Truhe mit Scheußlichkeiten gefunden hatte. Mama hatte schon wieder alles ausgeräumt und an seinen Platz gestellt, denn sie wollten ja morgen auch Richtung Heimat aufbrechen. Frau von Richter hatte vor, morgen früh um sechs Uhr loszufahren, Cody aufzuladen und dann Richtung Bad Soden zu tuckern. Ich war ziemlich verblüfft gewesen, als Simon Papa gefragt hatte, ob er mit ihm im Auto zurückfahren dürfe, und hatte mich gefreut, als Papa ohne zu zögern »Aber ja, sehr gerne!« geantwortet hatte.

Um neun Uhr kamen Nicolas, Véronique, Thierry und Sophie, und wenig später traf auch Alain ein. Er hatte eine Holzkiste mit Algen dabei, und ich dachte schon, er wollte sie mir für Codys Bein mitgeben.

»Oh nein, die sind diesmal für uns gedacht.« Er grinste gut gelaunt, schob die Algen zur Seite und reichte Papa die kleine Kiste. »Heute Morgen frisch geerntet.«

»Austern!«, rief mein Vater begeistert. »Danke, Alain! Das ist ja großartig!«

Bevor es die Paëlla gab, stürzten sich alle bis auf Cathrin und mich auf die Austern und schlürften sie aus der Schale. Alain beherrschte die Kunst, die Muscheln mit dem Austernmesser mit einer Hand zu öffnen. Seiner Familie gehörte unter anderem eine Austernzucht auf der Insel; es war also kein Wunder, dass er das so gut konnte.

Wir aßen und tranken, es wurden Geschichten erzählt und viel gelacht. Sophie und ich verrieten Alain, dass wir geglaubt hatten, er sei ein Werwolf, weil er nichts sagte und überhaupt nie etwas zu essen schien. Alain amüsierte sich köstlich darüber.

Es wurde allmählich dunkel. Fledermäuse schossen durch den Abendhimmel. Der Garten wurde durch die flackernden Windlichter erhellt.

Obwohl es schon spät war, dachte niemand daran, aufzubrechen. Es war ein glücklicher, fröhlicher Abend, einer von der Sorte, an die man sich sein ganzes Leben lang erinnert.

Frau von Richter stieß mit Papa und Mama auf das »Du« an, und dann bot sie dasselbe auch Simon und mir an.

»Ich heiße Karin«, sagte sie und zwinkerte mir zu. »Was Spitznamen betrifft, scheinst du ja äußerst kreativ zu sein. ›Dragon-Mum‹ finde ich übrigens ziemlich originell.«

»Äh, den Namen hat sich Doro ausgedacht.« Ich wurde knallrot. Alle lachten, und ich erzählte, warum wir Katie zuerst »Schneekönigin« und ihren Bruder »Draco Malfoy« genannt hatten.

»Mama, lass uns nächstes Jahr auch hierherfahren«, schlug Katie vor. »Hier sieht's genauso aus wie auf Cape Cod und man langweilt sich hier nicht so sehr. Golfplätze gibt's hier sicher auch für Paps und Dra… äh … Sven.«

Sie kicherte.

»Mal sehen.« Frau von Richter – Karin – hob ihr Glas und prostete Nicolas und Véronique zu. »Wir sollten unbedingt in Kontakt bleiben. Und falls ihr nächstes Jahr wieder den Stall für den Sommer mietet, kommen wir mit dem Lkw und bringen unsere Pferde mit.«

»Au ja!«, riefen Katie und ich wie aus einem Mund.

Und dann dachte ich an Doro und vermisste sie trotz allem, was passiert war, plötzlich ein bisschen. Wie schön wäre es, wenn sie jetzt dabei gewesen wäre! Ich stieß einen tiefen Seufzer aus.

»Was hast du?«, fragte Simon mich.

»Ach, ich muss grad an Doro denken. Ihr hätte das heute Abend auch Spaß gemacht.«

»Schreib ihr das doch einfach«, sagte er. »Darüber freut sie sich sicher.«

»Gute Idee.« Ich lächelte ihn in der Dunkelheit an. »Du hast einfach immer die besten Ideen, Simon Orthmann.«

»Ich weiß.« Er grinste, zog mich enger an sich und küsste mich auf die Wange. »Na los, schreib ihr!«

»Okay.« Ich stand auf und flitzte in den Turm hoch, um mein Smartphone zu holen, das auf meinem Nachttischschränkchen lag. Ich setzte mich auf die Bettkante und öffnete den WhatsApp-Chat. Unten erscholl Gelächter. Papa erzählte irgendeine Geschichte, das konnte er gut.

»Lotte!«, rief Katie von unten. »Wo bist du? Erzähl doch bitte unbedingt noch mal die Geschichte, wie du zu dem Dr. Bergner auf der Stadtverordnetenversammlung gesagt hast: ›Jetzt gucken Sie wieder genauso wie neulich im Wald‹!«

»Ich komme sofort!«, rief ich zurück und musste grinsen. Und auf einmal wusste ich, was ich Doro schreiben wollte.

Liebe Doro, tippte ich. *Danke für deinen Brief. Ich vermiss dich. Und ich bin null sauer auf dich. Es sind ein paar Sachen echt blöd gelaufen, aber ich bin froh, dass du mir geschrieben hast. Wir reden drüber, wenn ich wieder da bin, okay? Egal was war, wir kriegen das schon wieder hin. Wir sind doch Freunde, du und ich. Schon immer und für immer. Und so wird's auch bleiben. Bis morgen! GlG, deine Freundin Lotte.*

Ich hielt kurz inne, dann drückte ich auf Senden.

»Lotte!«, riefen sie von unten im Chor. »Wo bleibst du denn?«

»Ich komme ja schon!«, rief ich zurück, sprang auf und lief nach unten.

Die vier Wochen waren unfassbar schnell vorbeigegangen. Morgen schon würden wir nach Hause fahren. Mit Cody. Und ich würde meinen Wondy wiedersehen! Aber nächstes Jahr würde ich nach Noirmoutier zurückkehren. Zusammen mit Simon. Und mit Katie. Und vielleicht sogar mit Doro.

FLECHT UND GO!

Es muss nicht immer ein Pferdeschwanz sein ...
ob beim Reiten oder im Alltag, probiert diese tollen Flechtfrisuren doch einfach mal aus!

BOXER BRAIDS

1 Zieh zunächst einen Mittelscheitel und teile deine Haare in zwei Stränge auf – einen links und einen rechts. Einen lässt du erst mal außen vor. Sichere ihn mit einem Haargummi, damit er dich nicht beim Flechten stört.

2 Nun nimmst du eine Strähne entlang des Scheitels und teilst diese in drei dünnere Strähnen.

3 Und los geht's: Lege nun die vorderste der gerade aufgenommenen Strähnen unter die mittlere, bevor du die hinterste darunter flechtest. Wiederhole das zwei bis drei Mal, bis du nach und nach immer weitere Haare vom Haupthaar von vorne und jeweils von hinten aufnimmst und mitflechtest. Achte dabei darauf, dass du nah am Scheitel entlang und nah am Haaransatz bleibst.

4 Flechte weiter, bis du am Nacken angekommen bist. Ab hier kannst du normal bis zu den Spitzen durchflechten und deinen Zopf mit einem Haargummi sichern. Dasselbe machst du mit dem anderen Haarstrang – et voilà, fertig sind deine Boxer Braids!

CHARLOTTES TIPP:

Die Frisuren sind nicht ganz einfach – eine Freundin oder YouTube zur Veranschaulichung können dabei sehr hilfreich sein!

Seitlicher holländischer Zopf

1 Zieh einen Seitenscheitel und beginne mit drei Strähnen vorne seitlich. Nimm die Seite, auf der der Zopf nachher nicht liegen soll.

2 Genau wie bei den Boxer Braids legst du die Strähnen nicht übereinander, sondern untereinander: Führe nun die vordere Strähne unter die mittlere und anschließend die hintere Strähne unter die mittlere.

3 Wiederhole das noch zwei Mal. Ab jetzt nimm beim Flechten jedes Mal ein paar Haare vom Deckhaar zu den äußeren Strähnen dazu und flechte in einer leichten Abwärtsbewegung. Die letzten Haare solltest du auf Höhe des Nackens aufnehmen.

4 Bist du am Hinterkopf angelangt, fährst du einfach mit einem normalen, dreisträngigen Zopf fort. Jetzt noch mit einem Haargummi fixieren und fertig ist dein seitlicher holländischer Zopf!

HANDYHÜLLE

Wieso eine Handyhülle kaufen, wenn du mit ein paar tollen Bildern ganz einfach deine eigene Hülle gestalten kannst?

ALLES, WAS DU BRAUCHST:

- Eine durchsichtige Handyhülle
- Fotos von deiner besten Freundin und dir
- Oder Bilder von allem, was du liebst: deinem Lieblingspferd, deiner Family, deinem absoluten Lieblingsspruch – lass deiner Fantasie freien Lauf.

Schneide diese Bilder so zurecht, dass sie in die Hülle passen und stecke sie hinein – fertig ist deine ganz persönliche Handyhülle, die außer dir keiner hat!

Auch im ABO erhältlich!
Pferd&Co
Dein traumhaftes Pferdemagazin
Alle 6 Wochen neu!
Mit pferdestarken Extras in jeder Ausgabe!
Tagebuch
Mein Tagebuch
Smartphone-Radio
Digi-Friend
Spannende Reportagen
+
HUFE cooler -Comic
www.blue-ocean.de/pferdco
facebook.com/BOEAG
Blue Ocean

WILLST DU MEHR ÜBER DIE WELT VON CHARLOTTE UND ELENA ERFAHREN?

Dann schau doch mal hier rein:
www.thienemann-esslinger.de/pferdeliebe

Wir zeigen dir, wie die echten Pferde aussehen, du bist immer auf dem Laufenden und erfährst alle Neuigkeiten rund um unsere Bücher. Und es gibt tolle Preise bei unserem großen Gewinnspiel!

FÜR THERESA.
DIE REITERIN.

Neuhaus, Nele:
Charlottes Traumpferd – Wir sind doch Freunde
ISBN 978 3 522 50655 7
Umschlaggestaltung: Johannes Wiebel, punchdesign
unter Verwendung von Bildern von Shutterstock.com
Innentypografie und Satz: Arnold & Domnick, Leipzig
Reproduktion: DIGIZWO GbR, Stuttgart
Druck und Bindung: GGP Media GmbH, Pößneck

FSC www.fsc.org MIX Papier aus verantwortungsvollen Quellen FSC® C014496

© 2016, 2019 Planet!
in der Thienemann-Esslinger Verlag GmbH, Stuttgart
Printed in Germany. Alle Rechte vorbehalten.
2. Auflage 2020